D'ici et d'ailleurs

D'ICI ET D'AILLEURS

D'ici et d'ailleurs

D'ici et d'ailleurs

LYNE DEBRUNIS

D'ICI ET D'AILLEURS

Roman

Couverture : L'étreinte, tableau peint en 1949
par Josef Kunstmann

D'ici et d'ailleurs

D'ici et d'ailleurs

Fait de ta vie un rêve et d'un rêve une réalité.

Antoine de Saint Exupéry

1

Au mois de juin, à peine arrivée à Lacanau pour quinze jours de vacances d'été, Aline était pressée de retrouver le spot de surf situé près de la maison de sa grand-mère, qu'elle connaissait pour l'avoir très souvent pratiqué pendant son adolescence. Elle eut une très rapide pensée et un petit sourire en coin, pour son moniteur d'alors, un beau blond, musclé, bronzé et charmeur, plus âgé qu'elle de trois ans. Subjuguée par sa compétence en surf et par le temps qu'il consacrait à sa passion et son physique, les hormones en folie elle avait cédé à sa drague insistante bien imbibée un soir de fête et accepté qu'il lui enseigne un peu plus que l'utilisation de sa planche pendant l'été de ses dix-sept ans.

Dès le début du mois de septembre, après avoir embrassé et câliné sa grand-mère et versé une petite larme à l'idée de ne plus revoir son petit ami de l'été, elle était repartie à Paris dans son pensionnat pour jeunes filles et s'était consacrée à l'obtention d'une belle mention à son baccalauréat. Elle espérait faire des études en océanographie et avait une école de Bretagne dans son viseur. Cette école d'ingénieur et sa spécialisation dédiée aux milieux marins pouvaient lui donner les compétences nécessaires pour participer à la protection des mondes maritimes. C'est donc avec un certain engouement suivi d'un acharnement à réussir bien classée qu'elle avait travaillé à la réalisation de son projet, abandonnant les joies futiles des sorties entre jeunes et des jeux de séduction à courts termes pour ses livres et ses recherches. Elle se souvenait de son premier petit ami avec une certaine tendresse mais elle ne s'accordait plus de temps à consacrer à cet aspect de sa vie émotionnelle. C'était certes une sorte de « sacrifice » mais consenti parce qu'estimé nécessaire.

Sa grand-mère chérie était partie rejoindre les étoiles l'hiver qui avait suivi cet été-là puis son père avait été victime d'un accident de voiture et en raison des lésions à la moëlle épinières, il ne travaillait plus qu'à mi-temps assis dans un fauteuil roulant.
Son temps libre était devenu rare, car elle avait dû soutenir sa maman qui l'appelait souvent et avait

travaillé pour participer au financement de ses études. Ses parents avaient encore la charge de deux adolescents scolarisés plus jeunes qu'elle, auprès desquels elle manifestait au quotidien une présence téléphonique. Son attention affectueuse leur permettait de partager leurs envies, leurs espoirs et leurs doutes et de leur donner un coup de pouce lorsque le moral flanchait. Ils n'avaient plus leur grand-mère pour exercer ce petit travail d'écoute non jugeant et plus distancé que ce qu'aurait pu proposer leur mère, certes aimante mais dont la vie s'était sérieusement compliquée avec le handicap de son époux.

Si après son intégration en filière océanographique, elle vécut à Brest toute l'année et aima ce coin de Bretagne, elle n'alla plus à Lacanau par manque de moyens financiers. Ce lieu de vacances était devenu pour elle, le symbole d'une liberté qu'elle avait pour le moment perdue, même si elle savait que ses parents possédaient toujours la maison de sa mamie.

Pourtant, lorsqu'elle disposait d'un peu de temps, elle pratiquait son sport favori en Bretagne, juste assez pour rester en forme car elle ne pouvait pas se libérer de ses difficiles études et de son nécessaire travail d'appoint suffisamment pour n'accorder son attention qu'aux vagues. Elle associait le surf aux années insouciantes de son adolescence. Ses études la passionnaient mais elle supportait de nombreux tracas annexes, aussi avait-elle hâte de quitter l'école afin de pouvoir enfin se consacrer à sa planche de surf quelques semaines avant de regagner le poste qui lui avait été proposé, un travail de rêve, aboutissement de tous ses efforts.

Arrivée hier soir par le train, elle avait eu l'immense joie de retrouver cette maison si chère à son cœur, même si elle n'était plus tout à fait celle qu'elle avait connue. Ses parents y avaient effectué quelques travaux de rénovation et l'avaient rendue un peu plus conforme aux critères de confort nécessaires à des citadins en vacances et à l'usage d'un fauteuil roulant. Qu'importaient ces modifications, tous ses souvenirs heureux remontaient du fin fond de sa mémoire. Dès que sa valise et son sac, contenant toutes ses possessions furent posés au pied de l'escalier, elle se dirigea vers le garage où suspendue dans une housse, la planche offerte par sa mamie l'attendait depuis presque six ans. Ne lui avait-elle pas dit en la lui offrant :

« Elle t'apportera le bonheur ! »

Les larmes aux yeux, entendant les paroles de sa grand-mère résonner à son oreille, elle leva la main pour tirer sur la fermeture éclair puis elle glissa ses doigts dans l'ouverture pour caresser sa vieille amie, compagne de tant de joyeux moments de bonheur.

« C'est fou, comment ai-je pu me passer de toi si longtemps ? Celles que j'empruntais à Brest n'étaient pas toi ! » pensa-t-elle, tout à coup impatiente d'aller faire un tour sur les vagues
Elle eut ensuite une pensée affectueuse pour sa mamie :
« Merci mamie pour ta force et ton courage et parce que tu m'as appris à vivre libre dans le plus grand respect des autres malgré nos différences. »

Elle décida de se renseigner sur les horaires des marées et d'aller visiter les spots afin de reprendre contact avec les endroits qu'elle n'avait plus revus depuis tant d'années. Satisfaite mais étonnée de ne pas vraiment reconnaitre les lieux qu'elle avait connus, elle se coucha des projets plein la tête.

« Je suis revenue mamie, mais j'ai changé et rien ni personne ne m'a attendue. Je dois auparavant renouer des liens avec mes contacts si je les retrouve, me renseigner sur les spots et tout oublier pour m'éclater avant de rejoindre Marseille où j'ai eu la chance de décrocher un contrat de recherche de deux ans. Merci de continuer à veiller sur moi de là où tu te trouves ! »

Le lendemain, elle revint à la maison un peu déçue, elle n'avait retrouvé personne qu'elle avait connu, quelques grands adolescents de l'âge de fréquenter le lycée, l'avaient traitée comme une « ancienne » et faisaient penser à de jeunes chiens fous, un peu risques tout, un

comportement dans lequel elle ne se reconnaissait pas. Ils lui avaient donné le sentiment de ne pas trop respecter les règles eux-mêmes et de leur préférer le défi, ils lui avaient pourtant répété plusieurs fois de se méfier des courants traitres qui avaient fait des dégâts l'an dernier parmi les baigneurs et les surfeurs. Lorsque ses amis et elle, venaient là autrefois, elle n'avait pas entendu parler de ces risques et comme elle, sa bande d'amis s'amusait sans contrainte.
« Autrefois, quel mot lourd de sens, qui signifie que le temps n'est pas resté immobile et qu'il est passé en apportant du changement. »

Vaguement nostalgique d'une époque révolue, elle se prépara un déjeuner avec quelques légumes frais achetés en revenant de la plage puis elle enfila son maillot, mit sa combinaison et quelques bricoles dans un sac et prit sa planche après avoir attaché ses longs cheveux en queue de cheval.
« Il fait beau, je ne dois plus penser à rien, profiter du soleil et des vagues qui n'attendent que moi. »

Elle se rendit à pied jusqu'à l'endroit où elle espérait attraper quelques bons rouleaux et discuta avec le surveillant de baignade qui venait prendre son poste. Il lui recommanda lui aussi, gestes à l'appui, de ne pas trop aller vers la gauche car un méchant courant aurait tendance à entrainer les baigneurs vers le large.

- Je venais souvent ici il y a six ou sept ans et personne ne se plaignait du danger.
- Je n'en sais rien mais peut-être qu'à cause du réchauffement climatique, les températures des courants se sont modifiées et ont créé des flux plus proches des côtes avec des baïnes ? Il y a aussi davantage de gros cétacés un peu perdus signalés par les bateaux quand ils ne s'échouent pas sur les plages. Qu'elle que soit la raison de ces courants, faites attention mademoiselle, n'allez pas trop là-bas parce que si vous n'êtes pas aspirée au fond, vous risquez de vous échouer méchamment sur les arêtes des rochers et de vous blesser gravement...

Elle tint compte du discours du sauveteur et parvint à s'amuser sans toutefois retrouver la joie, cette plénitude des sens qui occupait chaque partie de son corps comme de son esprit autrefois lorsqu'elle était sur l'eau.

« Autrefois, encore toi. Voilà un mot à bannir de mon vocabulaire ! J'ai l'impression d'avoir vieilli ou d'avoir fantasmé ces expériences et le plaisir qu'elles me procuraient ! Mon après-midi a été dur mais j'ai réussi à conserver les gestes et les positions même si j'ai encore un peu de travail pour récupérer l'aisance qui était la mienne. »

Au bout d'une semaine elle avait rencontré quelques vacanciers, des pratiquants un peu plus âgés que les lycéens du premier jour et ensemble ils parvenaient à trouver du plaisir sur leurs planches tout en échangeant des conseils et des remarques pour corriger leurs positions et améliorer leurs figures. Elle participa à deux soirées organisées sur la plage toutes générations confondues et l'insouciance s'installa timidement en elle. Elle était diplômée et recrutée sur dossier, sa sœur Christine entrait en licence de droit et son frère Aldric, avait obtenu son bac avec mention et elle n'avait plus pour ce temps de vacances de soucis majeurs à gérer et ne se consacrait plus qu'à sa planche et au surf. Enfin, elle s'autorisait à lâcher prise et ne cherchait rien d'autre que le plaisir procuré par les vagues. Elle n'avait qu'une ambition, garder la tête vide de tout souci le plus longtemps possible et profiter de la mer et du soleil !

Les quinze jours passèrent vite, essentiellement sur la plage et sur l'eau.
L'avant-veille de son départ, elle s'accorda un dernier après-midi de recherche du fameux « flow », le rythme parfait en accord avec les vagues. Elle était détendue et y arrivait, elle avait retrouvé les sensations et le bon équilibre, elle vivait la vague. C'était parfait !

En fin d'après-midi elle était heureuse et se préparait à terminer sa journée après un dernier passage quand tout à coup, elle sentit une brutale rupture de rythme et son « board » prit de la vitesse. Comme entraînée par un pilote fou, elle filait droit vers la pointe des rochers, elle essaya de dévier sa trajectoire mais les rochers ne purent être évités. Ils cisaillèrent brutalement le côté arrière de la planche et le « leash », le cordon de sécurité qui reliait Aline à son appareil, la blessant à la cheville et la faisant tomber.

« Ouf, j'ai réussi à éviter de m'écraser sur les rochers mais merde, le courant est bien trop fort, je suis entrainée et je ne peux rien faire… Mamie aide moi ! » Eut-elle le temps de penser avant d'être engloutie, entrainée par une force tourbillonnante plus forte qu'elle et que tout ce qu'elle avait expérimenté auparavant.

« Tu es dans un courant centripète, ne respire pas, économise ton oxygène, peut-être arriveras-tu quelque part … Mamie… ! » se dit-elle avant de fermer les yeux et de se laisser emporter impuissante, sans lutter.

En très peu de temps, il n'y eut plus qu'une planche abimée, échouée sur les rochers et un sac abandonné sur la plage pour signaler qu'une belle jeune femme avait disparu.

Il fallut du temps et que le jour baisse pour que les autres surfeurs, ne la voyant plus sur la plage ou sur l'eau sur l'eau, ses affaires abandonnées, s'inquiètent en constatant l'absence d'Aline.

Malgré l'approche de la fin de la journée, un bateau de sauvetage fut mis à la mer et les recherches dans les

rochers commencèrent. Très vite, la planche fut retrouvée par des hommes à pied qui fouillaient les rochers mais s'ils remarquèrent que le cordon de sécurité était rompu, ils ne trouvèrent nulle trace du corps. Pour tous, de façon quasi certaine, il avait été emporté par le courant traitre.
« Ce soir la mer a réclamé son tribut. Elle n'était pourtant pas inexpérimentée » pensa un sauveteur attristé en revenant avec la planche d'Aline bonne au rebut mais preuve que la disparue avait été malmenée par le courant avant de disparaitre !

Les personnes du groupe furent émues et leur passion refroidie par cet événement mais personne ne connaissait vraiment Aline aussi laissèrent-ils les forces de l'ordre s'occuper de prévenir sa famille.

Aline ignorait si elle était restée longtemps dans l'eau lorsqu' elle reprit conscience en recrachant le liquide ingéré et s'aperçut avec surprise qu'elle respirait sans effort. Elle ouvrit les yeux et terrorisée, elle observa autour d'elle la quasi-obscurité de ce qu'elle pensait être une vaste grotte dans laquelle elle avait échoué.

En bougeant ses doigts elle s'assura qu'elle reposait sur un banc de sable fin, sans doute au bord d'une petite baie aux eaux agitées. Le bruit du ressac de la

mer résonnait assez fort, elle ne devait pas être loin de l'air libre mais elle ne voyait aucune lueur de jour.
« Normal si la nuit est tombée » se dit-elle pour se rassurer tout en laissant son regard errer autour d'elle. La crique semblait bordée de hauts murs rocheux brillants d'une douce lueur bleu-vert qui mettait un zeste de lumière et de féérie dans ce qu'elle observait. Etourdie, le cœur au bord des lèvres et la peur au ventre, elle s'assit pour scruter son environnement obscur avec plus d'attention.

« Où suis-je arrivée, de la bioluminescence, sur la côte atlantique ? En mer de Chine, en Thaïlande, aux Maldives le phénomène a été étudié mais à Lacanau, je n'en avais pas connaissance…
Puis elle se souvint brutalement et ces réminiscences conjuguées à l'environnement humide et glacial de l'endroit où elle se trouvait, provoquèrent de violents frissons suivis de tremblements malgré la combinaison en néoprène :
« J'étais sur ma planche et j'ai dû attraper un courant qui m'a aspiré et m'a jeté ici, dans un fond océanique, peut être sous la plateforme littorale. Il faudrait que j'arrive à ressortir de là mais comment faire pour trouver un courant ascendant ? J'ai mal à la tête et à la cheville mais rien de grave. Y aurait-il une chance pour qu'il y ait quelqu'un, un autre Robinson ?»
- Ouh, ouh ! Y a-t-il un autre paumé dans le coin ? cria-t-elle d'une voix éraillée.

« Ne rêve pas, tu dois tout faire pour sortir d'ici et sans doute ne compter que sur toi. » Se dit-elle dépitée.

Epuisée, terrorisée de rester seule et de mourir dans ce trou, réfrigérée par l'humidité et la fraicheur de la grotte, elle céda et s'effondra en pleurs pensant à sa famille qui allait tant souffrir par sa faute.
- Mamie, par pitié, aide-moi... murmura-t-elle d'une petite voix tremblante avant de s'endormir épuisée, la peur au ventre.

Lorsqu'elle s'éveilla, sentant une indéfinissable présence, elle fut traversée par un frisson glacé. Couchée sur le sable en chien de fusil, sans bouger elle entrouvrit à peine ses yeux et découvrit avec terreur qu'elle n'était plus seule. De grandes ombres vêtues pour ce qu'elle en voyait, d'une sorte de vêtement sombre, se détachaient à peine dans le peu de lumière environnante et l'entouraient tout en gardant quelques distances. Ils se fondaient dans l'obscurité ambiante et étaient à peine perceptibles. Elle ouvrit la bouche mais saisie de peur, elle ne put prononcer un mot. Elle se leva en tremblant de façon incoercible, avec difficultés en gémissant. Sa cheville avait gonflé et la faisait souffrir lorsqu'elle s'appuyait sur elle.
- Qui êtes-vous, où suis-je ? Parvint-elle à balbutier.

Un des hommes rit puis il dit d'une voix grave et basse un peu robotisée.

- Es-tu une femelle humaine ?

Très près de la panique, elle répondit nerveusement :

- Oui, je faisais du surf mais le courant m'a emportée et j'ai été aspirée par une baïne. Je ne veux pas savoir qui vous êtes, ni ce que vous faites mais pourriez-vous m'aider à rentrer chez moi, mes parents doivent être fous d'angoisse et de chagrin s'ils me croient morte.
- Pour le moment, tu es notre prisonnière mais si nous t'aidions pourrais-tu à ton tour nous soutenir ?
- Je suppose que oui cependant, j'étais en vacances et je devais me rendre à Marseille où je suis attendue demain pour travailler.

« Tais-toi, calme-toi, tu parles trop ! » se dit-elle.

- Nous avons pu réparer notre navette et nous pourrons faire de courtes distances.
- Euh… Marseille n'est pas tout prêt, c'est à environ sept cents kilomètres, remarqua-t-elle déclenchant un petit rire de dérision.
- Me donnes-tu ta parole ?
- Je vous promets d'essayer de vous aider mais je suis honnête, je ne vous connais pas et je ne serai pas capable de faire n'importe quoi pour vous. Auriez-vous un téléphone avec internet ? Il faudrait que j'appelle mon employeur pour l'informer que j'aurai du retard.
- Tu verras ça avec l'humain Thibaud.

- Votre formulation est étrange... Vous me parlez d'humain comme si vous n'en étiez pas.
- Oublie cela, c'est le traducteur qui n'est pas au point. Pourras-tu marcher ? Tu es blessée.
- Je vais avoir mal mais je dois vraiment rentrer chez moi, ma disparition a dû être signalée.

Elle entendit l'homme émettre des sons modulés assez graves puis ses compagnons restèrent tous immobiles, silencieux et raides comme des piquets après avoir reculé d'un pas.

Son pied la faisait souffrir, ne supportant plus la station debout, elle prit le parti de s'assoir sur le sable, enfin sans appui, elle se laissa plutôt tomber de façon disgracieuse. Elle replia les jambes de manière à pouvoir s'accouder sur ses genoux et posa son front sur ses bras croisés. Son mal de tête empirait et l'immobilité comme le silence des personnes qui l'entouraient, l'angoissaient. Son cœur battait la chamade et elle frôlait la panique quand elle fut brutalement submergée par une vague de fatigue.

« Où suis-je tombée et pourquoi cela m'est-il arrivé à moi ? Ils veulent que je les aide mais à faire quoi et qui est cette bande qui me donne l'impression de se cacher ? Pourquoi leur traducteur utilise-t-il le terme d'humain, comme s'ils n'en étaient pas. Qui sont-ils et d'où viennent-ils et pourquoi se dissimulent-ils ? »

D'ici et d'ailleurs

Epuisée, terrorisée même si elle s'efforçait de ne pas le montrer ; les yeux fermés, peut-être pour se protéger, son esprit se mit sur pause sans qu'elle s'en aperçoive.

2

Aline ignorait si elle s'était assoupie mais des pas lourds résonnèrent tout à coup dans le silence de la caverne qui n'était jusque-là même pas troublé par la respiration de ses gardiens. Tirée de son absence par la modification du silence elle redressa la tête. Elle aperçut alors deux silhouettes sombres arriver et parvint à les distinguer lorsqu'ils s'approchèrent d'elle. Le grand bonhomme qui lui avait déjà adressé la parole et un autre, qui lui parut curieusement accoutré d'une combinaison de plongée ouverte jusqu'au ventre dont le haut, remplacé par une sorte de tunique courte, pendait sur ses hanches.

\- Humaine, je suis venu avec l'humain Thibaud, qui comme toi s'est aventuré là où il n'aurait pas dû, il est lui aussi notre prisonnier et il pourra te communiquer des informations et t'aidera à marcher. Tu seras soignée à la navette mais il faut y parvenir. Thibaud, aide la femelle à se lever, vous êtes surveillés, aussi ne faites rien qui pourrait provoquer ma colère.

Sans un mot, Thibaud s'approcha, passa ses bras derrière le dos d'Aline pour l'attirer contre sa poitrine et l'aider à se mettre debout.
- Tiens-toi, appuies-toi sur moi, nous allons avancer à cloche pied à moins que « Dark vador » accepte qu'un de ses compagnons te soutienne de l'autre côté. Qu'as-tu, une entorse ? chuchota-t-il puis lorsqu'il aperçut son signe de la tête, il demanda plus fort :
- Elle ne peut pas poser son pied, quelqu'un pourrait-il nous aider ?

Un ordre bref fut suivi par l'avancée d'un garde.
- Merci chef. Croise tes bras comme ça, dit-il en montrant le geste au garde, elle pourra s'assoir sur nos bras, de cette façon, nous irons plus vite sans risquer d'augmenter sa blessure.

Le garde parut d'abord hésitant et suspicieux mais l'ordre bref de celui qui semblait être leur chef le convainquit de s'exécuter avec une certaine prudence. Les bras se croisèrent et les mains s'empoignèrent sous les regards vigilants de tout le groupe.
- La chaise de madame est prête, assieds-toi, nous allons te porter. Tu ne crains rien pour le moment si tu restes prudente. Allons-y. Comment t'appelles-tu et que t'est-il arrivé ?
De sa main gauche elle se tint au bras de Thibaud et répondit en serrant les dents.

- Aline… Je surfais à Lacanau et j'ai été aspirée par un fort courant. Le cordon de sécurité de ma planche a été sectionné par un rocher et ma cheville a pris cher.
- Ne te tracasse pas, ils vont te soigner en moins de temps qu'il en faut pour le dire et en cinq minutes ce sera oublié.
- La peau est très abrasée et j'ai surement une entorse ou un truc du genre. Où sommes-nous ?
- Tu le sauras bientôt. Ne panique surtout pas, ils ne sont pas vraiment menaçants plutôt ennuyés d'être découverts. Murmura Thibaud.

Après s'être dirigés vers le fond de la grotte, ils marchèrent en silence pendant quelques minutes dans une sorte de galerie asséchée. Seuls les pas de Thibaud paraissaient résoner alors qu'ils étaient au moins vingt. Cette absence d'écho inquiétait Aline qui ne s'expliquait pas la profondeur de ce silence. Pourtant elle sentait le regard lourd des gardes peser sur elle mais ils avançaient sans un bruit dans le noir le plus profond. Elle en était désorientée.
- C'est mon binôme qui nous guide, laisse faire. Remarqua Thibaud sentant son malaise. Ils sont nyctalopes.

« Ils en ont de la chance ! » pensa-t-elle.

L'odeur des pins remplaça bientôt celle de l'humidité et ils débouchèrent enfin à l'air libre, entre des blocs rocheux, dans une minuscule clairière au milieu des pins. Immédiatement, elle eut l'impression de mieux respirer, plus librement et elle put voir vraiment les individus qui l'entouraient, caparaçonnés d'une sorte de combinaison de cuir brun, casqués, masqués et gantés. Le surnom de « dark Vador », donné en dérision par Thibaud à leur chef, correspondait bien à ce qu'elle avait devant elle, il leur manquait toutefois la cape. Les gardes se mirent en position autour de la clairière, prêts à se battre avec d'éventuels intrus puis brusquement, ils semblèrent trembler et devenir flous et disparurent sous les yeux abasourdis d'Aline. Le chef, seul encore visible avec le porteur et Thibaut, approcha de la lisière gauche des arbres et à l'aide d'un bouton sur le brassard de son avant-bras gauche, fit apparaitre un trou noir dont Thibaud et le garde approchèrent portant Aline.

Ce qui sembla être un ordre ou un appel, fut lancé par le chef qui pénétra après eux dans un espace assez vaste, dépouillé, clos bien que clair. Aline surprise et excitée, compris au premier regard qu'ils se trouvaient à l'intérieur d'un aéronef.

Thibaud et le garde posèrent la jeune femme près d'un fauteuil.

- Assieds-toi et ne crains rien, tu vas être soignée par leur médecin. Afin d'éviter de les inquiéter, ne manifeste pas ta peur si tu le peux.

Une forme engoncée dans une combinaison intégrale beige clair apparut, portant un masque, seuls restaient visibles deux gros yeux bruns avec une pupille allongée comme celle des chats.
- Il a compris et s'est masqué, murmura Thibaud.

Le chef émis quelques sons, il expliquait sans doute qu'ils avaient trouvé une humaine blessée car le nouveau venu alla chercher une sorte de bâton blanc qu'il promena sur Aline en commençant par le crâne. Si elle eut d'abord peur, elle obéit à Thibaut et ne le montra pas. Sa crainte fut immédiatement remplacée par un fort sentiment de curiosité. Elle essaya d'observer le bâton mais le soignant émit un son et lui ferma les yeux avec sa main gantée. Elle comprit qu'elle ne devait pas regarder la très vive lumière bleue qui embrasait l'extrémité de l'appareil par intermittences.

Le bâton promené sur son corps, grésillait par moment mais la migraine qui faisait battre les tempes d'Aline depuis qu'elle s'était réveillée disparut bientôt.
- Génial ce truc, merci… murmura-t-elle les yeux fermés avec un sourire, jouissant de la légèreté qu'elle ressentait maintenant.

Le chef dut traduire car elle entendit quelques sons graves et le soignant hocha la tête.

Elle portait des abrasions sur les mains qui disparurent dès que le bâton fut agité près d'elles, seul un léger picotement signala à Aline qu'elles étaient soignées. Enfin le médecin en vint à traiter la cheville. Il fit signe à Thibaud de lever la jambe de la jeune femme et d'ôter le chausson qu'elle portait. Thibaud eut du mal à ne pas faire souffrir Aline à cause de l'adhérence du néoprène au pied mais l'effet du bâton se fit immédiatement sentir et la douleur se volatilisa. Les ongles des orteils découverts, joliment peints en rouge vif, attirèrent l'œil du médecin qui passa son doigt et plusieurs fois son instrument au-dessus d'eux. Pensant qu'il ne comprenait pas pourquoi les ongles étaient rouges, Thibaud expliqua au chef que les ongles étaient peints par les femmes, pour être embellis. Si le soignant compris qu'elle n'avait pas de blessure, il n'eut pas l'air convaincu par le vernis à ongle. Le bâton cessa de vibrer bientôt et Aline fut invitée à se mettre debout. Elle sauta de son fauteuil et prit appui fermement sur ses pieds sous les regards méfiants de ceux qui l'entouraient.
- C'est super, merci, je vous aurais bien fait une bise tellement je suis contente d'avoir récupéré mon pied ! S'exclama-t-elle avec un grand sourire.
- La femelle est satisfaite ? demanda le chef.

- Ici, on ne dit femelle que pour désigner des animaux, lorsqu'on parle des humains, on dit femme et je vous autorise à m'appeler Aline. Moi, Aline comme lui Thibaud.
- Aline, nous devons parler, tu as confiance et j'ai confiance. Assieds-toi ici, dit-il en montrant le fauteuil.

Elle fit ce qui lui était demandé tout en regardant le médecin ou l'infirmier s'éloigner vers le fond de la navette et traverser la cloison :

« Ca alors… des passe-murailles ! Pff… voilà qui est surfait pourquoi s'embêter avec des portes ! Bon, ici, les choses sérieuses vont commencer » pensa-t-elle. Son regard se promena tout autour de la cabine où rien ne dépassait sauf le banc qui avait été sorti de la paroi et le fauteuil qui était peut être celui du pilote.

Assis sur le banc, face à Thibaud resté debout près d'elle, le chef se montrant de la main dit d'une voix très grave :
- Moi Antor, toi Aline, lui Thibaud.
- Bonjour Antor et merci pour les soins.
- Aline, comment nous as-tu trouvés ?
- Euh, c'est vous qui m'avez trouvée. Je faisais du surf sur la mer sur une plage de Lacanau, quand un courant m'a aspirée. J'ai cru me noyer et je ne sais rien d'autre jusqu'à ce que j'ouvre les yeux sur le sable dans la grotte. Nous ne sommes pas loin de Lacanau n'est-ce pas ?

- Thibaud trouvé dans la mer lui aussi…
Il reprit après un silence comme s'il cherchait comment raconter son histoire :
- Mon groupe était en mission de surveillance quand nos instruments ont subi une avarie. Nous nous sommes posés sous les arbres qui sentent bon, en mode invisible mais nous aurons peut-être besoin de choses pour réparer si nous n'arrivons pas à alerter la navette de réparations. Tu vas peut-être nous aider.
- Si je peux ce sera bien volontiers mais selon ce dont vous aurez besoin, Lacanau ne sera pas l'endroit le plus propice pour se le procurer. Peut-être faudra-t-il une ville plus grande. Ensuite, je suis attendue par mon patron à Marseille, il faudrait que j'aille chez moi à Lacanau chercher mes affaires avant de repartir. Cependant, si vous vouliez m'y emmener, peut-être y aura-t-il un souci. J'ai disparu en mer et sans doute les autorités ont-elles été prévenues et des recherches ont été entreprises. Je me demande pour notre sécurité à tous, s'il ne faudrait pas, que j'aille voir la police pour signaler que je me suis réveillée sur la plage. Cela interromprait les recherches. Je promets de ne pas leur parler de vous. Vous devez repartir tranquilles.
- La police, c'est l'autorité ici ? Ils vont te chercher ?
- Oui, la police veille à la sécurité. Ils ont dû avertir mes parents. Il faudra que je les appelle pour les tranquilliser.

- Je viendrai avec toi, personne ne me verra mais fais attention à ce que tu diras à la police. Si tu veux, nous pouvons y aller. Thibaud reste ici, les gardes te surveilleront.
- Où devais-tu travailler à Marseille ? demanda Thibaud.
- C'est plutôt à La Seyne, dans un labo spécialisé en océanographie. Je dis Marseille parce que les gens situent tout de suite mieux la ville.
- Je connais, je suis ingénieur et j'ai visité les lieux, ils ont pas mal d'espace où vous pourriez trouver un coin sûr pour poser la navette en attendant le dépannage. D'accord Antor, allez au poste de police et chez Aline chercher ses affaires, j'attendrai ici avec les copains bien qu'ils manquent de conversation.

Sur le pas de l'ouverture de la navette, Thibaud les regarda s'éloigner les mains sur les hanches, un peu étonné par le comportement presque respectueux d'Antor à l'égard d'Aline. Il l'avait pourtant pas mal bousculé et effrayé, lorsque les gardes l'avaient trouvé sur la plage de la grotte.
« Aline est une très belle femme, peut-être n'ose-t-il pas agir aussi durement avec elle qu'il l'a fait avec moi ? »

Aline partit accompagnée, dans un petit modèle compact de véhicule volant à quatre places qui se faufila sans bruit le long du sentier forestier désert, puis au-dessus des voitures qui avançaient au pas en ville. Pour le 14 juillet, les touristes étaient enfin arrivés et la ville en fête bruissait de bruit et de musique.

« Nous ne devons pas être perçus par les hommes car nous volons à peine au-dessus d'eux. C'est dingue ! » pensa-t-elle excitée par l'expérience.

Très vite, l'engin fut posé derrière un bâtiment à un endroit désert. Aline sortit, suivie par Antor en mode invisible.

« Un mode de déplacement futuriste génial ! »

-      Nous irons chercher tes affaires après la police, entendit-elle la voix grave d'Antor s'exprimant dans sa tête, ce qui déclencha un sursaut et un frisson dans son dos.

« Comment fait-il ? »

Toujours suivie par son ombre qui émit une sorte de rire bref, elle pénétra dans le poste de police et déclina son identité faisant sursauter le policier de l'accueil.

-      Je vais prévenir mais tout le monde vous cherche madame.

-      Je m'en doute, merci.

Un officier arriva en courant, observa la jeune femme en combinaison de surf d'un regard incisif et dit.

-      Vous êtes Aline, venez par-là vous assoir et nous raconter comment vous êtes arrivée ici, seule après vingt-quatre heures de recherches intensives.

Ils entrèrent dans un bureau, Aline s'assit face à une table encombrée de dossiers. L'officier fut rejoint par un autre policier et les questions commencèrent.

- Je suis Aline Marchal, j'étais en vacances dans la maison de mes parents à Lacanau. J'avais laissé mon sac sur la plage. Il est en paille brodé d'une rose, il contenait une serviette, un bermuda, un tee-shirt, mes papiers d'identité, ma carte bancaire, mon téléphone et les clefs de la maison de mes parents. J'ai fait du surf tout l'après-midi et au moment où je pensais arrêter, j'ai été aspirée par un fort courant pendant que ma planche se fracassait sur les rochers. Voyant les rochers arriver à grande vitesse et certaine de ne pas pouvoir les éviter, juste avant, j'avais réussi à me libérer du cordon de sécurité et j'ai vraiment cru mes derniers instants arrivés. J'ai été aspirée, peut-être par une baïne mais j'ignore ce qui s'est passé ensuite car après m'être sentie tourbillonner, j'ai vite perdu conscience. Je suis revenue à moi bien plus loin sur la plage, très au-delà de la digue. J'ai beaucoup vomi, épuisée, je me suis endormie et lorsque je me suis réveillée, je suis venue ici à pied. Je ne peux pas vous en dire plus, j'ignore quel jour nous sommes et mes parents doivent être fous d'angoisse.

Ils lui firent répéter son histoire plusieurs fois mais elle n'en démordit pas et ne pouvait expliquer de n'avoir aucune blessure. Son accoutrement et ses cheveux raides de sable et de sel devaient être parlants car elle ne fut pas tracassée davantage.

Elle signa sa déposition et son sac lui fut rendu. Elle saisit les clefs de la maison de sa grand-mère en souriant.
- Je dois partir dès ce soir car je suis attendue par mon employeur dès demain.
- Vous êtes ingénieure, c'est ça ?
- Oui, j'ai obtenu mon diplôme en juin et un contrat de deux ans pour le job de mes rêves !
- Soyez prudente.
- Toujours…
Son propos provoqua un sourire sarcastique de l'un des policiers.
- Vous avez conscience que nous ne croyons pas à votre histoire…
- Vraiment, vous avez tort, répondit-elle en le regardant droit dans les yeux, je n'ai rien à ajouter et je remercie ma mamie, là-haut de m'avoir envoyé un ange ou je ne sais quoi pour me sortir de ce courant.
- Donc quelqu'un vous a aidé.
- Ce n'est pas ce que j'ai dit, j'ignore comment je me suis retrouvée sur cette plage après avoir bu la tasse et sans rien de plus sérieux. Je vous assure que je ne me souviens pas d'avoir croisé l'ombre d'un humain.

- C'était peut-être Flipper le dauphin ? Bien, restez à la disposition de la police. Nous allons chercher.
- Merci encore, bonne fin de journée.
- Voulez-vous qu'on vous emmène chez vous ?
- Non, merci, j'ai besoin de me rendre compte que je ne me suis pas noyée, je vais rentrer à pied pour me changer et partir pour Marseille. Merci messieurs.

Aline quitta ses interlocuteurs, pas tout à fait tranquille et lorsqu'elle fut dans la rue, elle avança de quelques pas avant de murmurer :
- Antor, êtes-vous là ? Nous n'allons pas loin, la navette pourra-t-elle nous suivre ?
- Oui, Liv nous trouvera. Tu as bien répondu.
- Ils se doutent de quelque chose, ils ne sont pas idiots.
- Non, mais ils t'ont déjà oublié.
- Oh ! Vous avez fait quelque chose…
- Oui.

Ils marchèrent sans un mot de plus. Arrivés à la maison, elle sortit ses clefs et ouvrit la porte. Avec un frisson, elle parcourut les pièces inhabitées et dans sa chambre, saisit sa valise, son sac à dos et son ordinateur après avoir pris une douche rapide et s'être changée.

- Antor, avant de partir, je dois fermer les volets et appeler mes parents pour leur dire de ne plus s'inquiéter.
- Ils ne s'inquiètent plus mais tu peux les appeler.

La conversation fut plus que stupéfiante pour Aline, ses parents ignoraient qu'elle avait eu un petit accident, aussi comprenant qu'Antor avait usé de sa magie, passa-t-elle sur l'incident et elle avertit sa mère qu'après avoir fermé la maison, elle partirait pour la côte d'azur. L'entretien se termina très vite, elle était rassurée de savoir que sa famille ne s'inquiétait pas pour elle.

En faisant le tour de la maison, elle expliqua à Antor que son père avait eu un accident qui l'avait privé de sa mobilité, ce qui était pour tous un gros souci et c'est pourquoi elle était contente qu'en plus, ils ne soient pas angoissés par sa disparition.

La maison fermée et mise sous alarme, en habituée elle entra dans le trou noir ouvert devant la porte afin de rejoindre Thibaud et l'équipe de gardiens.

3

En un temps record, ils furent revenus dans la forêt à leur point de départ. Thibaud sortit du bois accompagné d'un garde.
- J'ai vécu une curieuse aventure mais j'ai pu récupérer mes affaires et maintenant, nous devrions pouvoir nous rendre à La Seyne. Par téléphone j'avais réservé une chambre dans un gite pour ce soir. Où demeures-tu ?
- A Bordeaux mais j'ai moins de chances que toi, ils se demandent encore ce qu'ils vont faire de moi.
Puis il lui expliqua qu'il plongeait et en suivant un poisson dans un trou, il avait dû déranger un garde parce qu'il j'ignore ce qui lui est arrivé ensuite car il est revenu à lui, prisonnier et sans souvenirs à court terme. Il aurait un poste à Bordeaux et n'a pas pu justifier son absence des derniers jours. Son patron ne va pas être ravi et bien entendu, il n'a aucun papier, pas d'argent et pas de vêtements. Tout était resté dans son véhicule sur le parking.

- Si tu veux, je pourrais te faire une avance pour que tu t'équipes en dépannage mais je n'ai pas les moyens de t'offrir un cadeau.
- Ce serait sympa, je ne supporte plus la combinaison.
- Où est ton matériel de plongée, tu avais des bouteilles ?
- Ils l'ont confisqué mais je compte bien le récupérer.
- D'accord, dès que nous serons à la Seyne, nous nous occuperons de tes fringues. J'ai pu prévenir ma famille mais je me suis aperçue qu'ils ne savaient rien de mon accident. Antor aurait effacé leur mémoire à court terme ainsi que celle des policiers. J'ignore qui ils sont mais leurs possibilités sont un peu effrayantes.
- Aline, as-tu peur de moi ? demanda Antor qui approchait et avait dû entendre sa réflexion.
- Non je n'ai pas vraiment peur mais cette situation est inhabituelle et je m'interroge.

Elle dit à Antor son sentiment que Thibaud et elle, les avaient dérangés sans le vouloir et qu'elle comprenait qu'ils se sentent menacés. Pourtant, elle trouve que c'est une incroyable chance que de les avoir rencontré. Personne au monde ne sait de façon certaine qu'ils existent et nombreux sont les scientifiques qui s'interrogent sur la possibilité d'une vie ailleurs que sur terre, sans trouver la réponse.

- En science vous semblez être des primitifs et nous ne pouvons pas nous mettre en danger. Nous vous garderons tant que nous ne pourrons pas repartir.
- Peut-être pourriez-vous permettre à Thibaud d'appeler son patron. Il risque d'avoir de gros soucis avec son travail s'il ne régularisait pas sa situation très vite, plaida-t-elle.
- As-tu confiance en lui ?
- Je crois que oui, mais je ne le connais pas plus que vous. Cependant, je sais de manière certaine que s'il n'appelle pas rapidement son employeur, il perdra son travail avec une mauvaise réputation et sa vie professionnelle deviendra difficile. Il doit au moins demander des vacances en attendant que vous lui rendiez sa liberté.
- Sa vie… qu'est-ce que la vie pour toi ?
- Oh ça, c'est une vraie question de philosophie, répondit-elle en riant.
- Réfléchis et selon ta réponse je l'autoriserai à appeler à Bordeaux et je vous donnerai la liberté lorsque nous repartirons… Maintenant, nous partons pour La Seyne, la navette de madame est avancée.

« Il se moque de moi ? Comment peut-il faire preuve d'humour ? Il comprend tout, il raisonne, il semble capable de jugement… qui donc est-il ? »

- Aline, je t'entends penser et si tu t'interroges, tu as pour le moment, plutôt une bonne impression de moi. Je suis flatté mais ne te t'y fies pas, je suis capable

du meilleur pour mon bien et le tien mais je suis un guerrier sans état d'âme, familier de la mort. Sans doute n'ai-je pas d'âme comme vous les hommes ou ne suis-je pas parasité par les émotions dont je suis dépourvu. Mes actions les plus noires sont donc facilement assumées et vite oubliées.
- Vous n'avez aucune notion du bien ou du mal ?
- Pour vous, j'ai compris que vous agissez selon une règle morale ou des autorisations données ou pas par votre groupe humain. Moi, je reçois un ordre que je dois exécuter sans discuter, les circonstances, les moyens et les conséquences n'ont aucune incidence sur mon résultat qui est d'accomplir ma mission quoi qu'il en coûte.
- Je comprends, c'est plus facile d'agir et d'assumer quand on ne se préoccupe pas des autres mais alors Antor, pourquoi nous avoir porté secours ?
- Je ne sais pas l'expliquer, avoua-t-il gêné, peut-être ai-je été victime de curiosité ? J'ai eu envie de connaitre des humains avant de vous tuer ou de vous libérer. Qu'as-tu ? J'entends ton corps émettre des bruits.
- Je n'ai rien mangé depuis hier matin et je ne refuserai pas un petit en-cas.
- Ah la faim ! Thibaud, tu sais faire, va au synthétiseur chercher quelque chose qui vous nourrisse tous les deux.

Ils observèrent le jeune homme s'éloigner en silence. Aline se demandait qui était Antor qui lui semblait perturbé par ses questionnements.
Il reprit presque hésitant :
- Aline, les humaines sont-elles toutes aussi belles que toi, quel genre d'homme cherches-tu ?
Aline le regarda stupéfaite :
« Qu'est-ce que c'est que ces questions ? Que cherche-t-il à savoir ? »
- Heu, merci pour le compliment, répondit-elle prudente, mais je sais qu'il y a de nombreuses jeunes femmes bien plus jolies que moi. Je suis grande et mince c'est vrai mais je suis musclée, pour faire du surf il faut des jambes…
Ensuite, vous avez une drôle d'idée, je ne cherche pas un homme !

Devant son étonnement, elle expliqua qu'elle avait beaucoup travaillé pour obtenir son diplôme et maintenant, elle allait commencer à réfléchir sur des sujets qui la passionnent, tout en étant payée pour le faire. Elle dit qu'après l'accident de son père, elle avait dû aider sa mère à payer ses études et celles de sa sœur et de son frère. Elle n'avait plus eu beaucoup de temps pour s'amuser et encore moins celui de chercher un homme.
- Parle-moi de ton père, pourquoi ne peut-il pas être guérit par votre médecine ?

- Une voiture l'a fauché alors qu'il courrait le long d'une route un dimanche, il était sportif.
Voyant qu'il ne comprenait pas, elle précisa :
- Il s'agit de fournir des efforts musculaires afin de rester en bonne santé. Sa colonne vertébrale a été touchée. Il ne peut plus marcher depuis trois ans et ne travaille plus que la moitié de son temps. Ma mère qui était restée à la maison pour s'occuper de nous, était trop âgée pour trouver un premier emploi et elle doit veiller sur mon père et l'aider, alors ce n'est pas facile pour eux, heureusement qu'ils s'aiment beaucoup.
- Je comprends la vie pas facile, pourquoi ta mère s'occupe-t-elle de ton père, elle pourrait partir et le laisser ou demander aux autorités qu'il meure.
Patiemment, elle expliqua la conception de la vie pour sa famille et elle.
- Pour nous, la vie est un trésor et nous n'avons pas le droit d'y attenter, dans notre pays pour le moment, la loi l'interdit.
Mes parents, lorsqu'ils se sont mariés se sont promis assistance « dans la richesse et la pauvreté, dans la santé et la maladie » et ils s'aiment trop pour que celui qui va bien ne s'occupe pas de celui qui a été blessé et leurs trois enfants font ce qu'ils peuvent pour les entourer et les soutenir. Non, nous ne cherchons pas à nous débarrasser des plus vieux ou des malades, ce n'est pas ainsi que nous fonctionnons chez nous.
- Et vous tenez cette parole d'aider l'autre ?

- Ce n'est pas facile tout le temps mais oui, nous essayons de tenir parole et puis il y a le miracle de l'amour et de la solidarité familiale.
- C'est une belle mission. Répondit-il songeur.
- Ce n'est pas une mission qui est imposée, l'aide vient du cœur et de l'amour que nous ressentons pour chaque membre de notre famille.

Antor se tut, pensif puis il reprit sur un ton plus sérieux :
- Nous allons arriver à La Seyne. Tu vas te rendre à ta chambre, je te laisserai un garde, on ne sait jamais. J'irai avec Thibaud inspecter les alentours de ton laboratoire. Nous reviendrons te chercher demain matin. Je te contacterai par télépathie pour savoir où te récupérer avec le garde.
- Antor, j'ai loué une chambre chez des particuliers et je ne risquerai rien, inutile de me laisser un garde. Il faudrait que j'aille en fin d'après-midi acheter des vêtements à Thibaud, il ne pourra pas rester en combinaison de plongée encore longtemps.
- Tu préfères y aller maintenant avant d'aller à ta chambre ?
- Pourquoi pas, Thibaud sera plus rapidement plus à l'aise.
- Tu aimes cet humain ?
- Pas particulièrement, je ne le connais pas mais il est sympathique et se trouve dans l'embarras comme

moi. Je vais lui acheter des vêtements et il me remboursera la facture.

- Tu as confiance ?
- Je lui accorde ma confiance mais je peux me tromper, pourtant je prends le risque.
- Merci Aline. Je suis un homme de parole et je te rembourserai, c'est promis.
- Il faut chercher un supermarché avec un parking. Pouvons-nous survoler la périphérie de la Seyne, ils se trouvent souvent à l'extérieur du centre-ville.

Un écran apparut devant Aline et bientôt, elle put montrer à Antor un vaste parking.

- Voilà qui fera l'affaire. Quelle est ta taille Thibaud, XL ? demanda-t-elle en le regardant, l'œil évaluateur.
- Tu as le compas dans l'œil, prend un jean, un polo ou deux et des sous-vêtements, une paire de sandales ou des tongs feront l'affaire. Merci Aline.
- D'accord, j'ai un frère, je ferai comme pour lui.
- Je viens avec toi, déclara Antor. Je veux voir le supermarché.
- Si cela te fait plaisir.

Elle eut l'impression qu'ils s'étaient posés, elle vérifia dans son sac que ses papiers et sa carte bancaire étaient toujours rangés avant de se diriger sers la porte de la navette.

Antor sortit et transmit à Aline l'information que la voie était libre tout en lui tendant la main pour qu'elle puisse descendre.
« Il a vu Thibaud le faire »
« J'apprends ! » répondit-il bougon.

Elle se dirigea vers les chariots et sortit une pièce de son porte-monnaie avant de la glisser dans le dispositif de verrouillage, quand la voix d'Antor résonna dans son esprit.
« Pourquoi cet appareil de blocage ? »
- C'est pour éviter les vols et les abandons n'importe où.
« Et ça corrige l'indiscipline des hommes ? »
- Pas vraiment, mais ainsi la plupart des chariots est bien rangée à sa place, murmura-t-elle. Si des gens m'entendent parler seule, ils me croiront folle !
« Alors, répond-moi dans ta tête, je t'entendrai. »
« Je ne veux pas que tu écoutes ce que j'ai dans ma tête. Ce n'est pas correct. »
« Juste pour le supermarché. Je veux comprendre. »
Aline comprit que de toutes façons, curieux comme il semblait l'être, Antor ferait ce qu'il avait décidé, aussi céda-t-elle devant son insistance.
« Il vaut mieux choisir les batailles. » ce qui déclencha un petit rire.
Ils pénétrèrent dans la galerie marchande.
« Il y a des boutiques là… »

« Trop chères, je n'ai pas beaucoup d'argent à prêter. A l'intérieur du supermarché, les vêtements seront à un meilleur prix. »

« Tu dis que tu n'as pas d'argent mais tu donnes ce que tu possèdes pour aider Thibaud. Es-tu sûre de cet homme ? »

« Il a promis de me rembourser, je fais confiance et j'espère ne pas me tromper. »

« Il a intérêt à ne pas te tromper… » gronda-t-il.

Elle rit et chercha à détourner son attention.

« Connais-tu le chocolat, c'est bon pour le moral et pour l'humeur ! Je t'en offre une tablette au lait et une sans lait avec des noisettes et des raisins secs… Hum ! Tu me diras celle que tu préfères » pensa-t-elle en déposant plusieurs tablettes dans le chariot. Tu pourras aussi demander à tes hommes ce qu'ils préfèrent. As-tu une femme là où tu vis ?»

« Mon espérance de vie ne me permettait pas d'avoir une famille. Maintenant peut-être… »

Tout en devisant, ils arrivèrent dans le rayon de l'habillement des messieurs. Très vite, Aline choisit un paquet de deux boxers, deux polos classiques et un jean, puis ils se dirigèrent vers les chaussures avant de faire la queue à une caisse rapide. Aline ne voyait pas Antor mais elle savait qu'il ne ratait rien de ce qu'il se passait autour de lui, ni de ce qu'elle faisait.

Leurs courses scannées, payées et rangées dans un sac, ils partirent en direction du parking.

En passant devant une parfumerie, Antor s'arrêta net pis le bras d'Aline et l'interpela.
« Aline ! Quelle est cette odeur incroyable ? »
« C'est celle du parfum, sur terre les hommes et les femmes peuvent modifier ou cacher leur odeur corporelle avec des extraits chimiques ou des essences tirées des fleurs. »
« Tu ne te parfumes pas ? Tu n'aimes pas ? »
« Je suis comme la majorité des filles, j'aime beaucoup un parfum en particulier mais il est trop cher pour moi. Un jour peut être… »
Antor regarda la boutique, songeur.
« Quelle essence préfères-tu ? Montre-moi »
« On a le temps ? »
« Prenons-le, ils n'iront nulle part sans nous. »

Aline entra dans la boutique et s'approcha des parfums, elle déboucha un testeur, en mit un peu sur son poignet qu'elle secoua, elle le respira puis éleva son poignet qui fut saisi délicatement et monté là où elle pensait que se trouvait le nez d'Antor.
« Hum, j'aime beaucoup, c'est ton préféré ? »
« Oui, partons avant qu'une vendeuse intriguée par mon geste, me harponne et que je ne trouve pas d'argument pour refuser d'acheter cette folie. »

Ils passèrent devant la caisse et près d'un vigile en faction qui demanda à vérifier le sac d'Aline.
Antor resta silencieux, alors qu'il avait discuté de tout jusqu'à présent, en découvrant un des temples de la tentation, ce qui étonna Aline. Elle laissa le vigile contrôler ses achats et bientôt libérée, elle ressortit, Antor était sur ses talons.
« Pourquoi le garde t'a-t-il arrêtée ? »
« Je ne suis pas passée par la caisse, il a vérifié que je n'avais commis aucun vol. »
« Ah, un vol, je n'avais pas pensé à cela, la navette est là mais l'ouverture est derrière, murmura-t-il en guidant Aline par le bras. Monte vite. »
« Vous avez aimé la promenade ? »
« Beaucoup et ta compagnie encore plus mais cela restera entre nous. »
Laissant Aline sidérée par ses propos, il s'éloigna.
Antor était vite parti, il se sentait bizarrement peu sûr de lui et cela ne lui était jamais arrivé. Dans son monde, les femmes indépendantes étaient rares, leur système ne leur laissait que peu de place. Aline l'intriguait et le rendait curieux et le résultat était qu'il n'arrivait pas à la chasser de son esprit. Elle était belle et lui plaisait bien qu'elle soit humaine mais sa douceur, sa confiance, son empathie et son dynamisme l'attiraient comme un aimant la limaille. Voilà la nouveauté et à sentir des tiraillements du côté du cœur, il se sentait menacé

presqu'en danger, bien qu'il ne risquât pas de perdre la vie.

Pendant qu'Antor allait voir le pilote, Aline remit le sac de vêtements et le ticket de caisse à Thibaud qui la remercia tout en fouillant le sac.
-   Je vais me sentir mieux, La combi en permanence et hors de l'eau, ce n'est pas le top du confort ! Si tu avais un RIB, je serais preneur. J'aime bien ce que tu m'as trouvé, j'aurais pu les acheter.
-   J'ai un frère plus jeune que moi et je l'ai souvent habillé.
-   Dark Vador a été sympa ? murmura-t-il.
-   Très et je n'aime pas que tu l'appelles ainsi, il est très curieux de notre monde et pose de nombreuses questions. Il cherche à comprendre. Il nous retient contre notre gré, mais il n'est pas mauvais ni menaçant, sans doute ferions-nous de même si nous étions hors de chez nous en visite et découverts.
-   Sans doute ! Bon nous allons à ton gîte ?
Antor qui revenait du poste de pilotage, intervint dans la conversation :
-   Nous allons déposer Aline mais tu seras encore ce soir notre invité, tu n'as pas de chambre retenue et tu n'as pas d'argent pour en payer une.
-   OK, quand repartirez-vous ?
-   Dès que les réparations seront faites.

- Antor, je suis comme Aline je dois travailler et je ne peux plus m'attarder davantage sans raison. Mon employeur me sanctionnerait si je ne reprenais pas mon poste très vite.
- Si Liv, le pilote est toujours d'accord, nous pourrions essayer de te raccompagner à Bordeaux demain matin très tôt, peut être avec l'engin de liaison afin d'épargner la navette mais je te préviens, je saurai si tu parles de nous et le châtiment qui te serait alors infligé, te ferait amèrement regretter tes propos.
- Antor, j'ai compris et je t'ai déjà dit que cette histoire est tellement folle qu'elle n'est pas crédible. Je ne peux pas en parler à qui que ce soit, sans passer pour un fou et ce n'est pas mon intérêt.
- C'est très bien comme ça ! Je pourrais aussi te priver de mémoire… mais tu pourrais oublier de rembourser Aline.

Thibaud hésita puis regarda Antor dans les yeux et communiqua par la pensée :
« D'homme à homme, enfin… de toi à moi, promets-moi de ne pas faire de mal à Aline, c'est une fille bien et elle ne mérite pas de souffrir ni d'être utilisée. »
« Ce n'est pas mon intention. Je suis un soldat non terrien, mais nous avons un code d'honneur nous aussi. Je peux ôter la vie à celui qui trompe ou fait la guerre à ma planète sans m'interroger mais je ne

trahirais pas ma parole ou une promesse sans une bonne raison.

Connaitrais-tu l'adresse de sa famille ? »

« Tu me rassures Antor, mais je m'en doutais, je voulais juste t'entendre confirmer cette impression. Je suis vraiment content de t'avoir connu. Pour répondre à ta question, je ne sais pas grand-chose d'Aline et je n'ai aucune idée de l'endroit où demeure sa famille, je pourrais essayer de savoir si tu veux ou lui demander dans la conversation. Je vais me débrouiller. »

Les deux hommes se serrèrent la main.

Aline les regardait interagir, elle se doutait qu'ils échangeaient par télépathie à son propos mais puisqu'elle ignorait ce qu'ils se racontaient, elle préféra aller s'assoir seule, plus loin.

« C'est commode ce truc pour faire comprendre à un autre qu'il est de trop... » pensa-t-elle un peu vexée puis elle laissa dériver sa pensée vers sa famille pour laquelle elle s'inquiétait.

Thibaut la sortit de sa réflexion nostalgique.

- Aline, je risque d'être parti demain matin, alors ma belle, merci pour tout. Veux-tu me donner ton numéro de téléphone ? Je prendrais bien des nouvelles de temps en temps et puis ta famille habite où à Paris, c'est un secret ?

- Absolument pas, les Marchal demeurent à Sèvres, pas très loin de la manufacture depuis

plusieurs générations. Mes grands-parents avaient donné leur maison à mes parents et s'étaient retirés à Lacanau mais venaient souvent faire un tour. Pourquoi ?
- Pour rien, comme ça !... Je me demandais dans quelle banlieue tu avais vécu.
- Et qu'en déduis-tu ?
- Juste que je ne m'étais pas trompé, tu as une classe certaine. A bientôt Aline et good job !
Pendant qu'ils échangeaient, Antor avait capté la photo de la maison de Sèvres qui était apparue dans l'esprit de la jeune femme alors qu'elle l'évoquait. Une grande maison, chapeautée d'ardoises bleues assez typique de l'Ile de France, facile à retrouver et l'envoya à Liv pour qu'il la rentre dans l'ordinateur de bord.
- Aline, un garde restera près de ta chambre, tu n'as rien à craindre. Je t'ai dit que nous viendrons te chercher demain matin pour te conduire à ton travail.
- Antor, j'ai répondu qu'il n'y avait pas de raison ! je ne risque rien, faites ce que vous avez à faire, j'irai à pied, ce n'est pas loin.
- Peut-être mais tu dois me montrer où nous pourrons nous stationner.
- Je ne suis pas sûre de pouvoir le savoir si vite, je ferai probablement le tour des services et des laboratoires demain mais j'ignore si nous aurons le temps de visiter les extérieurs. Ce n'est pas certain.

D'ici et d'ailleurs

- Bon, alors nous prendrons le temps pour visiter la ville de Thibaud. Essaye de te renseigner si tu peux. A demain.

La navette se posa dans une ruelle déserte en cul de sac.

La maison dans laquelle elle louera une chambre en attendant de trouver un logement se trouve au fond de l'impasse, au milieu d'un grand jardin dont une partie est arborée, le reste est en pelouse bien tondue. Le quartier et l'environnement paraissent calmes, Antor sembla rassuré. Il lui donna encore quelques indications sur la sécurité et la laissa enfin partir trainant ses bagages.

Ils la regardèrent refermer le portillon après avoir sonné et répondu à la voix qui sortait d'un haut-parleur encastré dans un pilier de l'entrée.

4

Le lendemain matin, sans nouvelle d'Antor à huit heures trente, elle sortit de sa chambre et se dirigea vers le centre et ses laboratoires dédiés aux études océanographiques où elle se présenta peu après à la réception.
Elle était attendue par le service des ressources humaines qui lui confirma sa fiche de poste et les conditions de son emploi et lui fit faire le tour du laboratoire où elle devra travailler les deux prochaines années.
Elle fut laissée dans le bureau du chef de service qui après lui avoir expliqué que son chef de mission était absent pour la journée, la conduisit dans le bureau de l'assistante qui avait préparé un dossier à son intention. Annie, une jeune femme vive et sympathique affirma qu'elle arrivait au bon moment parce qu'elle pourra prendre part à une expédition qui devait être montée au large de la Sicile début septembre. Pour cela, il faudra équiper le bateau puis elle l'emmena dehors et prit la

direction des bassins de radoub, ce qui tombait bien pour renseigner Antor, se dit-elle.

« Comment se fait-il qu'il soit aussi en retard ? Faut-il que je m'inquiète ? Et comment le joindre, je n'ai pas de formation en télépathie. »

« Si tu m'appelles, je peux te joindre, répondit dans sa tête la voix d'Antor. As-tu un souci ? »

« Oh, bonjour Antor, le voyage se passe bien ? J'ai pris mon poste et je suis sur les quais, près des ateliers qui équipent les bateaux pour les campagnes de recherches. De quel espace avez-vous besoin pour vos navettes ? »

« Au minimum une soixantaine de mètres carrés tranquilles, à l'écart de la circulation. Nous évitons les lieux fréquentés. »

« Pas de fils électriques ou de sources d'énergie trop près ? »

« Oublie ces choses-là, il vaut mieux éviter les fils électriques aériens mais il y en a partout et nos radars les détectent correctement. »

« Je regarde mais je pense avoir trouvé ce dont vous avez besoin, c'est un parking dégagé qui n'est pas utilisé en ce moment. Je vous laisse à votre promenade, à ce soir. »

« Montre l'endroit à ton garde, il nous enverra les coordonnées exactes et un aperçu scanné. Travaille bien, nous serons absents toute la journée. A ce soir. »

« Je pourrai m'y habituer, c'est mieux que le téléphone… » pensa-t-elle, quand elle eut l'impression d'entendre quelqu'un rire d'un timbre grave qui la fit frissonner.
« J'adore cette voix grave, chaude et profonde. » remarqua-t-elle et à sa grande confusion, elle entendit la voix ronronner, ce qui accru son trouble.

Elle réalisa qu'Antor lui avait demandé de signaler l'endroit au garde mais il avait oublié de lui donner le mode d'emploi. Elle se doutait qu'elle était accompagnée bien que le garde ne se soit pas manifesté mais elle ignorait où et comment le contacter. Elle se risqua à essayer de penser à un garde nébuleux car elle ignorait à quoi il ressemblait et l'appela :
« Garde, es-tu là ? »
« Oui, que veux-tu ? »
« Oh ! sursauta-t-elle. Je suis désolée que tu aies à me suivre. Pour vos navettes je pensais que le coin là-bas derrière l'atelier pourrait convenir, qu'en penses-tu ? »
« Je n'ai pas d'idée sur la question. Que veux-tu que je fasse ? »
« Envoie les coordonnées et un visuel de l'endroit à Antor. Pourquoi n'as-tu pas d'idée, tu sais mieux que moi de quoi Antor a besoin. »
« Je n'ai pas été programmé pour réfléchir, juste à obéir aux ordres. »
« D'accord, je comprends, merci. »

« En fait je ne comprends rien, ou je n'ose comprendre..., les gardes seraient-ils des robots ? Et Antor en serait-il un lui aussi, plus perfectionné et capable de réfléchir et de prendre des décisions ? » se demanda-t-elle tout en ressentant une pointe de déception.

A nouveau, elle eut la sensation que dans sa tête, une voix rieuse se moquait de ses questionnements.

« Aline, tu oublies que je suis branché sur toi et que je ne te quitte pas, j'entends tout ce que tu te dis lorsque tu penses à moi, c'est très intéressant. Je peux ainsi t'assurer que je n'ai rien d'un robot et que j'éprouve de bien curieuses sensations, nouvelles et inavouables depuis que tu as été trouvée dans la grotte. »

« Antor, je veux pouvoir penser et réfléchir sans être espionnée. J'ai droit à des pensées intimes, personnelles. Sors de ma tête sauf si tu veux m'apprendre quelque chose. »

« Tes pensées intimes m'amusent beaucoup et cela ne m'était jamais arrivé d'avoir envie de rire, tu me distrais. En outre, je veille sur toi et pourrais avertir ton garde si je sentais que tu t'estimes en danger. »

« Il n'y a aucune raison pour que je sois en danger à mon travail. »

« Il y a des hommes qui peuvent avoir de mauvaises intentions... Tu es intelligente et très belle et tu peux représenter une grande tentation pour certains ! »

« Pff... Je suis une grande fille. Ne t'inquiète pas pour moi. »

« Je vais essayer mais ne te promets rien. »

Elle leva les yeux au ciel tout en pensant :

« Mon Dieu, si tu m'entends, délivre-moi des hommes surprotecteurs. Je ne suis pas habituée à cela et j'ignore comment réagir. »

« Qui est Dieu, Aline ? Je ne veux pas que tu t'adresses à un autre que moi, je peux satisfaire la plupart de tes désirs. »

Ce qui provoqua un fou rire incoercible et des larmes coulèrent sur les joues de la jeune femme.

- Que t'arrive-t-il ? demanda Annie en voyant qu'elle luttait pour retrouver sa respiration.
- Je ne sais pas, j'ai dû avaler un truc, ce qui a bloqué ma respiration.

« Menteuse ! » Entendit-elle.

- Ah oui, ici il n'y a pas assez de courant, il y a des moucherons et des odeurs, il vaut mieux parfois avoir un masque dans la poche.
- A quoi sert ce parking ?
- A ranger les voitures au moment de l'équipement des bateaux, sauf à de rares moments ils sont inoccupés. Pourquoi ?
- Pour rien, je me demandais à quoi ils servaient à l'écart des locaux.

Elles regagnèrent le laboratoire en discutant du planning.

L'après-midi passa vite avec l'équipe d'ingénieurs dont elle faisait partie. Jeunes pour la plupart, ils sont passionnés par leurs recherches et enchantés de préparer l'expédition, certains plongeront et recueilleront les échantillons pendant que les autres s'attacheront aux premières analyses avant de les numéroter et de les classer. N'étant pas plongeuse, Aline sera affectée aux analyses, ce qui lui convient bien.

A dix-huit heures, elle était sans nouvelles d'Anton et se tracassait qu'il l'ait laissé sans lui communiquer l'heure de son retour.

« Aurait-il eu un accident ? Serait-il découvert ? Pourquoi ne m'informe-t-il pas ? »

- Tu lui as dit de passer en mode silence, idiote ! Il ne fait que ce que tu lui as demandé, débrouille-toi sans lui. Bougonna-t-elle.

Contrariée par ses propres contradictions, un peu avant dix-neuf heures, arrivée dans sa chambre, elle décida d'appeler sa maman pour lui annoncer qu'elle avait effectué sa première journée au centre et combien elle est heureuse de l'agenda qui lui est proposé et des conditions d'emploi.

Sa mère fut longue à répondre puis enfin, elle décrocha :
- Aline, ma chérie, je suis en train d'assister à un miracle. Vers quatorze heures, ton père s'est plaint de picotements de plus en plus violents sur la peau puis à l'intérieur de son dos. J'ai cru qu'il devenait fou, il cherchait à se frotter ou à se gratter le dos et les jambes. C'était terrible et je ne pouvais rien faire pour calmer son agitation. Le samu appelé, m'a dit que c'était psy mais puisqu'il n'était pas dangereux ni agressif, les pompiers ne se sont pas déplacés.
Ces périodes d'élancements ou de démangeaisons étaient suivies de temps de rémission, mais il restait agité. Vers dix-sept heures trente, ton père s'est enfin calmé, mais il s'est mis à parler tout seul et tiens-toi bien, il s'est levé et il a fait trois pas sans aide. Il vient de me dire qu'il devait faire un peu de vélo d'appartement pour remuscler ses jambes, je suis allée le chercher au garage et viens de l'installer. C'est un miracle ma chérie ! termina-t-elle en pleurant.
Aline imaginait que Mic et Antor étaient intervenus mais comment s'étaient ils procuré l'adresse de ses parents et quelle sera la contrepartie exigée ? Elle préféra minimiser et rester très factuelle.
- Maman, il faudra peut-être aller consulter son médecin… Une rémission comme celle-là est incroyable, il avait de grosses lésions.

- Ton père... je l'ai retrouvé, il rayonne... Je ne voudrais pas que ses espoirs s'évanouissent, il serait tellement déçu.
- J'insiste maman, dès demain, allez voir le médecin, c'est trop important et maman... profitez de ce moment en remerciant le ciel, la destinée, votre ange gardien, le boulot du kiné et je ne sais qui, pour cette incroyable amélioration de son état.
- Ton père est là ma chérie et il veut te parler.
- Aline, tout va bien pour toi ma fille ? Je me sens en forme et je ne suis pas du tout dingue comme le prétend ta mère ! Cependant, j'ai entendu une drôle de conversation dans ma tête. Le type qui a provoqué quatre heures d'élancements et d'une gratouille monstre, à me rendre à moitié fou, disait : « *Tenez bon pour Aline, la réparation est lente, il faut du temps.* » Alors ma fille, j'ignore si tu connais un médium ou un guérisseur télépathe mais tu peux le remercier de ma part. Je suis debout et j'ai mal partout, comme des courbatures après une longue randonnée avec beaucoup de dénivelés, chaque muscle et toutes les articulations hurlent probablement à cause des mois d'inactivité mais je sens mon corps revivre ma chérie, et je ressuscite après d'infernales années.
- Papa, je ne comprends pas de quoi tu me parles mais ton corps avait peut-être besoin d'un long repos pour se guérir. La chose la plus sûre est de consulter ton médecin. Moi, je m'occupe des organismes marins

pas des hommes et je ne connais personne qui soit medium ou qui exerce dans les médecines alternatives. Quoiqu'il en soit, je suis tellement heureuse pour toi, pour vous, vous aurez une bien meilleure qualité de vie.
- Je t'assure qu'il disait que c'était pour toi et que ton bonheur passait par ma guérison.
Aline leva les yeux au ciel et tenta encore une fois d'argumenter pour que son père ne creuse pas davantage dans son environnement. Comment pourrait-elle faire admettre l'histoire d'Antor et du bâton guérisseur de Mic ?
- Papa, je suis heureuse que tu remarches, c'est évident mais je t'assure que je n'ai aucune accointance capable de faire des miracles ou quelque chose comme ça. Je suppose que ton cerveau mis à l'épreuve, a créé des images ou une raison à cet événement. Qu'en disent Christine et Aldric ?
- Ta mère a commencé par t'appeler, elle va annoncer la nouvelle à ton frère et ta sœur et sais-tu que là, je suis debout et je me promène sans soutien de la chambre au salon sans ressentir le besoin d'un appui ? Il est trop tard pour sortir mais demain, nous irons faire un tour à pied le long de la Seine. C'est un vrai miracle, ma chérie, assure-t-il dans un sanglot vite réprimé.
- Je suis tellement heureuse pour vous. A bientôt papa mais fais attention, ne va pas trop vite, tu dois être démusclé et il va falloir remettre ta machine en route.

Prenez le fauteuil demain, tu pourrais te fatiguer très vite après tous ces mois d'immobilité.
- Tu as raison, ma chérie. J'ignore qui tu as pu inspirer mais remercie-le de ma part, il m'a sauvé la vie.
- Je t'embrasse mon papa chéri et fais un gros câlin à maman.

Les mains tremblantes, elle posa son appareil sur son lit et s'y jeta pour enfin pleurer à son aise. Elle ne pouvait déterminer si c'était de joie de savoir son père debout ou parce qu'Anton avait agi sans lui en parler ou plus égoïstement parce que ses propres épaules étaient déchargées d'un énorme poids.
Elle s'endormit sans diner, jusqu'au moment où elle sentit que quelqu'un la secouait par l'épaule.
Elle s'assit et se tourna pour apercevoir Antor bizarrement flou et transparent dans le clair-obscur de la chambre. Si elle distinguait à peine une silhouette, ses traits restaient dans l'ombre, invisibles.
- Antor, qu'avez-vous fait ? Merci, merci, je suis tellement heureuse que papa se sente bien. Je ne sais pas comment vous remercier mais votre geste n'a pas de prix.
- Aline, cela ne m'a rien coûté de plus qu'un peu de temps et j'ai eu le bonheur de pouvoir changer la vie de ton père et de ta mère en mieux, en promenant un bâton sur son dos. Ce geste sous le contrôle de Mic, leur a permis de retrouver une émotion que j'ai

découverte récemment, l'espoir de vivre des jours meilleurs...

Il expliqua à Aline, qu'il avait réfléchi à ce qui l'agitait, un concept dont il n'avait pas connaissance jusque-là et dont il avait fait la découverte il y a peu de jours : l'espérance.

Né dans une famille qui donnait l'ainé des garçons pour être éduqué en guerrier, il était destiné à mourir jeune au combat. Sachant cela sa famille destituée de toute responsabilité à son égard dès sa naissance ne s'était pas attachée à lui et pour ne pas souffrir de sa mort, il ne l'avait pas connue et n'avait pas été aimé. Il devait donner sa vie à sa planète, sans l'avoir cherché et encore moins voulu. Il ne pouvait pas espérer autre chose, refuser ou choisir son destin et il ne s'était jamais posé la question, parce qu'il avait été éduqué à obéir aux ordres sans réfléchir à leur justesse ou à leur raison.

- A cause de notre rencontre, de nos discussions et de la femme que tu es, aujourd'hui j'aspire à davantage, même si je ressens le désir de continuer à servir les miens autrement.

- Si je peux vous aider faites appel à moi Antor, j'ai une énorme dette envers vous.

Aline parvint à prononcer ces mots tout en redoutant ce qu'ils pourraient entrainer. Antor l'attire d'une façon inexplicable mais il n'est pas humain, elle ne peut pas s'autoriser à céder à un rêve de science-fiction.

- S'il-te-plait, ne vois pas les choses comme cela, je l'ai fait pour toi, c'est vrai mais j'ai découvert que j'étais grandement satisfait par cette action. C'est la première fois que je faisais du bien sans avoir négocié son prix et sans attendre de retour. En voyant la lumière de la joie illuminer les regards de ton père puis de ta mère lorsqu'ils ont compris ce qui se passait, je me suis réchauffé à l'intérieur de moi. Cette satisfaction d'avoir bien agi, d'avoir pu donner du bonheur, au point de faire pleurer de joie tes parents, m'était inconnue jusqu'alors. J'imaginais que tu en serais heureuse toi aussi, j'ai espéré ensuite que quelques paillettes de l'amour que tu portes à ta famille rejailliraient sur moi, que tu penserais à moi en bien et je me suis sentis plus grand et plus fort de savoir que tu m'aimerais un peu moi aussi.

Attendrie devant sa demande d'affection, elle réagit comme avec un enfant qui aurait besoin d'être rassuré.

- Oh, Antor, j'ai très envie de vous serrer dans mes bras, est-ce que vous me le permettez ?

Il rendit les contours de sa silhouette plus visibles et son corps plus ferme. Il était à genou près du lit, la tête baissée et masquée par la capuche de sa combinaison de vol ainsi Aline ne percevait pas ses traits. Elle se dit que c'était exprès, il pouvait ressembler à un homme tant que son visage n'était pas discernable.

D'ici et d'ailleurs

Il passa ses bras autour de la taille de la jeune femme assise au bord du lit, elle se pencha vers lui et le prit contre elle, comme lorsqu'on console quelqu'un dans l'affliction. Il posa sa tête sur son sein et elle sentit qu'il fermait les yeux comme s'il se délectait de cette étreinte.
Elle eut la certitude qu'il ressentait, buvait, se nourrissait de son début d'affection pour lui.

Ils restèrent ainsi quelques instants, sans penser à rien, profitant d'un moment de grâce pure.
-        Merci Aline, ta chaleur m'a fait du bien et je dois réfléchir en détail à ce que je veux et à la façon dont j'aimerais maintenant servir les miens. Je ne continuerai pas comme avant, ce serait impossible pour moi ! La navette de réparation sera là demain. Je repartirai aussitôt que les dépanneurs auront fini de travailler mais si tu le souhaites, je pourrais faire en sorte de pouvoir te parler, pas tous les jours mais de temps en temps afin de ne pas perdre le contact et puis si tout va comme je l'espère, peut-être pourrais-je revenir bientôt. Acceptes-tu que j'installe ce lien et as-tu envie de me revoir ?
« Tout est complexe avec ce personnage qui ne rentre pas dans les cases : pas vraiment compréhensible, protecteur presqu'à l'excès, dominant et sensuel. »

Après un instant de réflexion elle finit par avouer :

- Je mentirais en te répondant non, je me suis attachée à toi, même le fait de te sentir dans ma tête ne m'incommode plus. Je pense que malgré mon travail qui promet d'être passionnant, tu risques fort de me manquer.

Il sourit autant parce qu'elle acceptait sa proposition que parce que sans s'en apercevoir, elle était passée au tutoiement ;
- Me permets-tu de te prendre dans mes bras et puis je voudrais te demander quelque chose. Ajouta-t-il sur un ton gêné.
J'ai pris le testeur de parfum dans la boutique mais j'ai laissé une pièce d'or à la place. Pourrais-tu en mettre sur toi ? Je voudrais te sentir pour ne plus t'oublier, ainsi respirer cette odeur en ton absence, serait comme si tu étais près de moi.
- Antor, jamais personne ne m'a dit une chose pareille, tu es tellement romantique !
- C'est bien romantique ? Je dis ce que je ressens et je suis heureux que tu aimes mes pensées. Tu acceptes pour le parfum ?
- Oui, il en faut très peu, derrière les oreilles, au creux du cou, à l'intérieur des poignets. Quelques gouttes suffisent.
- Allonge-toi sur le lit, je veux te respirer, m'imprégner de ton odeur, lui laisser le temps de me

pénétrer. De cette manière, tu feras partie intégrante de moi.

Vaguement inquiète de « marquer » à ce point Antor, elle se laissa faire parce qu'il n'était pas contraignant ni intimidant et elle ne se sentait pas en danger. Ils s'allongèrent sur le lit dans les bras l'un de l'autre. L'embarras d'Aline né de ce lien permanent qu'il voulait créer, disparut très vite car si elle ignorait le degré de son attachement à lui, elle ne ressentait aucune gêne lors de leurs échanges.
Ils n'avaient plus rien à verbaliser, ils profitaient simplement d'un état de calme béat, presque magique, suspendu hors du temps. Sans s'en apercevoir, Aline glissa dans un sommeil tranquille et réparateur.

Lorsqu'Aline se réveilla à sept heures, son regard fit le tour de la chambre qui était grande et sobrement meublée, tout était à sa place tel qu'elle l'avait laissé la veille. Elle s'aperçut qu'elle s'était endormie habillée et pensa qu'elle avait rêvé la venue d'Antor hier soir car il n'y avait aucune trace de son passage.
Elle mit son nez sur ses poignets ; il lui sembla que la faible trace de son parfum préféré était trop tenue pour être convaincante. Elle pouvait avoir envie de le sentir et son cerveau lui donner l'impression de respirer l'odeur du parfum aussi pensa-t-elle qu'elle avait rêvé.

Ecœurée par ses propres délires à cause d'un rêve, elle prit une douche et partit pour le centre.
- Je vais devoir me trouver un studio pas trop loin. J'irai visiter les agences samedi, marmonna-t-elle.

Au laboratoire, elle discuta avec la sympathique équipe dont elle faisait partie, se plongea dans les dossiers confiés la veille, et résista autant qu'elle put à la tentation d'aller sur le quai de radoub et à celle de joindre Antor.
En fin de journée, elle hésita puis appela Antor qui répondit d'un ton enjoué.
- Tu tombes à pic, femme de mon cœur, nous nous apprêtons à repartir, les réparations ont été vite faites et elles sont terminées.
- Tu passeras au gîte avant ?
- Je t'ai dit au revoir hier soir Aline et nous avons dormi dans les bras l'un de l'autre jusqu'à cinq heures ce matin. Nous n'avons pas rêvé cette nuit partagée et nous devons garder ce beau souvenir dans nos cœurs et le chérir. J'espère obtenir l'autorisation de revenir et de te retrouver. Je te laisse car nous allons décoller, je te confie mon cœur qui ne battra plus que pour toi. Je promets de te recontacter dès que je le pourrai.
Puis la liaison fut interrompue.

« Mer…credi ! jura-t-elle. Alors hier soir, ce n'était pas du flan ! Son cœur ne battrait plus que pour moi mais que représente Antor pour moi ? Seigneur, dans quoi me suis-je embarquée ? »

5

A partir de ce jour, elle cloisonna ses pensées, ce qu'elle avait appris pendant ses études afin de surmonter la douleur provoquée par l'accident de son père et continuer à travailler et à être présente pour sa famille. Elle ne se consacra plus qu'à ses recherches, ses analyses et le projet d'expédition dont la date de départ se rapprochait.

Elle arrivait tôt au laboratoire et en partait tard ainsi que le groupe auquel elle était rattachée. L'ambiance était bonne et son travail n'avait rien d'une contrainte. Elle était très satisfaite et se sentait proche de Myriam, une ingénieure issue de la même école qu'elle, plus âgée de trois ans, avec laquelle elle travaillait.

Thibaud lui avait écrit un mot par courriel, pour la prévenir qu'il avait remboursé sa dette et l'avait remerciée pour sa confiance. Il disait être débordé de travail et que son patron sadique lui faisait payer son retour en retard en augmentant le nombre de ses dossiers à traiter dans les délais les plus courts.

Son père se portait à merveille et rayonnait du bonheur d'avoir pu retrouver toutes ses capacités motrices. Son kiné l'aidait à se remettre en forme et son employeur aussi surpris qu'il l'était lui-même, lui avait confié d'autres responsabilités au service juridique et financier mais lui, était simplement heureux d'avoir pu bénéficier d'une deuxième chance. Ses médecins n'expliquaient pas sa guérison subite et en étaient presque à déclarer un miracle. Lui s'en fichait, en son for intérieur, il était persuadé qu'un ami, amoureux de sa fille était intervenu, il ignorait comment et qui, puisqu'il voulait rester discret. Cette explication lui convenait et malgré les dénégations d'Aline, il n'en démordait pas, elle était plus rationnelle qu'un miracle. Il priait chaque jour pour cet homme humble qui préférait l'ombre à la lumière.

Le mois de septembre arriva vite, la température baissait mais le temps était beau et Aline n'avait toujours pas déménagé. Elle se trouvait bien dans cette chambre qui lui suffisait pour le moment même si elle savait qu'elle devra faire l'effort de trouver un appartement plus adapté. Sa propriétaire était satisfaite d'avoir un appoint de revenus régulier et le retour de la campagne devint pour toutes les deux, l'horizon pour son déménagement.

Après des jours de préparation et d'excitation, le bateau largua les amarres et prit la direction du sud-ouest de

la Sicile, il jettera l'ancre au large de Syracuse pendant à peu près deux semaines, le temps d'effectuer les prélèvements nécessaires à l'étude.
En plus des quatre marins, Aline était à bord avec une autre océanographe avec laquelle elle avait sympathisé les semaines précédentes Myriam, et quatre hommes, des scientifiques attachés au laboratoire qui plongeront pour recueillir les espèces d'organismes qui feront l'objet des analyses. Il est question aussi d'envoyer un appareil d'exploration qui leur permettra d'étudier pendant deux jours, les fonds plus bas. Ce petit bathyscaphe expérimental était confié par une entreprise pour valider des tests grandeur nature pendant une partie de cette quinzaine de jours de campagne.

Depuis quelques nuits, dans l'atmosphère un peu confinée de la petite cabine partagée avec Myriam, Aline dormait mal. Ses rêves étaient hantés par Antor qui la caressait, l'embrassait, la câlinait puis l'abandonnait tendue et frustrée par le manque qu'il provoquait.
A huit heures, accrochée au bastingage, elle contemplait le ciel et la mer calme aujourd'hui, encore plus perturbée par ses rêves sensuels que les nuits précédentes :
« Je n'ai plus de nouvelles depuis plus d'un mois, est-ce mon subconscient qui travaille ou Antor qui se

rappelle comme il peut à mon bon souvenir ? Je n'ai qu'une envie inavouable mais bien réelle, lui sauter dessus. »

Cette pensée à peine formulée, elle crut entendre un éclat de rire joyeux d'Antor.

« Pff... Tu débloques ma vieille ! Occupe-toi de ta paillasse, de tes éprouvettes et autres cultures et ignore tes pulsions ! »

Accrochée au bastingage, elle s'adressa à Antor en contemplant la ligne d'horizon :

« Antor, si tu te moques de moi, je te tuerai avant de t'embrasser lorsque je te verrai. »

« Des paroles... rien que des paroles... » lui sembla-t-elle comprendre dans les sons portés par le vent.

« Mon Dieu, je pers la tête, comment peut-on ressentir des émotions, de l'affection et de l'attirance pour quelqu'un qui n'est pas humain et qui, selon toutes probabilités, ne reviendra pas ? »

A ce moment, un grand bruit se fit entendre et tout le monde se précipita sur le pont pour ne rien voir de plus que la mer à peine moutonneuse.

- Que s'est-il passé ? demanda Aline à Myriam.
- On ne sait pas, j'ai cru à un coup de canon, quelquefois sur l'eau les sons sont amplifiés et déformés, peut-être s'agissait-il d'un avion ou d'un navire militaire qui manœuvre ? Nous serons sur le nouveau site ce soir. La première plongée sur le massif

se fera demain matin et si nous le pouvons, nous descendrons le « Yellow sub » dans l'après-midi, Lucas, son pilote est impatient de l'essayer.
Dis donc, qu'avais-tu la nuit dernière ? Tu gémissais comme si un mec était avec toi dans ton pieu. J'ai même allumé pour vérifier et vous engueuler mais non, tu dormais comme une souche.
- Oh, je suis désolée, je ne me souviens de rien et de mec, tu ne risques pas d'en voir un ! Depuis des années, je n'ai plus de temps à consacrer à la bagatelle.
- Alors c'est certainement pour cela que ta libido travaille, lorsque tu dors et que tu te détends tes rêves expriment tes besoins.

Puis elle partit sur ces remarques, en chantant à mi-voix le refrain de la chanson des Beatles : « *Yellow submarine,*

« We all live in our yellow submarine.
(Nous vivons tous dans notre sous -marin jaune)
Yellow submarine, yellow submarine
We all live in our yellow submarine.
Yellow submarine, yellow submarine"
...

« Ton amie raconte des idioties, ne l'écoute pas mon cœur, j'étais près de toi la nuit dernière et j'ai beaucoup aimé te caresser et t'entendre gémir de plaisir. » murmura la voix d'Antor.

« Antor, tu ne peux pas faire ça à mon insu, je partage ma cabine avec une autre femme, ce n'est pas correct. »

« Alors, je t'emmènerai dans un endroit isolé où nous serons seuls… tu étais tellement belle… et j'ai tellement besoin de toi… » murmura-t-il.

« Comment vas-tu ? »

« Je te raconterai… bientôt ! »

Ajouta-t-il avant d'interrompre la liaison laissant Aline stupéfaite, le cœur battant à folle allure. Elle attendit que son émotion retombe et prit quelques minutes pour rester encore un peu sur le pont avant de se rendre au laboratoire où Myriam l'attendait :

- Je ne sais pas ce que tu as mais tu es ramollie ce matin. Avale un autre café. Les deux plongeurs vont remonter et là, finies les vacances, tu te sens d'attaque ?
- Oui, j'ai mal dormi mais ne te tracasse pas.

Malgré l'assurance qu'elle montrait, elle était obnubilée par Antor et le lien étrange qui les réunissait.

« Ce n'est pas possible ! Je ne peux pas être physiquement attirée et aimer un type qui vient d'ailleurs et n'est pas… matérialisé. C'est un rêve même s'il pose des actes qui paraissent concrets… Ta machine à fantasmes déraille ! Reprends-toi ma vieille ! »

D'ici et d'ailleurs

Les deux plongeurs remontèrent et le « Yellow sub » qui peint en jaune portait bien son nom, fut mis à la mer pour la première fois dans l'après-midi.

Les deux femmes récupérèrent les premiers prélèvements et en firent l'analyse après avoir noté les endroits et l'environnement dans lesquels les échantillons avaient été prélevés. Le petit sous-marin remonta une heure après sa mise à l'eau et tous terminèrent leur journée.
Après avoir diné, leur groupe comme d'habitude fut agrandi par les marins. L'un des plongeurs sorti une guitare, un marin son harmonica et bientôt, un chœur de voix entonna des chants de veillée, parfois nostalgiques, qui s'envolèrent sur l'eau.

Vers vingt-trois heures, ils allèrent se coucher afin de ne pas perdre une minute de la journée du lendemain dont le planning était chargé.

A une heure du matin, à moitié endormie, Aline fut enlevée sans bruit de son lit, guidée et soutenue, elle sortit de la cabine. Elle était entraînée par une ombre solide et presque invisible, Antor.
-    Où allons-nous ? murmura-t-elle en reprenant ses esprits.
« Là où tes gémissements ne dérangeront personne. »

« Tu agis comme les pirates d'autrefois, tu prends sans demander mon avis. »

« Aline, dis-moi que tu ne veux pas de moi et je partirai immédiatement même si je ne suis pas certain de pouvoir renoncer à toi. »

« Antor, ce n'est pas cela, nous sommes nombreux sur ce bateau et je ne veux pas être l'objet de ragots. »

« Les rapports intimes entre un homme et une femme, libres et consentants sont naturels. »

« Mais intimes autrement c'est de l'exhibitionnisme, ils appartiennent au couple et n'ont pas à être partagés avec d'autres. J'ai envie de toi mais je ne veux en aucun cas que nous soyons observés par les autres. »

« Je comprends mieux, alors viens dans la navette, elle est posée sur le pont arrière. Je veux te voir et te caresser nue et réveillée et j'aime beaucoup l'idée que tu ne sois là que pour moi et vue que par moi. »

Touchée par sa possessivité affirmée, elle avoua :

« Antor, tu m'as manqué. »

« A moi aussi tu as manqué, j'avais mal du côté du cœur et j'ai compris quelque chose d'important : *l'Amour ne se cherche pas, il se trouve* et je suis certain d'avoir fait cette fantastique découverte qui m'a amené à faire des choix.

Lorsque nous serons tranquilles je t'expliquerai, mais ça n'a pas été facile et je dois prouver que ce que j'ai proposé pourra fonctionner. »

« Est-ce que tu pourras te montrer à moi ? »

« Pas encore ma chérie, je suis en chantier et tout n'est pas terminé mais fais-moi confiance. Nous pouvons toutefois, nous aimer et nous sentir. Ferme les yeux et laisse-moi t'aimer, laisse tes sens s'épanouir et ne pense plus à rien. »

A l'abri du vent, de la fraicheur de la nuit et des regards, dans le noir absolu de la cabine de la navette, il l'embrassa enfin, comme s'il avait été coincé pendant des mois seul dans un désert et qu'elle était la première gorgée d'eau qu'il recevait. Une main se resserra sur son menton, l'autre était posée au bas de son dos, la pressant contre lui tandis que son cœur suivait le rythme palpitant du sien contre sa poitrine.
« Calme-toi ma belle, garde le contrôle même si ce n'est pas facile, tu es tellement attirée par lui malgré ce qu'il est que tu as perdu tout sens commun ! C'est de la folie ! »
Bientôt elle fut transportée par des caresses chaudes, savantes et exigeantes. Elle sentit ses lèvres partout sur sa peau et son corps s'éveiller d'un long sommeil. Enfin, elle rendit autant qu'elle reçut.
Au bout de longues minutes, ses sens affamés n'eurent plus de secret pour Antor, elle entendit sa voix lui demander :
« Me veux-tu ? As-tu bien compris que si tu m'acceptais ce soir, tu serais liée à moi à jamais. »
Bizarrement à cet instant crucial, elle se souvint d'une citation de Carl Gustav Jung, le psychiatre : *"La*

rencontre de deux personnalités est comme le contact entre deux substances chimiques ; s'il se produit une réaction, les deux en sont transformées."
« Est-ce vraiment ce que je souhaite ? Être liée à jamais à Antor ? »
Et sans même qu'elle ait répondu à la question, elle s'entendit prononcer les mots donnant son accord.
- Antor, c'est fou mais je t'appartiens. Murmura-t-elle, consciente de son engagement.
- Tu as le choix, Aline.
- Je t'ai choisi.
A partir de ce moment, ils s'offrirent l'un à l'autre et se laissèrent emporter par la passion.

Epuisée, Aline s'était endormie dans les bras d'Antor qui devait repartir grâce au robot pilote pour retrouver ses coéquipiers, elle ignorait où. A l'aube il la rhabilla avec son pyjama et la déposa couverte d'un film de survie, sur un lit de cordages à l'abri du vent. Après l'avoir contemplée avec un amour infini, il s'arracha à elle et s'envola sans un bruit vers les étoiles qui disparaissaient dans le ciel, remplacées par la lueur du jour naissant.

Plus tard, Aline fut réveillée par un matelot âgé et buriné qui la secoua.
- Mademoiselle Aline, vous allez attraper du mal, vous vous êtes endormie et malgré ce truc, vous êtes

trempée par les embruns. Regardez-vous, ce n'était pas raisonnable !
- Oh zut ! Je me suis réveillée cette nuit et je suis sortie pour un moment qui a duré toute la nuit ! J'étais bien là à l'abri et j'ai mieux dormi que dans ma cabine.
- Ouais, je vous ai laissée dormir encore un peu mais vous savez, dans votre cabine, les affamés à deux pattes ne se montreront pas.
- Pourquoi dites-vous cela ? J'étais seule ici et je n'ai été dérangée par personne.
- Je vous crois mais si cela venait à se savoir, vous ne resteriez pas seule longtemps. Les gars sont jeunes et sympas mais peuvent être lourds parfois. Ce serait mieux si on pouvait éviter les histoires.
- Vous avez probablement raison. Merci d'avoir veillé sur moi monsieur Marcel.

Elle repartit un peu endolorie par ses activités nocturnes autant que par son lit de cordes et inquiète de son engouement pour Antor.

« Il est attentionné, c'est un mâle magnifique mais ce que je ressens est-ce de l'amour ? Comment mon environnement réagira-t-il ? Sera-t-il accepté par ma famille, mes amis ? Comment le présenter et puis liés pour la vie, qu'entend-il par-là ? »

Perturbée par ses questions sans réponses plus que par la nuit passée dans les bras d'Antor, elle fut accueillie par Myriam qui s'étonna de la voir revenir en pyjama.

- Bon, où étais-tu cette fois ? Tu es trempée.
- Je me suis réveillée cette nuit parce que j'avais chaud, je me suis rendue sur le pont et je me suis endormie sur les cordages. C'est Marcel, le vieux marin qui m'a réveillée et m'a fait la leçon : je ne peux pas sortir seule sur le pont sans réveiller la tentation latente chez les hommes, parait-il.
- N'exagérons pas mais Marcel n'a pas tort, avec l'allure et la tête que tu as, sortir la nuit seule la nuit, ce n'est pas de la plus grande prudence. Les mecs sont gentils mais bon…
- Certainement, mais j'ai bien mieux dormi sur les cordages que sur ma couchette.
- Il est prévu qu'il pleuve la nuit prochaine aussi ne sort pas. Bon, si tu es en forme, nous allons commencer à avoir du boulot. Dépêche-toi de prendre ta douche.

Effectivement, la cadence ne faiblit pas et c'est fatiguée qu'elle se coucha le soir, pour dormir dans son lit sans se réveiller jusqu'au matin.

Le reste de la semaine se déroula sans accroc, ils furent tous très occupés. Aline était perturbée par les sentiments qu'elle éprouvait pour Antor.

« Il est comme une drogue, mauvais pour ma santé, mais je me sens obligée par mon cœur de rester avec lui malgré tout ! »

Les derniers jours de la campagne arrivèrent bien vite. Le petit sous-marin fut mis à l'eau pour la dernière fois, vers dix heures pour effectuer une dernière batterie de tests. L'équipe de chercheurs le regardèrent sans émotion particulière, s'enfoncer dans les vagues sombres. Seule Aline semblait éprouver sans pouvoir l'expliquer, une lourde appréhension.

Elle tenta de joindre Antor sans succès, sa nervosité augmentait alors que le temps de plongée se prolongeait.
- Avez-vous des nouvelles ? L'immersion est plus longue que prévue.
- Non, ils ont dépassé le temps de plus de trente minutes et ne communiquent pas. Nous ne pouvons qu'attendre mais les gars commencent à s'inquiéter. Ils devraient avoir encore un peu de réserves.

Aline préoccupée comme les autres membres de l'équipe, sortit sur le pont mais ne constata rien de troublant ; la mer était à peu près calme alors qu'une tempête d'inquiétude rugissait en elle. Elle essaya d'entrer en contact avec Antor et enfin eut un lien faible. « Antor j'ai peur pour les deux scientifiques qui sont dans le sous-marin, je redoute un accident. Pourrais-tu nous aider discrètement ? »

« J'arrive. »

Elle passa près d'une heure à attendre devant sa paillasse et ses dossiers, incapable de se concentrer sur autre chose que sur la survie des deux jeunes scientifiques coincés dans une boite jaune. Abandonnant ses calculs, elle finit par remonter sur le pont. Elle fit le tour du bateau, scruta la mer, tout était calme et aucun sous-marin jaune n'était visible nulle part. Elle commençait à désespérer de revoir les deux jeunes hommes remonter quand elle sursauta lorsqu'elle sentit un bras ferme entourer sa taille et s'appuyer sur son dos, la protégeant du vent qui se levait. Elle tourna la tête, ne vit personne mais elle savait qu'Antor était là contre elle.

« Ils ne sont pas remontés et ne communiquent pas, ils sont jeunes, doués et sympathiques, il faut faire quelque chose. »

« Les robots sont déjà partis avec la bulle auxiliaire, ils ont dû se coincer dans un trou. J'espère qu'ils ne sont pas trop profond. Tu vas bien mon cœur ? »

« Oui, nous avons fini ici, je me demandais où tu étais et si tu pourrais te libérer. Merci d'être venu si vite. »

« Je t'expliquerai tout lorsque nous serons seuls. Tout va bien, ne t'inquiète de rien et pour les deux gars nous allons vite en savoir plus, détend toi. »

Le grand calme et l'assurance d'Antor l'apaisèrent très vite.

Ils attendirent quelques minutes ensemble, enlacés, ils étaient bien, la présence de l'autre suffisait à leur bien-être. Soudain, elle sentit le bras d'Antor se resserrer sur elle.
« Ils ont eu un accident de pressurisation. Les gars les ramènent dans la navette et font remonter l'engin. Ils les traiteront juste assez pour les mettre hors de danger avant de les réinstaller dans le sous-marin. Ils seront sortis d'affaire mais il sera nécessaire de les hospitaliser pour un traitement complémentaire. »

Le petit sous-marin jaune fut remonté du fond mais resta invisible, collé au bateau sous la ligne de flottaison. Les deux hommes furent soignés dans la navette dont ils ressortirent chancelants et moins qu'à demi conscients et réinstallés hors de danger dans le sous-marin jaune qui demeura comme aimanté au bateau peu visible.
« Nous vous laissons, rentrez à Syracuse, ils doivent consulter un médecin d'urgence. Le sous-marin est dangereux, j'ai le diagnostic avec des suggestions de modifications, à faire passer au concepteur. Si avec tes amis, vous voulez bien m'écouter, ne descendez plus dans cette machine tant qu'elle n'aura pas été modifiée sérieusement et contrôlée. En l'état, c'était criminel de vous faire prendre de tels risques ! Rendez-vous au gîte mon cœur, je t'attends déjà. » Puis il partit après un baiser rapide.

D'ici et d'ailleurs

Aline se demandait ce qu'elle pourrait faire du diagnostic établi par les instruments de la navette mais avant de réfléchir à cela, elle prévint le responsable des marins qu'elle avait aperçu le sous-marin sous le bateau. Il lui demanda d'appeler les pompiers afin d'avertir que l'équipage du sous-marin expérimental ne répondait pas. Lorsqu'ils arrivèrent en hélicoptère, les pompiers étaient accompagnés par un correspondant du centre en Sicile.

Assaillie de questions, Aline répondit qu'elle attendait leur retour sur le pont et avait aperçu le sous-marin collé au bateau mais s'inquiétait de ne pas voir ses compagnons répondre à ses appels, raison pour laquelle elle avait prévenu les pompiers.
C'était un peu bancal mais son explication fut acceptée et les deux hommes après un rapide examen médical, furent transportés par hélicoptère à Syracuse pour un bilan clinique plus sérieux.
Elle ignorait comment expliquer les mesures établies par la navette sur le sous-marin aussi n'en parla-t-elle pas. Pour le moment, le délégué de l'entreprise en France n'était pas prévenu, aussi retourna-t-elle dans sa cabine.
« Je vais devoir inventer une explication acceptable mais je suis soulagée que les deux hommes aillent bien. »

Elle fut assaillie par son amie Myriam qui lui demanda comment elle avait trouvé le « Yellow sub ».
- Franchement, c'est un coup de bol ! J'étais inquiète et j'étais sur le pont à scruter l'eau, quand j'ai distingué l'appareil sous la surface collé au bateau. J'ignore depuis quand il était là, il fallait se pencher pour le voir. J'ai appelé sans succès et les gars ne sortaient pas. Je me suis dit qu'il y avait un souci, j'ai hésité mais j'ai préféré appeler les pompiers plutôt que d'attendre davantage.
- Tu as eu du flair ! S'ils ont eu un accident de dépressurisation cela peut entraîner de graves conséquences pour leur santé.
- C'est à ça que j'ai pensé. Quand je pense qu'ils étaient peut être coincés là depuis un moment et que nous ne les avions pas vus… J'espère que tout ira bien pour eux, ils étaient à peine conscients lorsqu'ils sont partis pour l'hôpital. Heureusement, la journée s'est plutôt bien terminée.

Le surlendemain, arrivés à la Seyne, après avoir accosté au port du laboratoire et rapatrié à l'abri les caisses de prélèvements et les dossiers, l'équipe se sépara pour un temps de repos de trois jours.

Aline rejoignit son gite à pied, sac au dos, en se disant qu'elle devrait profiter de son congé pour chercher un vrai appartement. Lorsqu'après ses quinze minutes de marche elle entra dans le jardin de ses propriétaires, elle aperçut un bel homme brun, grand, d'allure sportive, appuyé contre un arbre qui l'observait s'approcher. Sans y réfléchir, elle pensa à un nouveau pensionnaire et lui adressa un salut de la tête avant de continuer vers l'entrée de la maison. Elle se rendit vite compte qu'elle était suivie sans s'en inquiéter mais sursauta lorsque l'homme saisit son bras.

-       Aline, c'est moi, Antor, murmura-t-il.
Elle se retourna, stupéfaite de ne pas l'avoir reconnu.

-       Antor ? Je ne m'attendais pas à… elle le désigna d'une main. Tu es… tu es un très bel homme ! Qu'est-il arrivé que tu puisses te manifester sous cette forme ? dit-elle en plongeant dans les plus beaux yeux bleus qu'elle avait vus, des saphirs translucides et brillants.

-       Chut, pas si fort, je vais t'expliquer. Allons dans ta chambre, donnes-moi ton sac, il est très lourd, tu l'as porté seule ?

-       La distance à pied était gérable et adolescente, j'ai porté des sacs plus lestés que celui-ci lorsque je partais en camp avec ma bande de scouts.

Antor secoua la tête, l'air de ne pas être d'accord avec elle.

-       J'ai dit à ta propriétaire que j'étais ton compagnon, venu te faire une surprise au retour de ta campagne. Elle m'a laissé t'attendre mais a refusé de me confier une clef de ta chambre. J'ai dû faire appel à

d'autres talents pour m'abriter la nuit dernière. La voilà qui vient…
- Mademoiselle Aline, votre compagnon est arrivé avant vous. Vous ne m'aviez pas prévenue de son arrivée, aussi n'ai-je pu lui donner l'autorisation de s'installer dans votre chambre.
- C'est très aimable de veiller sur nous, madame, je ne peux pas vous reprocher votre prudence et Antor a compris votre raisonnement, ne vous tracassez pas.

La dame rassurée repartit après deux minutes de bavardage et ensemble ils entrèrent dans la chambre.
- Avoue, tu es passé au travers du mur ? chuchota-t-elle en souriant.
- Non mon cœur, tout simplement de la porte.
Elle éclata de rire.
- Et comment as-tu su que c'était ma chambre ?
- Je reconnaitrais l'odeur de ma compagne partout. Tu fais partie de moi maintenant.
Puis Antor après avoir posé le gros sac au pied du lit, saisit Aline par les épaules et l'attira contre lui.
- Est-ce que je te plais maintenant que je ressemble à un humain ?
- Si tu cherches les compliments, tu es très bel homme et tu vas avoir du succès auprès de la gente féminine.
- Tu es la seule femme qui m'intéresse. C'est à toi que je suis lié. Mes chefs n'étaient pas ravis par ma demande de m'installer ici mais j'avais réfléchi et j'ai

proposé de remplir une sorte de poste d'ambassadeur permanent. J'ai pu conserver la navette et l'équipe et nous allons devoir trouver une maison pour tous nous abriter.

- Ton équipe est constituée de robots, c'est bien ça ?
- Oui, une vingtaine de robots, plus mes amis le médecin et le pilote. Nous avons grandi ensemble et étions destinés à mourir ensemble. Ils étaient volontaires et ont pris une figure humaine eux aussi.
- Tu envisagerais qu'ils demeurent avec nous ?
- A moins que tu y sois très opposée mais isolés nous sommes plus vulnérables.
- Ce n'est pas ce que je voulais dire. Pour louer ou acheter un bien assez grand, il faut de l'argent ou des preuves que les acheteurs ont des revenus réguliers suffisants. Je travaille depuis trop peu de temps pour être une référente acceptable.
- Ne te tracasse pas, à nous trois, nous avons rapporté assez d'or pour acheter une belle propriété et n'avoir jamais besoin de rien. J'avais regardé les prix avant de repartir.
- Où sont tes compagnons ?
- Dans la navette, j'étais pressé de te retrouver. Ils m'envient d'être choisi par une femme aussi belle que toi et ils ne seraient pas opposés à rencontrer tes amies, eux aussi se sentent seuls même si nous

pouvons compter sur le soutien des membres de notre trio.

- Myriam, avec qui je partageais la cabine sur le bateau, est très sympathique, elle est dans le coin depuis deux ans et aurait peut-être une amie à nous présenter. Si vous parveniez à acheter une grande maison, nous pourrions envisager une soirée de pendaison de crémaillère pour organiser les rencontres. C'est un peu traditionnel, je vous expliquerai.

Nichée dans les bras d'Antor, les bras autour de sa taille et la joue sur sa poitrine, elle est bien et se sent à sa place, toutes ses interrogations, ses doutes comme ses hésitations ont disparu.

« Ils ont fait transformer leur corps, déjà, l'idée est un peu incroyable mais l'on vit au travers de son corps, il dit d'où l'on vient, il respire, souffre, exprime des sentiments, il est marqué par l'âge et les souffrances. Comment peuvent-ils s'adapter à une physionomie qui ne représente rien de leur vie passée ? Je suis certainement complètement givrée pourtant, je subis l'effet Antor et lorsqu'il est là, j'oublie tout sauf lui mais est-ce de l'amour et comment le savoir ? »

6

Le lendemain, jour de congé, Aline, Antor et ses deux acolytes se retrouvèrent dans un bar sur le port afin de se rencontrer de manière officielle.

Le port est beau, quelques bars typiques du bord de mer sont installés face à la méditerranée et les trois hommes disent aimer ce qu'ils ont sous les yeux. Aline savait que le médecin Mic et le pilote Liv avaient eux aussi opté pour la transformation mais elle était stupéfaite par les résultats.

-       Je ne sais pas en quels endroits, ceux qui ont travaillé sur vous ont pris leurs modèles mais vous êtes tous les trois très réussis et votre plastique est meilleure que celle de la plupart des hommes que je connais. Sans le chercher, vous attirez les regards, des hommes comme des femmes aussi, n'est-il pas certain que vous ayez besoin de mon aide pour rencontrer quelqu'un ! finit-elle en riant.

Les hommes protestèrent puis Mic, le médecin lui expliqua leur point de vue.

Comme Antor, Liv et lui n'étaient jamais sortis du modèle qui leur avait été assigné à la naissance. Ils étaient donc dédiés au service de leur planète jusqu'à ce que la mort les entraine dans son néant. Mic et Liv, curieux avaient observé les agissements d'Antor et d'Aline sans se montrer. Ils avaient constaté l'évolution mentale de leur ami après leur rencontre et assisté à la naissance de ses sentiments pour la jeune femme dont ils s'étaient méfiés des effets sur leur ami. Puis ils avaient ressenti l'envie de faire comme lui et de vivre autrement, de sentir leur cœur s'éveiller au contact de femmes de valeur en qui ils pouvaient avoir confiance, pas des groupies attirées par les paillettes ou par leur or. Leur demande de transformation avait été acceptée mais ils sont maintenant comme Antor, bannis de chez eux d'une certaine façon car les modifications subies sont irréversibles. Ils enverront des informations mais ne pourront plus retourner là-bas, c'était le prix à payer et ils découvrent que c'est difficile et perturbant de ne plus avoir de repères dans ce nouveau monde dont ils ne savent que peu de choses.

Liv enchaina à son tour, les yeux pleins d'espoir, en précisant que de toutes façons, chez eux, ils ne possédaient rien sauf de l'or qu'ils avaient à peine le temps de dépenser entre deux missions parce que là-bas, personne ne donne rien ou n'accorde d'intérêt à celui qui est destiné à mourir à court terme. Leurs sorties étaient grassement payées en or dont ils ne

pouvaient rien faire à cause de la cadence de leurs missions et qui aurait été restitué pratiquement intégralement au commandement au moment de leur disparition. Ici, ils pourront l'utiliser, acheter une belle propriété et trouver de gentilles et jolies amoureuses avec lesquelles vivre sans redouter la pauvreté.
- Vous allez vous ennuyer à ne rien faire ! Comment passerez-vous vos journées ? Ici il faut avoir étudié et obtenu des diplômes pour travailler et je suppose que les vôtres n'auront pas d'équivalences, aussi aurez-vous du mal à pénétrer le milieu du travail.
Antor intervint :
- Aline, nous n'aurons jamais besoin de travailler car nous sommes très riches, cependant ton criminel concepteur de sous-marins m'a donné une idée. Nous pourrions réfléchir à ouvrir une sorte de cabinet de conseils indépendant pour les entreprises qui auraient besoin de soutien pour les vérifications, ton laboratoire n'est pas équipé pour ces contrôles. Dans le domaine médical, notre bâton guérisseur pourrait aider des malades, nous pourrions essayer de développer cette technologie. Nous avons quelques pistes à approfondir... mais nous n'avons pas à nous presser, nous sommes déjà très nantis.
- Vous devriez placer votre or de manière à ne vivre qu'avec les intérêts, ce serait raisonnable et la sécurité serait plus grande que de le garder à la cave ou dans un coffre. Je réfléchis tout haut mais si vous le

souhaitez, je devrais arriver à vous faire rencontrer quelqu'un de compétent et d'honnête, mon père ou un de ses amis. Après ce que vous avez fait pour lui, il fera tout ce qui sera possible pour vous aider.

- Commençons par trouver une base où nous poser et nous prendrons ensuite rendez-vous avec ton père.

- Nous devons d'abord définir vos besoins. Dans l'absolu que recherchez-vous ?

- Que chacun ait un espace personnel. Tu m'as dit Aline que les femmes ici ne partageaient pas les moments intimes passés avec leur compagnon avec d'autres que lui.

- C'est certain, sauf exception car certains couples peuvent avoir besoin de s'exhiber pour pimenter leurs relations. Le plus souvent, l'intimité des couples leur appartient et je vais plus loin, celle des familles. Ici chaque cellule familiale vit au quotidien dans un appartement ou une maison et ce qu'elle partage ne fait pas nécessairement partie du domaine public.

- Il faudrait donc trois appartements ou trois maisons, de façon à être ensemble au même endroit mais chacun chez soi avec sa famille.

- Oui, ce serait l'idéal... une sorte un petit hameau...

- Liv, qu'en penses-tu, tu ne dis rien.

D'ici et d'ailleurs

- Je ne pense pas encore à tout cela, j'essaye de m'adapter. Je ne me reconnais toujours pas lorsque je croise mon reflet. Tous les trois, nous formons un groupe d'amis proches, depuis notre naissance nous avons tout partagé, je n'imaginais pas vous laisser repartir sur Terre et rester pour mourir tout seul là-haut. A présent, vous envisagez des alliances avec des femelles, pardon des femmes mais je n'en suis pas encore là. J'aime voler, j'aime prendre des risques en portant secours dans des moments dangereux ou en abattant un ennemi. J'ai du mal à m'imaginer me contenter de compter les intérêts de mes placements et nous avons trop longtemps vécu des situations complexes pour que je ne partage plus rien avec vous. Je suis donc perturbé et je ne sais pas ce que je ne veux ni même ce que je dois rechercher.
- Si tu aimes voler et secourir, peut être pourrais-tu proposer ton expertise aux pompiers. Tes expériences ne seraient pas transposables mais tu pourrais t'en inspirer. Les pilotes qui luttent contre les incendies ou les sauveteurs sont d'anciens militaires pour beaucoup d'entre eux. Vous auriez une sorte de passé semblable. Suggéra Aline.
- Tu comprends Aline, sur les missions il y avait du danger, des poussées de forte tension, des enjeux, la vie ne tenait qu'à un fil, parfois nous avions la mort en face et c'était au plus fort de s'en sortir ou au plus chanceux. C'était addictif même si les risques étaient le

plus souvent maitrisés grâce au savoir-faire acquis au fil des années. Je veux croire que je n'aspire pas à en finir avec cette vie sans but et sans satisfactions intimes, que j'ai envie de me réaliser autrement, que je recherche quelque chose de différent. Pourtant, tout ce vécu, le stress, les épreuves, tout cela risque de me manquer. Nous avons grandi ensemble avec le danger et la mort comme plus fidèles accompagnateurs. Je voudrais être capable de m'adapter à ce que vous proposez mais je ne suis pas certain d'y arriver.

« Il pilotait et prenait les décisions qui mettaient leur vie dans la balance. Il est devenu accro au danger et va manquer d'adrénaline. » se dit Aline.

- Liv, je te reconnais bien là, toujours à couper les cheveux en quatre, c'est comme cela que vous dites ? remarqua Antor. Nous allons prendre les jours comme ils viennent et nous adapter ensemble. Peut-être buterons nous sur des écueils, à nous de les dépasser et de retrouver l'équilibre. Nous allons nous entraider et essayer d'éviter l'ennui, nous sommes des frères ! Aline m'a parlé de la solidarité, c'est-à-dire l'aide mutuelle que l'on doit s'apporter du seul fait que nous existons en tant qu'hommes, malgré nos différences. L'important, c'est de ne pas craindre le futur. Si nous habitions sur le même site, ce serait plus facile que si nous étions à des endroits différents d'une même ville. Nous pourrions mutuellement continuer à veiller sur les autres.

Le petit discours d'Antor galvanisa ses amis et c'est avec plus d'enthousiasme qu'ils continuèrent à affiner leur projet, conscients que Liv pouvait peut être représenter l'élément le plus fragile de leur trio.

Liv était le premier à reconnaitre qu'il était resté avec ses amis parce qu'ils avaient grandi ensemble et qu'il n'avait pas d'autre ancrage, pas parce qu'il imaginait avoir un meilleur futur.

- Je vais appeler Myriam, elle pourrait se joindre à nous au diner et si vous voulez, nous pourrions aller ensuite faire un tour en boite pour nous amuser.

Les trois hommes se regardèrent dubitatifs.

- D'accord, le restaurant nous montrera autre chose que le synthétiseur et pour nous amuser, je crois qu'on ne comprend pas pourquoi nous devrons rentrer dans une boite, quel est l'intérêt ? bougonna Mic.

Aline éclata de rire :

- Nous appelons boite, un endroit où il y a de la musique sur laquelle nous dansons. D'abord, vous devrez déjà vous habiller comme des jeunes hommes, élégants et sport et ne garder vos combinaisons que pour travailler dans la navette ou ailleurs.

- Nous allons au supermarché ? demanda Liv avec un regain d'intérêt.

- Oui mais il faudrait avoir des euros, l'or ne sera pas accepté en paiement. Je pourrais vous prêter un peu d'argent mais pas beaucoup. Le mieux serait que vous changiez un peu d'or.

- J'ai des pièces avec moi, dis-moi où aller pour obtenir des euros.

- Nous avons tous de l'or à changer. Je me suis rendu dans une banque hier, parce que les administratifs n'ont pas confiance dans nos pièces qu'ils ne connaissent pas, ils préfèrent les lingots. Il faudrait aller dans une autre banque.

- Au centre-ville, ce devrait être possible, nous irons ailleurs la prochaine fois et si les pièces ne sont pas achetées en tant que monnaie ayant un cours, vous pouvez les vendre au poids, comme les lingots. Nous devrions essayer.

- Je vais payer les consommations, j'ai des euros, dit Antor en se levant, et puis j'aime ça, c'est nouveau.

Ils sortirent et se rendirent au supermarché. Enthousiasmés comme des enfants, les trois hommes s'amusèrent des mannequins raides des boutiques de la galerie marchande ne comprenant pas pourquoi, ils ne bougeaient pas afin de mieux mettre en valeur les vêtements. Un concept de robots faciles à réaliser leur vint à l'idée.

Ils entrèrent dans la boutique où Antor avait acheté ses vêtements la veille et répondirent aux saluts presque obséquieux du vendeur alléché par les ventes possibles. Ils prirent leur temps pour choisir des éléments qui leur plaisait sollicitant l'avis d'Aline. Il y eut un blanc lorsque le vendeur s'aperçut qu'ils étaient nus sous les combinaisons et qu'il exigea le port d'un sous vêtement pour l'essayage.

Aline en voyant les deux hommes sortir des cabines, nus comme des vers sans se poser de question sur la faisabilité de la chose, rougit tout en admirant leur remarquable plastique. Elle leur demanda de se rhabiller, le temps qu'elle aille se procurer des sous-vêtements au supermarché. Le pauvre vendeur était dépassé, il voulait appeler la police et les accusait d'exhibitionnisme. Avant de partir, elle le calma en lui expliquant qu'étrangers, ils n'avaient pas l'habitude des sous-vêtements et fit miroiter le montant de la facture à encaisser parce qu'ayant perdu leurs valises, ils n'avaient rien d'autre à enfiler que leur combinaison de travail. Elle laissa Antor avec ses amis enfermés dans les cabines d'essayage et se dépêcha d'aller acheter ce qui leur était nécessaire.

Au retour, ils avaient tout de même choisi des polos, des pulls, un blouson doublé pour l'automne et des chaussures de sport à la mode. Ils prirent les boxers mais rappelèrent Antor avec lequel ils tinrent un conciliabule peut être pour déterminer la façon de l'enfiler.
« Misère, ce doit être dur de sauter à pied joint dans un monde dont on ignore tout et de tout découvrir d'un coup… » se dit-elle.

Les trois hommes, étaient magnifiques lorsqu'ils sortirent habillés des cabines, leur combinaison sous le bras. Pendant qu'Antor payait la grosse facture, ils avouèrent à Aline qu'ils n'avaient jamais enfilé autre chose que leur combinaison à régulation thermique pour s'habiller et qu'ils se sentaient bizarrement accoutrés.

- Pourquoi ai-je l'impression que les gens nous regardent, quelque chose ne va pas ? remarqua Mic.
- Vous êtes vraiment très beaux et élégants. Si nous allons danser ce soir, vous aurez certainement du succès mais attention, ici ce n'est pas parce que vous dansez avec une femme que vous coucherez avec elle. Il faudra observer ce que font les autres et me demander si vous ne comprenez pas.
- Ton amie nous répondra si nous lui posons des questions ?
- Si vous êtes d'accord, j'ai l'intention de lui expliquer qui vous êtes pendant le diner, ce sera plus facile parce que vous la verrez souvent et elle est discrète.

Ils repartirent pour changer un peu d'or au poids, ils n'eurent pas de difficultés même s'ils attirèrent l'attention avec leurs pièces d'or inconnues.

Ils furent vite rejoints devant un bar situé sur le port, par Myriam qui s'arrêta devant les trois hommes, les observa et dit à Aline à mi-voix :

- Tu m'avais caché que tu avais trois mecs plus que canons sous le coude ! C'est lequel qui te faisait crier dans tes rêves ?

Antor rit doucement et répondit :

- C'est moi, je suis Antor et nous sommes liés.
- Ah ! Liés, la formulation est imagée mais que sous-entend-elle ? Vous êtes copains, amis, fiancés, mariés ?
- J'appartiens à Aline et elle est à moi.
- Oook, j'ai compris ! Aline il va falloir qu'on parle ! Et vous, vous êtes libres les gars ?
- Oui, nous voulons rencontrer des femmes comme Aline. Tu es belle toi aussi, es-tu déjà liée ?
- Merci et non, je n'ai pas encore rencontré « le bon ».
- Allons discuter au restau, ils nous invitent. Nous pourrions aller danser ensuite, connais-tu un club ?
- Je pourrais appeler ma cousine. Maëlle est ingénieure elle aussi et cherche du boulot dans le coin. Elle en avait assez de la grisaille parisienne. C'est une fille gaie et sympa.
- Elle n'a qu'à nous rejoindre au restau si elle est libre, elle est invitée.
- Je l'appelle.

Pendant qu'ils consommaient des cocktails sans alcool, parce qu'Aline se méfiait de l'effet de l'alcool sur ses compagnons, ils discutèrent de la campagne et des pilotes qui sortiraient de l'hôpital de Syracuse dans le courant de la semaine.

- Si Aline n'avait pas aperçu le sous-marin, ils seraient morts ! Les gars lui doivent une fière chandelle.
- En fait… Ce n'est pas moi qui les ai trouvés, c'est Liv et Mic qui est médecin, les a « pré-soignés ». Antor a fait faire des mesures, « Yellow sub » est dangereux, le concepteur devra le modifier s'il ne veut pas avoir des morts sur la conscience.
- Je ne comprends pas, comment avez-vous pu aller les chercher ? Ils ne répondaient pas et nous n'avions pas leur position.
- Hum… Myriam, ta cousine et toi pouvez-vous garder un secret ? Si vous parlez vous engagez votre vie et la nôtre.
- Je n'ai pas envie d'engager ma vie, c'est une blague de potache ça ! Aline, je te croyais au-dessus de ce genre de bêtise.
- Contrairement à ce que tu sembles penser, intervint Antor, c'est très sérieux et c'est notre survie qui est en jeu. Regarde, une jolie femme vient d'entrer et semble chercher quelqu'un, est-elle ta cousine ?
- Oui, c'est Maëlle. Elle ne s'en laissera pas compter.
- Elle est jolie avec ses cheveux jaunes, murmura Liv.

- Pas jaunes, blonds, d'où sors-tu ? gronda Myriam en riant.

Les présentations faites, Antor reprit la parole.
- Maëlle, tu ne nous connais pas et nous étions en train d'expliquer à Myriam que la vérité pouvait avoir plusieurs visages, ce que vous croyez savoir, ce que nous voulons bien vous montrer et ce qui est vraiment… Ta cousine nous a rencontré aujourd'hui, nous aimerions qu'elle et toi connaissiez notre réalité mais pour cela, il faut être ouvert et être susceptible d'accepter l'inconcevable. Seriez-vous prêtes à cela ?
- Euh… je croyais sortir avec une bande sympa du labo de ma cousine, pas m'engager dans une discussion sérieuse ! Je suis une scientifique curieuse mais on ne peut pas me faire avaler n'importe quoi, cependant a priori je pense être ouverte…
- Je vais tout vous expliquer, moi plutôt que les garçons.

Aline raconta ses vacances en début d'été à Lacanau, son accident de surf et sa rencontre avec les hommes et Thibaud dans la grotte, puis son transfert à La Seyne, la guérison de son père et la découverte de la nature d'Antor puis de Liv et de Mic. Enfin, le sauvetage des deux hommes et les défauts structurels du sous-marin qu'elle ne sait pas encore comment présenter au concepteur. Enfin, elle aborda le retour des trois amis sous une forme humaine devenue définitive et leur installation dans la région.

- Alors ça... C'est génial ! déclara Maëlle. Tu m'avais dit que tu avais des amis sympas Myriam, mais je n'imaginais pas un scénario de ce type ! Je veux faire partie de l'aventure, comment voulez-vous que je vous aide ?

- Tu ne peux pas t'engager sans en savoir plus, protesta Myriam.

- Plus de quoi, de détails sur leur planète ? Les questions viendront mais là, j'ai confiance. Leur scénario est acceptable et Aline n'a pas l'air de quelqu'un qui invente des histoires comme celle-là et elle demande le secret pour les protéger. En plus si je comprends bien, elle est en couple avec Antor et ne tient pas à lui faire prendre de risques. Antor comme ses amis sont coincés ici et doivent reconstruire leur vie. Pourquoi voudrais-tu que je ne les croie pas ?

Puis elle s'adressa directement aux trois hommes :
- Je cherche du boulot, je suis ingénieure diplômée d'une belle école, l'une des meilleures, et je pourrais vous aider à faire accepter vos projets si vous montiez une boite. Seuls, je pense que vous n'y arriverez pas parce que même si vous êtes très forts, vous n'êtes pas diplômés d'une université connue. Moi, je détiens un très bon diplôme et je vous fais une offre de services dont nous pourrons discuter.

- D'accord, mais tu resteras discrète afin de ne pas nous mettre en danger, déclara Antor.
- Evidemment, surtout si tu m'embauchais, tu connais le secret professionnel ?
- Alors réfléchissons et prenons rendez-vous dès cette semaine. Myriam qu'en penses-tu ?
- Si Maëlle est partante, je la suis et puis nous n'avons pas beaucoup entendu Liv s'exprimer.
- Liv est le sceptique du trio… comme toi, vous êtes faits pour vous entendre mais trop semblables pour vivre ensemble ! murmura Aline.
- Je reconnais que j'aspire à une deuxième vie différente de la première, sans y croire vraiment. Je ne souhaite pourtant pas lâcher mes amis qui sont mes frères spirituels. Nous avons grandi ensemble et nous avons pris les mêmes risques ensemble toujours. Je ne m'imagine pas seul, si vous êtes partants, je vous suis et toi Maëlle, j'aimerais que tu nous soutiennes. Je suis le pilote, un peu casse-cou j'ai besoin de vivre le danger. Je vais m'engager auprès des pompiers pour lutter contre le feu. Qu'en penses-tu ?
- C'est dangereux mais si tu détiens les bonnes compétences et que tu n'es pas suicidaire, tu auras mon soutien et dis-toi que te regarder est pour moi, loin d'être un sacrifice ! Ajouta-t-elle en levant ses avant-bras tout en posant son menton sur ses deux mains et en lui envoyant des regards exagérément énamourés.

D'ici et d'ailleurs

La tablée éclata de rire en voyant Liv rougir comme un adolescent.

Le ton était donné et le diner se déroula dans la bonne humeur. Les trois hommes découvrirent le plaisir de s'alimenter qui n'avait rien à voir avec la consommation des tablettes du synthétiseur de la navette et d'ailleurs. Les gâteaux de mousse au chocolat sur des croquants pralinés remportèrent tous les suffrages.

Ce soir, le moral de tous était au plus haut, même Liv parvenait à suivre le mouvement et oubliait ses doutes.

7

Ils se rendirent ensuite au « Coco Beach », une boite branchée qui avait du succès auprès des jeunes du coin. Accueillis par une musique tonitruante, ils ne se comprenaient plus sans hurler. Antor et Aline communiquèrent par la pensée et se rendirent sur la piste de danse immédiatement après avoir déposé leurs affaires au vestiaire.
« Tu viens danser, Antor ? »
« Je ne veux pas me ridiculiser. »
« Ce n'est pas mon intention, viens et laisse-toi aller au rythme de la musique. Regarde ce que font les autres. »

Il suivit Aline et tout en restant près d'elle, pour pouvoir satisfaire son besoin de sentir, de frôler ou de toucher la jeune femme, il s'exprima avec des gestes dont la grâce n'avait rien à envier à ceux des autres danseurs. Ils furent rejoints par les deux autres couples amis et remuèrent en rythme, tout en se moquant de leurs copains.

Il y eut une cassure dans leur soirée lorsque la musique se fit plus langoureuse. Deux jeunes filles qu'ils n'avaient pas remarquées auparavant, saisirent Antor et Liv par le cou et se collèrent à eux, épousant leur corps.

Les deux hommes se raidirent, Antor prit sèchement les mains de la fille qu'il écarta en disant :

- Non, merci. J'ai déjà une femme.

Pendant que Liv envoyait des regards affolés à Maëlle qui riait de la scène. Enfin, constatant que la fille insistait, elle se décida à avancer vers le couple et tapa sur l'épaule de la danseuse :

- Tu me rends mon chéri, s'il te plait.
- Dégage mamie, tu vois bien que nous sommes ensemble.
- Pars demoiselle, je n'ai rien demandé, ma femme pas contente.
- Tu es trop beau et elle est vieille.
- La vieille va-t'en coller deux, et à ton âge tu devrais être au lit avec ton nounours.

Le ton montait, Aline et Myriam suivies par leurs cavaliers se rapprochèrent de Maëlle et Liv puis ils entrainèrent l'intruse vers le groupe dont elle s'était désolidarisée.

- Surveillez votre copine les jeunes, elle cherche le grabuge.
- Il est trop beau… Je n'ai pas pu résister, qu'est-ce qu'elle a de mieux que moi la mamie ? C'est pas juste ! répondit-elle de façon larmoyante.
« Elle a sans doute trop bu. » pensa Aline

Les trois femmes retrouvèrent les hommes au vestiaire.
- Vous êtes trop beaux les gars, je vous l'avais dit, les petites filles ne peuvent pas vous résister ! déclara en riant Aline en imitant la voix geignarde de la jeune fille évincée.
- Mes amis et moi sommes plus attirés par des femmes avec la tête bien faite et bien pleine, comme vous. Allons plutôt ailleurs, nous avons assez vu la boite ! dit Antor.
- A côté il y a un piano bar, ce sera plus tranquille.

Ils se rendirent à pied au bar musical dans lequel ils rencontrèrent par hasard, deux des ingénieurs qui avaient plongé pendant la campagne.
La conversation s'engagea, les gars comparèrent cette mission avec d'autres qu'ils avaient vécues et après un moment, ils partirent. La soirée se déroula sans heurt, ni souci, jusqu'à ce qu'ils reparlent de la propriété à trouver très vite afin de pouvoir s'installer plus confortablement que dans la navette particulièrement spartiate.

Maelle chercha à comprendre ce qu'ils cherchaient et proposa quelque chose de grand dont des amis de ses parents venaient d'hériter et qu'ils ne voulaient pas garder. Il y aurait trois hectares de terrain et au moins une grande maison meublée et plusieurs dépendances aménageables.

- Si vous le souhaitez Antor, je pourrais les appeler demain afin de convenir d'un rendez-vous.
- Nous sommes trois à acheter Maëlle. Nous irons tous la visiter car nous y habiterons et nous installerons notre lieu de travail sur place, au moins les bureaux d'études.
- Il ne faudrait pas que ce soit trop loin du laboratoire que je ne passe pas des heures dans les bouchons ! Quoique ça n'a aucune importance, deux minutes de navette ne mettront personne en retard, remarqua Aline.
- Vous avez une navette… spatiale, ici ? Evidemment, je n'avais pas réfléchi à la manière dont vous étiez revenus. Vous m'inviteriez à faire un tour ? demanda Maëlle. Avec un engin pareil, la propriété pourrait être n'importe où dans le monde. C'est toi Liv qui pilote ?
- Oui il pilote, je ne suis que le médecin, dit Mic.
- Je sais mais il parait que tu as un grand bâton magique, remarqua-t-elle.

Ils éclatèrent tous de rire et Maëlle s'aperçut de la grivoiserie qu'elle venait de proférer sans le chercher.

- Vous avez l'esprit mal tourné, ce n'est pas ce que j'ai voulu dire.
- Mais tu as raison et tu pourras l'essayer quand tu en auras besoin, déclara Mic sérieusement, ce qui fit rire Antor sourdement pendant que Maëlle ouvrait la bouche sans un mot et que Myriam faisait la grimace.
- Je parlais du bâton médical comme vous l'aviez compris, nous envisagerions de le commercialiser, reprit Mic.
- Ouf, je préfère ! Je n'avais pas envie de me disputer avec ma cousine. Répondit Maëlle soulagée.

Mic et Liv éclatèrent de rire, se regardèrent surpris par le bruit qu'ils émettaient, avant de se laisser aller à un rire libérateur.

Les yeux brillants de gaieté, Antor ému prit la main d'Aline.

« Ils sont heureux et moi aussi, je n'avais jamais entendu mes amis rire et ça me fait un bien fou. Je pense que tu es la meilleure chose qui nous soit arrivée et que nous ne nous sommes pas trompés en demandant la transformation. »

Vers minuit, ils rentrèrent à pied à la navette tout en discutant des avantages et des nuisances de l'éclairage public, après avoir raccompagné Maëlle et Myriam à la vieille voiture que Maëlle conduisait et convenu de se rappeler pour visiter la propriété.

Le lendemain en fin de matinée, Maëlle appela sa cousine qui répercuta l'information à Aline. Les vendeurs pouvaient faire visiter la propriété le jour même, parce qu'ils seront sur place pour finir de trier des documents stockés dans le bureau. Antor accepta d'y aller l'après-midi et fixa un rendez-vous à treize heures quarante-cinq sur le pré, situé pas loin, derrière le gîte loué par Aline.
Antor demanda aux deux nouvelles venues de se rendre derrière un gros buisson vert en limite de route et de pénétrer dans le trou qui s'ouvrira devant elles.
Si elles furent étonnées par la bizarrerie du lieu de rendez-vous, elles se doutèrent qu'elles « feraient un tour de navette » et excitées comme des enfants, s'y rendirent sans discuter, très impatientes de vivre une aventure.

Elles avancèrent sur le pré et empruntèrent le chemin parallèle à la petite route peu fréquentée, le cœur battant, comme si elles se promenaient. Enfin, elles s'engouffrèrent impressionnées dans le trou sombre derrière lequel Liv et Mic les attendaient avec de beaux sourires et des embrassades.
- Mesdames, soyez les bienvenues à bord. Le commandant Liv, sans équipage, propose de vous conduire à votre rendez-vous dès que nos amis communs seront arrivés. C'est bien ainsi que sont

accueillis les passagers dans vos avions, n'est-ce pas ?
- 	Elle aurait été parfaitement invisible, si le trou de la porte ne s'était pas matérialisé, murmura Maëlle stupéfaite puis elle laissa son regard errer sur la nudité de la capsule oblongue qui les entourait.
Liv n'avait pas fini son discours qu'arrivèrent Antor et Aline derrière lesquels la porte se ferma.
- 	En principe tout est OK, déclara Antor en appuyant sur un bouton qui fit se déplier un banc attaché à la paroi, sur lequel ils s'assirent et se sanglèrent.
- 	C'est décevant, j'imaginais des vitres panoramiques et des boutons partout, comme au cinéma… dit Maëlle.
- 	C'est un bon appareil, une navette de guerre, rapide et maniable. Comme il y avait une forte malchance qu'elle soit pulvérisée par un ennemi, il n'y a rien de superflu pour améliorer le confort. Il y a des bancs pour dix guerriers et une soute importante qui contient deux petits modules spécialisés et du matériel, répondit Antor

Liv avait déjà entré les coordonnées GPS de la maison et sous les yeux stupéfaits de leurs passagères, ils s'envolèrent sans qu'elles s'en aperçoivent et furent posés dans les minutes qui suivirent :

- C'est incroyable ce truc, on n'a rien senti ! Ce qui est dommage c'est qu'on ne puisse pas voir le paysage défiler, s'exclama Maëlle.
- Tu n'aurais pas distingué grand-chose, c'est une navette puissante conçue pour les longs voyages. Un jour, tu iras te promener avec Liv dans le module auxiliaire qui ne contient que quatre places. Tu pourras contempler le paysage car il est moins rapide.
- Comment Liv sait-il où il doit aller ?
- Il utilise les instruments de bord et les écrans des ordinateurs, comme dans vos avions, les pilotes n'ont pas besoin de voir le paysage, ils ne naviguent pas à vue. Les vitres donnent de la lumière, le reste est géré par les écrans et des capteurs. Nous sommes posés en mode invisible dans le parc de la maison, en bordure de rue. Nous allons ressortir de l'enceinte pour sonner au portail, cela évitera les explications sur le mode de transport.

Ils quittèrent deux par deux le parc par une clôture endommagée qui avait été trouvée le matin au cours d'un repérage avant le départ et se rejoignirent un peu plus loin devant un majestueux portail ancien. Ils sonnèrent et furent captés par la vidéo.
- Bonjour, je suis Maëlle, nous venons visiter la maison avec mes amis qui sont en recherche.
- Bonjour Maëlle, je vous ouvre. Vous êtes à pied ?

- Oui, mes amis ont voulu avoir une première impression du quartier.
- Entrez, je refermerai derrière vous.

Ils longèrent une allée bordée d'arbres feuillus presque dénudés en silence, observant les alentours parfaitement calmes et joliment arborés et parfois encore fleuris. Ils parvinrent dans une vaste cour gravillonnée autour de laquelle s'organisaient trois maisons indépendantes et un peu plus loin, d'autres bâtiments étaient visibles.
- Pas mal... Il y a assez de surfaces couvertes, murmura Antor.

Un couple âgé sorti sur le perron de la maison et embrassa Maëlle.
- Alors Maëlle, comme cela tu en as eu assez de Paris ! Trouveras-tu du travail à ta pointure ici ? Il n'y a pas de grosses entreprises, ce serait dommage de te gâcher.
- Ne vous tracassez pas pour moi, j'ai déjà des contacts intéressants. Permettez-moi de vous présenter mes amis.

Ma cousine Myriam et Aline qui sont océanographes, elles travaillent ensemble à La Seyne et nos amis, Antor le fiancé d'Aline, Mic et Liv, respectivement, ingénieur, médecin-chercheur et pilote d'essai. Ils viennent d'arriver dans la région et ont besoin de mettre

assez vite un toit sur leur tête. Ils travaillent ensemble et voudraient mutualiser leurs moyens pour être à l'aise et monter leur cabinet de recherche.
- Vous auriez de la place ici et vos bureaux pourraient être installés dans les dépendances qui sont à l'écart. Chaque maison serait à organiser comme vous l'entendrez, pour le moment, il n'y a qu'un petit deux pièces, grossièrement aménagé dans chacune d'elles. Il y aura des travaux à prévoir, en revanche, la grande maison est confortable et spacieuse. Vous auriez de la place pour tous vous installer ici sans vous gêner en attendant que les travaux soient terminés. Suivez-nous.

Ils visitèrent la maison, impeccable et meublée de pièces de mobilier anciennes, classiques et assez jolies, d'une valeur certaine.
Antor observait tout en détail,
« Je ne connais rien à tout cela, j'aime bien mais qu'en penses-tu Aline ? »
« Elle fait très maison de famille. J'adore ! »
« Tu te vois vivre ici ? »
« Sans l'ombre d'une hésitation, oui ! Mais toi Antor comment te sens-tu dans ce décor ? »
« Je ne suis pas habitué aux jolies choses mais c'est, comment dire, serein et cpnfortable. Je me sens détendu, bien. »
« Et tes amis ? »

« Comme moi, ils sont surpris par le mobilier « de musée » mais ils aiment beaucoup. »
- Monsieur, je crois que nous aimons tous cette maison. Pour vous payer, nous avons des lingots d'or. Nous pouvons vous les remettre en l'état ou les convertir avant dans une banque, ce sera plus long.
- C'est inhabituel comme moyen de paiement, que comptez-vous faire de la propriété ?
- Y demeurer, nous sommes à l'hôtel pour le moment et nous pensons aménager les locaux de notre cabinet d'études dans une maison plus loin dans le parc.
- Cela nous plait. Messieurs, je vous invite à me suivre dans le bureau. Les demoiselles vont préparer un plateau pour le thé avec Martine, mon épouse.

Les hommes s'éloignèrent pendant que la maitresse des lieux entrainait les jeunes femmes vers la cuisine.
- C'est vraiment impeccable, ils pourraient s'installer assez vite s'ils faisaient affaire. Pourquoi vendez-vous cette propriété ?
- Nous venons d'en hériter, c'était une SCI et notre associé a hélas été victime d'un accident en pilotant son ULM. Mon mari a récupéré la maison parce que notre ami n'avait comme nous, aucune descendance ni de famille proche. C'est André qui demeurait ici, il y avait installé tous les objets de sa famille auxquels il tenait et vivant seul, il en prenait grand soin.

- Antor, Mic et Liv n'ont plus personne eux n'ont plus, sauf nous et ils sont vraiment charmants.
- Ils sont russes d'origine, n'est-ce pas ? Je crois avoir reconnu l'accent slave d'Antor.
- Vous avez l'oreille fine, madame.

« Antor, si monsieur te demandait d'où vous venez, madame a reconnu ton accent russe… Tu viens de Sibérie : Novossibirsk.

« Merci mon cœur, il veut que nous entrions dans la SCI pour ne pas trop payer d'impôts et avoir des parts égales mais comment justifier de notre identité, alors que nous n'avons pas les bons papiers ? Nous voulons cette maison et le prix pour chacun serait dérisoire. Nous devons en parler très vite. »

Rapidement, les messieurs qui semblaient s'être entendus ressortirent du bureau et se joignirent aux femmes qui discutaient dans le salon.
Le vendeur avait l'air satisfait et mutin comme s'il avait la connaissance d'une bonne blague.
- Bien, puisque nous sommes des amis d'amis, et que nous sommes en confiance, vous pouvez vous installer ici dès demain si vous le souhaitez. Vous n'allez pas rester à l'hôtel alors que la maison est vide. Je vous présenterai dans la semaine un excellent maitre d'œuvre dont le travail est impeccable, si vous savez ce dont vous avez besoin pour les maisons. Il préfèrera être payé en euros aussi prenez le temps de

changer votre or au moins en partie. Aline, Antor m'a dit que votre père pourrait préparer tous les documents ?
- Certainement, mais s'il-vous-plait, laissez-moi le temps de le prévenir. Je l'appellerai ce soir.
- Donnez-lui mon numéro de téléphone qu'il puisse me joindre, nous aurons à parler avant. J'aime faire des affaires presqu'en famille. Tu as eu raison Maëlle de penser à nous, tes amis me plaisent et je pourrai dire à tes parents de cesser de s'inquiéter pour toi mais prépare-toi à recevoir une invitation pour six.
- Oh là là… le piège ! se lamenta-t-elle.
- Mais non ma belle, comme tous bons parents, ils tiennent à toi. Martine tout va bien, ma chère ? Ajoute-t-il en se tournant vers son épouse.
- Tout est parfait, répondit son épouse en souriant.
- Alors nous vous disons à demain, les jeunes, nous devons terminer de faire le tri des vieux papiers de notre ami André.

Promptement mis à la porte, après avoir avalé une tasse de thé, les trois couples repartirent en empruntant l'allée.
- Heu... Que s'est-il passé ? Je n'ai pas tout compris… déclara Myriam.
- Nous allons parler dans la navette avant de partir, répondit Antor à voix basse.

8

Ils firent le trajet de retour à la navette d'un bon pas, pressés de pouvoir s'expliquer et une fois installés, les trois femmes sur un banc, les hommes assis en tailleur sur le sol face à elle, Antor commenta l'offre du vendeur et le fait que les trois amis avaient réalisé que pour acheter quelque chose en Europe, il fallait détenir des papiers d'identité dont ils étaient dépourvus. Les trois hommes avaient donc rassuré le vendeur en certifiant qu'ils achetaient la maison pour leurs compagnes qui étaient également leurs associées et que ce sont les trois amies qui apparaitraient sur les actes officiels.
- Germain, le propriétaire avait compris que vous n'en saviez rien et s'amusait à l'avance de la manière dont vous réagiriez à ce cadeau.
Les trois femmes restèrent sans voix.
- Vous vous rendez compte des embrouilles que votre idée génialissime va provoquer avec les familles ?
- Aline, tes parents se doutent déjà de quelque chose.

- Oui mais ils ne savent rien de toute cette histoire et ne te connaissent pas ! Nous ne faisons pas les choses ainsi en France.
- Et pour nous, qui êtes-vous, demanda Myriam ?
- Je suis ton compagnon et comme Aline, tu es ma fiancée. Déclara Mic sérieusement
- Et moi pareil, si tu veux bien, Maëlle ? Murmura Liv, moins péremptoire que Mic.

Aline les regardait bouche bée.

« Antor, dis-moi qu'ils n'ont pas dit ça ? C'est quoi ces demandes ? Ils leur forcent la main ! »

Percevant la stupéfaction des trois femmes, Mic reprit la parole :

- Ce n'est pas comme cela qu'il faut faire ? Myriam me plait et elle le sait. Ajouta Mic doutant de ses propos tout à coup, devant le silence prolongé des femmes.
- Et Maëlle s'en doutait aussi, alors c'est la suite logique de l'histoire.
- Et notre accord, qu'en faites-vous ? On ne vous connait que depuis deux jours, on ne se « lie » pas si vite ici, remarqua Maëlle époustouflée.
- Ah ? La fille dans la boite, voulait se lier avec moi alors que je ne l'avais jamais vue.
- Elle ne voulait pas se lier comme tu dis, elle voulait juste un petit moment d'intimité et elle avait bu.
- Parce que chez vous on est intime sans être liés, on se plait et cinq minutes après on couche et la chose

faite, on s'abandonne ? Chez nous c'est souvent moins intime mais quand on se prend, on se donne et on ne se quitte plus !

- Autres lieux, autres mœurs… Misère ! Comment sortir de là par le haut et parvenir à signer ces papiers sans que vous soyez lésés ? se demanda Aline tout haut.

Je vais en parler à mon père, décida-t-elle afin que bien que vous n'apparaissiez dans la nouvelle constitution de la SCI, il soit spécifié dans un document que Antor, Liv et Mic sont les vrais propriétaires parce qu'ils financent l'acquisition et les travaux, à moins que Antor achète tout par mon entremise.

- Ce n'était pas l'esprit et nous avions pensé travailler avec Maëlle, murmura Antor.
- Pourquoi tu ne veux pas de moi Maëlle ? demanda Liv, l'air malheureux.
- Ce n'est pas cela, tu es un gars super mais tout va trop vite.
- Alors achète pour moi et apprenons à nous connaitre.
- Et si ça ne marchait pas entre nous ?
- Notre affaire marchera et je n'ai pas besoin de cet or, j'en ai gagné vraiment beaucoup en pilotant.
- Tu me donnes trop d'informations et si je ne restais avec toi que pour ton or ? Comment le saurais-tu ?

-       Tu ne ferais jamais cela, tu es trop bien. Et c'est moi qui complique tout d'habitude. Antor dit que « Je coupe les cheveux en quatre ».
Myriam qui réfléchissait tout en écoutant les propos échangés prit la parole à son tour.
-       Le choc du premier moment passé, je pense que nous devrions le faire. Maëlle, Aline et moi n'engageons rien, ce sont les trois hommes qui assument tous les risques et nous avions décidé de nous faire confiance. Pour le reste, l'aspect plus personnel, nous avancerons doucement et si entre nous le courant ne passait pas, c'est que ça ne devait pas se faire. Restons simples.
-       Comment vas-tu expliquer cette association aux parents et ces dons apparents ? murmura Maelle.
-       Pff… d'abord, nous ne sommes plus obligées de tout expliquer à nos parents, nous avons l'âge de vivre comme nous l'entendons et ils savent bien que les couples durent de moins en moins. Si nous devions nous séparer plus tard, ils ne seraient pas surpris.
-       Myriam tu as compris que chez nous, lorsqu'on se prend, on se lie pour la vie. C'est physique et chimique, l'odeur de l'un pénètre l'autre, les odeurs se mélangent pour n'en faire qu'une, portée par les deux membres du couple. Nous avons su qu'Antor s'était lié dès qu'il est revenu à la navette parce qu'il ne sentait plus comme d'habitude. Les effluves qu'il dégageait étaient plus douces et faisaient penser à l'ajout d'un bouquet de fleurs. Nous l'avons ennuyé avec nos

remarques jusqu'à ce qu'il avoue qu'une femme l'attendait sur la planète bleue et qu'il allait demander à être transformé pour la rejoindre.

- Je comprends mieux certaines de ses réflexions sur l'odeur, c'est aussi une raison pour ne pas nous précipiter, remarqua Aline.

- Alors c'est d'accord, vous mettez vos noms sur les papiers et nous apprendront à nous connaitre et peut-être à nous aimer. Maëlle, Myriam êtes-vous d'accord ? demanda Mic un peu impatienté par les hésitations des jeunes femmes.

- Juste un détail, nous nous endettons et combien devrons-nous à Liv et Mic ?

- Pas beaucoup, cent cinquante mille euros chacun.

Aline réagit alors vivement :

- Avez-vous bien compris ? Cette propriété serait estimée à quatre cent cinquante mille euros, située où elle est, dans l'état où elle se trouve avec autant de bâtiments et de surface ? C'est impossible. Elle vaut au moins quatre ou cinq fois ce prix-là !

- Le vendeur nous a dit qu'il voulait un petit prix afin de rester dans la sci. Il garde cinquante pour cent et nous nous partageons l'autre moitié, en revanche nous supporterons les travaux nécessaires à la remise en état des bâtiments annexes et à la sécurisation de l'enceinte, ce qui augmentera la valeur de nos parts et nous avons les moyens de tout assumer.

- Vous pourrez supporter les travaux tout en investissant dans le cabinet ? Sans identité, vous ne pourrez pas avoir de compte bancaire ni de société.
- Nous avions compris ce problème et allons chercher un moyen de régulariser la situation et sans doute devrons nous acheter des papiers d'identité.
- Ne t'étend pas sur ce détail lorsque tu verras mon père ! C'est probablement par l'acquisition de vos identités que vous devriez commencer !
- L'Ancien lorsqu'il m'a reçu pour me donner son accord définitif à ma transformation, m'avait dit que ce problème était à prévoir et il m'avait dit où aller, dans une ville de Roumanie, Bucarest je crois. Quelqu'un de chez nous est devenu il y a vingt ans un imprimeur réputé dans certains milieux. Il m'avait suggéré de l'imiter en Europe mais je préfère me trouver entre ciel et terre plutôt que derrière une machine. Déclara Liv.
- Alors nous irons à cette adresse après avoir déposé les femmes en ville.
- Aurais-tu son nom ? Il faudrait l'appeler avant.
- J'ai son numéro d'appel mais ne faut-il pas l'éviter pour ne pas laisser de trace ?
- Non, je ne pense pas que l'informer qu'un ami aimerait le revoir attire l'attention de quelqu'un. Je pourrais le faire pour vous, si vous préférez, proposa Aline.
- Nous venons de nous poser dans le pré. Tu dois avoir la liaison et il est encore tôt. Essaye.

Aline composa le numéro et s'exprima en anglais. L'homme qui ne s'était pas présenté, répondit presqu'aussitôt dans cette langue.
- Bonjour monsieur, un de vos anciens amis qui était le patron de mon fiancé lui a communiqué votre numéro. Nous aimerions vous rencontrer car nous aurions un projet assez urgent à vous soumettre. Quand pourrions-nous vous voir ?
- Ce soir à dix-neuf heures. Je suppose que vous avez l'adresse.
- Alléa Sutter…
- C'est cela, bipez-moi avec ce téléphone.
- Mon fiancé viendra avec ses amis,
- Venez avec eux.
Puis il raccrocha brusquement.
- Vous avez entendu, nous déposons Myriam et Maëlle et nous repartons pour la Roumanie.
Les deux cousines se regardèrent la mine inquiète.
- Etes-vous certains de ne pas courir de risques ? En France, les Roumains passent pour ne pas rouler sur l'or et pour être un peu filous. Si votre ami sait que vous êtes riches, ne risque-t-il pas de chercher à faire pression sur vous pour obtenir, une rançon ou la navette ou… je ne sais quoi ?
- Bien sûr ! Mais nous laisserons Liv et Mic en mode invisible, je me présenterai avec Aline. Dans notre monde, nous avions l'habitude des transactions négociées. L'univers est peuplé de voyous intéressés

par notre or et nous savons nous battre si c'est nécessaire, ne vous inquiétez pas.
- Bon, mais il faudra nous appeler dès votre retour. Je pense que Myriam et moi préférons rester ensemble pour attendre de vos nouvelles. Antor fais très attention à Aline.
- C'est gentil de me rappeler à mes obligations envers elle mais n'oubliez pas qu'Aline est ma fiancée et mes amis comme moi, nous la protègerons au péril de notre vie !

Les hommes déposèrent les deux femmes derrière le gros buisson dans le pré désert car les enfants étaient à l'école et pas encore sortis puisqu'il était à peine plus de seize heures, puis ils s'envolèrent aussitôt pour Bucarest. Si en cette fin septembre l'heure est la même qu'en France, il faisait encore jour lorsqu'ils arrivèrent. Liv posa la navette en mode invisible sur la pelouse, au coin d'un parc désert, puis Mic descendit à son tour et resta derrière Antor et Aline pour les protéger.
Ils frappèrent à la porte de la boutique, seule Aline apparaissait au vieil homme qui vint ouvrir.
- Vous deviez venir accompagnée.
- Mais je suis accompagnée par trois messieurs. Ils tenaient à ma sécurité.
- Ils n'ont pas été modifiés lorsqu'ils ont été envoyés ?

- Certains oui mais ils ont gardé leurs capacités et ne sont pas seuls. Une vingtaine d'hommes est derrière moi.

La voix d'Antor fit entendre des successions de sons graves et aigus.

- Parle en anglais, je ne te comprends pas. Dit l'homme.
- Tu n'es pas celui que tu dis être. Vieil homme, je suis entré dans ta tête et je te comprends. Le métropolitain, un hôpital ? Pourquoi est-il à l'hôpital ?
- Il devenait fou, disant qu'il n'était pas humain mais qu'il avait perdu ses pouvoirs. J'étais son ami et j'ai gardé l'imprimerie. Je vais le voir chaque semaine mais il ne me reconnait plus.
- Bon, tu vas nous faire les papiers dont nous avons besoin. Je te surveille et tu seras rémunéré en or. Tu garderas l'imprimerie mais tu nous paieras un loyer chaque mois. Tu dois beaucoup d'argent à notre ami.
- Non, je suis son ami et je suis honnête. J'ai versé sa part tous les mois sur son compte, je vous le donnerai et je continuerai à le faire. Si vous le pouvez, emmenez-le, il n'est pas bien à l'hôpital et je ne peux rien faire pour lui. Dites-moi de quoi vous avez besoin.
- Est-ce qu'il a des papiers d'identité ?
- L'hôpital les détient.
- Alors fabrique nous des actes de naissances pour lui et pour trois autres hommes âgés de trente-

deux ans ainsi que des passeports. Tu dois prendre nos photos. Es-tu sûr de ne pas vouloir de notre or ?
- Notre ami Aliam m'a accueilli alors que j'étais à la rue et il m'a rendu riche. Je peux faire ça pour vous, mais en contrepartie, occupez-vous bien de lui. J'aurai besoin de la nuit, tout sera prêt demain matin.
- Je vais chercher Aliam mais je laisse ici un de nous. Tu ne le verras pas mais il restera près de toi. C'est la sécurité qui prime, je te fais confiance mais tu es surveillé et ta vie est en jeu. Mic, montre-toi que notre ami te voit.
- Je suis là, vieil homme et je te surveille avec deux gardes. Veux-tu les voir ?
- Non, non je vous crois, allons dans le fond, je vais avoir du travail pour vous satisfaire, dit-il apeuré et légèrement tremblant. Je vais avoir besoin de vos noms et de vos prénoms.

Le vieil homme s'assit à une table et écrivit sous la dictée et il commença à travailler. Mic s'assit et le regarda faire pendant que le garde restait invisible.

Pendant ce temps, Liv aux commandes de la navette conduisit Antor et Aline à l'hôpital.
- Pose la navette invisible près de l'entrée.
- Sur l'herbe devant ?
- Sous ce mode et posés dans l'herbe, nous ne devrions rien risquer. Je vais aller le chercher. J'espère

parvenir à le ramener sans souci. Reste avec Aline et partez si je vous le demandais.
- Antor, s'il te plait, fais attention à toi !
- Ne t'inquiète pas, je vais essayer de contacter Aliam.

Aline vit Antor se raidir, son visage expressif, se crispa. Il dit :
- Il est attaché dans une cellule surveillée, au rez de chaussée. Donne-moi le bâton médical, je pourrais en avoir besoin. Liv, Aliam semble faible, viens à ma rencontre pour m'aider à le porter ou pour assurer mes arrières.

Il donna un baiser rapide à Aline puis partit en courant. Seul un petit déplacement d'air indiqua à Aline qu'il n'était plus là.
- Aline je suis posé et invisible sur la pelouse. Je vais fermer la navette et me rapprocher de la porte. Ne t'inquiète pas pour nous.
- Là, tu rêves Liv, je m'inquièterai jusqu'à ce que vous soyez tous revenus à la maison.
- Je comprends pourquoi Anton t'a choisie, vous êtes pareils tous les deux à toujours penser aux autres. Il n'est pas notre chef pour rien.

Puis il disparut laissant Aline dans une douce pénombre.

Aline attendit, le temps ne passait pas, même si elle regardait son téléphone toutes les minutes. Elle s'inquiétait et inventait tous les scénarios possibles pour se faire peur. Ils allaient de la découverte des deux hommes à leur arrestation, à la mort d'Aliam ou de Liv ou d'Antor, ce qui lui fit verser une larme.
- Tu es folle ! Arrête de jouer à ça, ils vont revenir !

Cinq minutes après ce qui lui avait paru être des heures, un bruit l'alerta. Antor et Liv portaient un homme d'une cinquantaine d'années. Derrière eux, la navette se referma et Liv se précipita sur les commandes.
- Aliam se laissait mourir, il était trop faible pour se rendre invisible. Peux-tu fabriquer des tablettes VS7 pour le nourrir, s'il te plait ? Il a compris qu'il était sauf. Allons prévenir son ami et Mic. Des infirmiers ont vu Aliam partir, flottant sur le dos. Ils étaient tellement surpris qu'aucun ne s'est approché. Puis ils l'ont vu disparaitre, ils n'ont rien compris murmura-t-il en riant.
- Ne donneront-ils pas l'alarme ?
- Ils vont devoir s'occuper de l'infirmier de garde qui a tout oublié.
- Pauvre homme, voilà qui ne sera pas simple à expliquer !
- Nous allons nous poser devant l'imprimerie, à cette heure il n'y aura plus personne à pied. Pourras-tu rester seule, cinq minutes ? Je veux voir ce que fait l'imprimeur.

En utilisant ses talents, Antor entra dans la boutique sans frapper et se rendit dans la pièce du fond. Mic regardait fasciné, le faussaire à l'œuvre.

- Ton ami ira mieux bientôt mais il se laissait mourir.
- Vous m'enlevez un gros souci ! Vous avez fait vite mais j'ai les premiers documents. Ceux de Mic, passeport, carte d'identité, extrait d'acte de naissance et acte de naissance complet. Vous en aurez besoin pour créer votre société. Je vous enverrai également le fichier par courriel, Aline doit avoir une adresse informatique, ne perdez pas ces fichiers car je serai obligé de les effacer en cas de contrôle. Le deuxième jeu est presque prêt. Va demander son adresse à Aline, Mic reste là si tu veux. Antor, j'aurais bien dit au revoir à mon ami Aliam.
- Il n'est pas en forme. Tu pourras prendre l'avion ou nous pourrons venir te chercher avec la navette si tu préfères. Donne-nous quelques semaines pour nous installer et nous organiserons ton voyage. Pourquoi pas pour la fin de l'année ?

Il fut donc convenu que l'imprimeur viendrait rencontrer Aliam pour les fêtes de fin d'année, avant cette période, il avait trop de travail programmé pour s'autoriser un week-end de vacances.

9

Lorsqu'ils quittèrent Bucarest, Aliam s'était nourri et allait mieux ; il dormait détendu. Mic l'avait traité avec son bâton et il donnait l'impression d'être en meilleur état. Les tablettes qu'il avait mangées avaient joué leur rôle en rééquilibrant ses carences. En un mot, Antor était confiant dans sa récupération. Il avait remis à Aline ses propres papiers de re-naissance et ceux justifiant de son identité afin qu'elle en fasse des reproductions pour le dossier. Aline supposa que rien ne s'opposait plus à l'acquisition de la propriété.

Il fut convenu qu'Aliam passera la nuit avec Liv et Mic dans la navette pendant qu'Antor déposé sur la pelouse du gite, rejoignait la chambre portant Aline endormie dans ses bras. Il passa au travers de la porte et ne s'embarrassa pas de déshabillage. Il couvrit Aline avec la couette de son lit, l'embrassa sur le front et s'allongea près d'elle.
La journée avait été longue pour tous.

Ils furent réveillés par le téléphone qui sonnait vers midi.
Myriam et Maëlle, inquiètes de ne pas avoir de nouvelles venaient aux informations.
- Tu nous as réveillés, nous sommes revenus ce matin tard avec les documents et un passager supplémentaire mais nous n'avons pas eu de soucis. Liv et Mic doivent encore dormir mais tout va bien. Donnons-nous rendez-vous pour diner ce soir au restaurant du port.
- Les hommes ne déménageront pas aujourd'hui ?
- Ah, je ne sais pas, il faudrait appeler Mic plus tard, et prévenir les propriétaires qu'ils ne vous attendent pas aujourd'hui.
J'appellerai mon père pour lui demander un rendez-vous peut être en fin de semaine. Seriez-vous partante pour une virée parisienne ?
- Moi oui, il faudrait en parler ce soir, avec Mic et Liv. Je suppose que découvrir la capitale pendant que ton chéri se prendra la tête avec ton père leur ira bien.
- Hum… A ce soir !

En se retournant, elle découvrit Antor derrière elle.
- Tout va bien ?
- Mon cœur, je vais bien mais j'ai besoin de toi, viens avec moi, dit-il en lui tendant la main.

« Aucune femme ne sait ce qu'est l'Amour tant qu'elle ne ressent pas ce que j'éprouve pour lui en ce moment précis. C'est tellement plus qu'une attirance, tellement plus que l'envie de l'avoir près de moi. C'est davantage qu'un délirant sentiment d'appartenance…, c'est géant ! »

Après une sieste crapuleuse, ils s'apprêtèrent à rejoindre leurs amis au restaurant à dix-neuf heures.

A leur grande surprise, Aliam bien qu'amaigri, était assez en forme pour se joindre à Liv et Mic.
Les trois hommes présentèrent leurs amies et expliquèrent leur projet de s'installer ensemble pas très loin.
-       Si vous pouviez me trouver un job dans votre organisation, je serais intéressé. Je ne veux plus endosser de responsabilité, si vous avez un jardin, j'aimerais m'en occuper. J'ai un compte en banque bien fourni et j'aimerais laisser l'imprimerie à mon ami. Il a beaucoup travaillé et il l'a méritée. Annonça-t-il sous l'œil suspicieux des trois jeunes femmes.
« Je n'ai qu'une confiance relative, je ne tiens pas beaucoup à ce qu'il demeure avec nous. Il pourrait travailler au jardin, mais je ne souhaite pas qu'il ait accès aux bureaux ou à la maison. Il était faussaire, n'oublies pas. » Confia Aline à Antor.
« C'est un pauvre bougre, il a été malade… »

« Mais il est plus âgé que vous et si je comprends bien la façon dont vous avez été éduqués, il deviendrait votre référent, votre chef et pourrait tout vous prendre et vous garder sous sa coupe. »
« Il ne ferait pas cela, nous l'avons sauvé. »
« Soyez prudents mais je refuse de vivre avec lui. Je ne le sens pas. » répondit-elle sèchement.
Ils furent interrompus pas la voix devenue dure et péremptoire d'Aliam.
- Bien les jeunes, j'ai besoin de me reposer, vous devez m'emmener à la maison. J'espère que vous avez pensé à m'installer dans les meilleurs appartements. Je suis le plus ancien de vous, je vais donc prendre la tête de ce groupe. Vous me remettrez votre or et Aline deviendra ma femme bien entendu ! Aline dormira avec moi à partir de ce soir.
- Certainement pas Aliam ! Je ne vous connais pas ! Si c'est ainsi que vous vous êtes conduit à Bucarest, je ne suis pas surprise que vous soyez resté seul. Je suis liée à Antor et ce qui est lié ne peut être délié que par la mort.
- Soit, Antor tu seras mort demain matin, Aline en a décidé ainsi. Elle devra également apprendre qu'elle ne peut pas désobéir au chef. Je te fouetterai en rentrant afin que dans la souffrance de ta chair, tu comprennes où est ta place.
Le silence autour de la table était épais, les hommes sidérés, coincés par leurs habitudes et leur

conditionnement ne disaient rien, un silence épais planait.

Voyant ce à quoi elles assistaient, les trois femmes se levèrent et partirent très vite sans un mot, pendant qu'Aliam reprenait ses péroraisons et expliquait à Liv et Mic tout ce qu'il comptait faire avec leur or. Déjà Anton n'existait plus pour lui, il n'était plus qu'en sursis aussi ne s'en préoccupait-il plus puisqu'à ses yeux, il se soumettait à sa sentence et ne représentait plus aucun danger.
La tête vide, afin que ses pensées ne soient pas perçues, Antor se leva et s'éloigna. A la porte du restaurant, il aperçut les ombres des gardes qui étaient passés sous le commandement d'Aliam. Ils gardaient leur nouveau chef.
« Quand ? » pensa-t-il, stupéfait de constater à côté de quelle affaire il était passé sans s'en douter.
« Pendant qu'il était resté seul un moment hier » dit le garde qui était resté avec Mic dans l'imprimerie, en le rejoignant.
« Pourras-tu m'aider ? Et l'autre garde ?»
« Il a été soumis, comme les autres. Dévisse mon anneau de commande et garde le dans ta poche. Il a fait pareil avec les autres, il a pensé à tout et n'était pas aussi fatigué qu'il voulait le faire croire. »

« C'est un traitre et un fourbe… il faut sauver Mic et Liv de son emprise et éviter que les femmes tombent sous sa coupe. »

« Il faut récupérer le bâton de guérison parce qu'il doit être en train de leur laver le cerveau, et tirer une balle dans la tête de ce traitre. »

« Peux-tu aller chercher le bâton dans la navette ? »

« Je reviens, cache toi qu'il ne suspecte pas ta présence. Garde bien mon anneau, je ne veux pas le servir. »

L'assurance du robot surprit Antor, car contrairement à ce qu'il pensait, la machine semblait prendre des décisions et réfléchir, ce qui était inattendu.

Pendant ce temps, Aline dans une colère difficilement maitrisable envisageait avec ses amies de ne pas retourner chez elles mais de trouver refuge dans un hôtel ailleurs qu'à la Seyne. Elles retournèrent à la voiture de Maëlle et partirent à Toulon après avoir loué par téléphone, un petit appartement pour une semaine à un particulier.

A l'arrière du véhicule qui roulait, Aline sentit à un moment, qu'Antor tentait de la joindre mais elle bloqua ses pensées. Elle ne voulait pas être retrouvée avant d'avoir pu mettre au point une intervention qui permette la libération des trois hommes.

Maëlle, silencieuse depuis l'incident du restaurant prit la parole s'adressant à Aline en se tournant sur son siège :

- Tu crois qu'ils pourront s'en sortir seuls ? Ils avaient l'air d'avoir été lobotomisés. Aucun de ses amis n'a bronché lorsque la mort d'Antor et la sentence du fouet pour toi ont été prononcées. Je vais appeler le propriétaire, je ne pense pas dire qu'ils renoncent à l'acquisition mais qu'il y a eu un gros souci qui les a amenés à rentrer chez eux quelques jours… et que la maison ne devait être cédée à personne d'autre qu'à Antor, Liv et Mic. Hé, les papiers d'identité, de Mic et Antor qui les a ? dit Maëlle tout à coup alarmée.

Aline et Myriam répondirent qu'Antor et Mic avaient demandé comme Liv, qu'elles les rangent dans leurs sacs.

- Ils ne peuvent rien faire sans eux et Liv t'a confié les siens.

Elles s'arrêtèrent près de leur gîte afin de se poser quelque part pour la soirée et la nuit en espérant y voir plus clair le lendemain après un peu de repos. Heureusement, Aline et Myriam ont encore une journée de congé avant de retourner au laboratoire.

Alors qu'elle s'assoupissait, Antor parvint à franchir les défenses d'Aline :

« Aline, tu as mon cœur. Je suis avec un garde insoumis. Je vais essayer de nous débarrasser de ce traitre et de soigner Mic et Liv avec le bâton médical… Son ami imprimeur avait raison, il est devenu fou. Restez cachées que je sois tranquille. Crois en moi, je vais y arriver ! »

« C'est trop rapide et sans aucun doute complètement fou mais je pense à toi et à aucun autre ! Fais attention, évite d'être blessé et contacte-moi lorsque tout sera terminé. » répondit-elle en essuyant une larme.

Elle vérifia l'état de ses amies, les cousines dormaient ensemble enlacées.

« Elles ont de la chance de pouvoir s'appuyer l'une sur l'autre. Que fait Antor, pourvu que tout se déroule correctement ! »

Rassuré sur le sort des trois femmes, Antor était retourné près de la navette avec le garde insoumis. Cachés dans un buisson, ils virent Aliam sortir du restaurant et avancer vers la navette avec un sourire, tel un grand chef entre une haie de gardes au garde à vous invisibles pour les humains.

Le garde insoumis laissa Antor caché et se positionna près de la porte de la navette. Lorsque Aliam fut près, il sortit tout à coup une arme et d'un tir précis, prit la vie du traitre. Comme prévu, les gardes-robots, privés d'ordres ne réagirent pas.

Le garde insoumis récupéra dans la poche d'Aliam les anneaux de commande des gardes robots et les remis à Antor qui s'approcha.

- Merci garde, charge le corps du traître dans la navette, nous le jetterons à la mer. Je vais chercher Liv et Mic.
- Non, j'irai les chercher car nous ignorons dans quel état d'esprit ils sont. Dès qu'ils seront dans la navette, nous les passerons au bâton médical. Tu dois te méfier davantage de ton entourage.
- Aliam est-il bien mort ?
- Il lui manque la moitié de la tête, il ne reviendra pas. Attends-moi, garde charge le corps dans la navette, dit-il en interpellant un robot qui attendait un ordre et montez tous dans la navette.

Dans la navette, en attendant le retour du garde et de ses amis, Antor s'employa à désactiver les robots, puis il repensa aux erreurs qu'il avait commises. La plus grossière était de ne pas avoir cru à la folie d'Aliam pourtant décrite avec pudeur par son ami imprimeur. Puis il repensa aux craintes ressentis par Aline qu'il avait repoussées et négligées, cependant elle avait vu juste et il s'en était fallu de peu qu'il soit exécuté. Sa réflexion disgressa un instant pour s'égarer vers les sentiments nouveaux qui l'enflammaient lorsqu'il pensait à elle. Il ignore si c'est pour son bien mais il doute de pouvoir se priver de la présence de la jeune femme tant il souffre physiquement de son absence.

« Elle me rend plus fort et peut être meilleur, mais aussi plus vulnérable... Est-ce vraiment pour le mieux que de l'aimer ? »

Il s'interrogea aussi sur la facilité avec laquelle Aliam avait soumis ses amis, aucun des deux ne semblaient avoir résisté.

« Penseraient-ils que je ne dois pas porter la responsabilité des décisions que nous prenons à trois, j'avais pourtant le sentiment de rechercher le consensus, mes deux amis n'auraient-ils pas envie de cela ? Ils ont chacun des spécialités que je ne possède pas, j'avais le sentiment que nous étions complémentaires et plutôt d'accord, pourquoi ne voudraient-ils plus continuer ensemble ?

Avant de concrétiser quoi que soit, une grosse discussion va s'imposer, je serais désolé de faire éclater le groupe mais si c'est ce que souhaitent mes amis, je me plierai à leurs désirs. » Pensa-t-il en ressentant une douleur du côté du cœur.

Il entendit du bruit et vit avancer Liv et Mic devant le garde qui les surveillait de près.

- Je n'ai pas su faire fonctionner le bâton et ils ne comprennent plus rien. J'ignore ce qu'il leur a fait subir mentalement.

- Attache-les sur le banc et ferme la porte de la navette. Je vais essayer mais sans Liv, nous ne pourrons pas décoller.

Anton essaya de passer le bâton qui grésilla en passant sur le crâne de Liv qui finit par s'endormir ou s'évanouir, il ne savait pas, la tête penchée en avant dans une position inconfortable.
« Je suppose que le stress a eu raison de lui. Je vais le laisser se reposer, je ne peux rien faire de plus. »
Mic paraissait conscient, il suivait du regard les gestes d'Anton sans réagir comme si ce qu'il voyait n'arrivait pas à son cerveau ou qu'il ne donnait pas de sens à ce que faisait son ami. Lorsqu'Anton tenta de passer le bâton sur son crâne, il ferma les yeux et se laissa faire, sans un mot.
« Quel ressort Aliam a-t-il cassé pour qu'ils soient sans énergie à ce point ? »
Le bâton grésilla à nouveau et Mic s'endormit le menton sur sa poitrine comme Liv.
« J'ai la triste impression que mes amis ne valent pas plus que des robots programmés, peut-être obéissent ils lorsqu'on donne des ordres ? Ont-ils été hypnotisés par Aliam ? Comment faire, je ne suis pas médecin. » se disait-il impuissant devant la situation.
- Garde, saurais-tu piloter ? Je ne suis pas certain que nous devions rester ici.

- Nous avons à bord un robot-pilote qui saurait peut être nous dépanner si tu sais où tu veux aller.
- Je veux jeter ce corps à la mer et nous poser à l'abri, peut-être dans le parc de la maison que nous pensions acheter et je dois trouver le moyen de guérir mes amis.
- Je vais chercher le pilote, il dira ce qu'il est capable de faire.

Le garde revint avec un robot qu'il réactiva en mettant l'anneau de commande à sa place, il le tourna avant de le rendre à Antor.
- Robot-pilote, saurais-tu nous emmener au-dessus de la mer pour nous débarrasser d'un corps ? Ensuite je voudrais que nous allions à la propriété dont les coordonnées doivent être enregistrées dans la mémoire de la navette.
- Oui, je peux faire ce que tu me demandes.

Le robot et Antor se dirigèrent vers la cabine de pilotage. Le robot pilote mit le système en route et fouilla dans la mémoire des déplacements et avec l'aide d'Antor, ils retrouvèrent la localisation de l'emplacement où la navette s'était posée dans le parc.
- Parfait, partons d'abord au-dessus de la mer.

Peu après, pendant que la navette était en vol stationnaire au-dessus des vagues, le garde et Antor basculèrent le corps d'Aliam vers la mer et le regardèrent s'enfoncer dans l'eau sans s'en émouvoir.

La porte verrouillée, ils repartirent vers le parc de la propriété dont ils seraient acquéreurs.
Une fois posés et le robot-pilote mis sur pause, Anton vérifia que ses amis, toujours attachés sur les fauteuils, ne couraient aucun risque puis il s'autorisa à s'abandonner à un sommeil réparateur.

20

Au petit jour, il s'éveilla en sentant les regards de Liv et Mic sur lui. Il se leva du sol sur lequel il s'était allongé et interpella ses amis.

- Comment vous sentez-vous ce matin ?
- J'ai l'impression d'avoir été malade et j'ai la tête lourde. Pourquoi sommes-nous attachés ?
- De quoi vous souvenez vous ?
- Nous devions aller diner avec les femmes après je ne me souviens plus de rien. Où est Aliam, nous étions allés le chercher dans son hôpital.
- Pour moi c'est pareil, je ne sais rien de plus.
- Aliam a exercé sur vous une sorte d'emprise mentale et a profité de votre faiblesse pour récupérer les anneaux de commande des gardes. J'étais le seul à ne pas être soumis et vous avez accepté que je sois supprimé et qu'Aline soit fouettée au sang parce qu'elle refusait de devenir la femme d'Aliam. Heureusement, un garde avait gardé son anneau et si vous êtes là, c'est grâce à lui.
- Comment a-t-il fait ? Je ne me souviens de rien.

- Je ne sais pas, il a réussi à capter votre esprit et à le soumettre. C'était impressionnant. Je voudrais passer le bâton sur vos têtes encore une fois ce matin, que vous retrouviez toutes vos capacités.
- D'accord, j'ai mal à la tête. Où sont les femmes ?
- Lorsqu'elles ont compris l'horrible plan que mijotait Aliam et voyant que vous étiez inconscients de ce qui se tramait, elles sont parties en courant. Les gardes n'avaient pas d'ordres précis les concernant aussi n'ont-elles pas été retenues.
- Et toi ?
- Pour une raison que j'ignore, il m'a condamné à mort mais m'a laissé en l'état. J'étais tellement stupéfait que je ne parlais plus, je ne suis pas sûr que je pensais encore... Je suis sorti du restaurant et j'ai été rejoint par le garde qui avait conservé son anneau de commande. A deux, nous avons réglé le problème et maintenant, Aliam nourrit les poissons. Nous sommes posés dans le parc de la propriété.
- Désolé Antor, nous fais-tu toujours confiance ?
- Oui, vous avez été trahis et soumis, vous n'êtes pas responsables.
- Si tu peux, passe encore une fois le bâton sur ma tête, j'ai mal au crane.
- Moi aussi, nous devrons ensuite récupérer nos femmes. Il n'est pas question de les laisser nous tourner le dos ou avoir peur de nous et puis, elles en savent beaucoup trop pour notre tranquillité.

- Ne nous pressons pas, elles ont été effrayées et nous ont cru perdus et il faut d'abord parvenir à joindre Aline. Aucune n'a répondu pour l'instant, je vais essayer à nouveau.

Antor passa encore le bâton médical sur ses amis qui s'endormirent épuisés. Méfiant, il les laissa attachés et s'assit pour se concentrer sur le lien avec Aline.
Il la sentit se réveiller et prendre conscience de son environnement. Dans son esprit, il vit l'appartement dans lequel elles s'étaient réfugiées la veille et sentit le moment où Aline fut submergée et inquiétée par les souvenirs de la soirée.
« Aline, ma chérie, c'est moi. Tout va bien ! Un garde est venu m'aider et Aliam n'est plus parmi nous. J'ai réussi à soigner Liv et Mic. Ils dorment et je les laisse récupérer pour le moment. Ils étaient désolés d'avoir fait peur à Myriam et à Maëlle. Venez nous rejoindre dans le parc de la propriété. Le robot pilote nous a posé au même endroit que la dernière fois. Le trajet était enregistré dans la mémoire de bord. M'as-tu compris ? »
« Je t'ai compris, qu'est-ce qui me dit qu'il ne s'agit pas d'un piège ? »
« Je suis ton homme, nous sommes liés. J'ai peut-être été gêné dans mes réflexions hier mais je n'ai pas été soumis. Fais-moi confiance. Liv dort, il récupère et je ne veux pas trop utiliser le robot-pilote, je préfère avoir

mon ami Liv aux commandes. Viens me chercher si tu préfères, je t'attendrai seul dans la rue et dis à tes amies où sont Mic et Liv. Qu'elles attendent que tu donnes ton accord avant d'alerter les autorités ou je ne sais qui. »

« Je ne conduis pas et je n'ai pas de véhicule, je dois réveiller Maëlle et je suppose que nous viendrons toutes les trois. »

« Ah oui, c'est vrai. Tu devras apprendre à conduire et j'achèterai un de vos véhicules pour que tu sois autonome. »

« Je te contacterai lorsque nous serons près du parc, Je préfère que nous nous retrouvions en un lieu fréquenté plutôt que te rencontrer dans une rue peu passante. »

« Si tu préfères mais tu me blesses en doutant de moi toutefois, je comprends tes doutes. Viens et dis-moi où te retrouver. J'y serai et je t'assure que tu ne risqueras rien, je tiens trop à toi. Sans toi, ma vie ne valait rien, seule la mort m'attendait, maintenant j'ai des projets et des espoirs et j'ai un cœur qui bat à des vitesses variables sous l'effet des sentiments que tu me fais éprouver. J'ai conscience de vivre et de ne pas être seulement en vie ! »

Aline rassurée sur l'état d'esprit de son compagnon, réveilla ses amies. Elles discutèrent des risques qu'elles pourraient encourir avant de convenir que dans

un café, au milieu d'autres clients, il y en aurait peu. Elles prirent la route et s'arrêtèrent dans un bar fréquenté du centre-ville pas très loin de la propriété.
Installées près de la baie vitrés, Aline recontacta Antor qui confirma qu'il était en route.
Elles le virent arriver sûr de lui. Il entra dans le bar bruyant de rires et de discussions animées. Son regard parcourut la salle et les nombreuses tables occupées. Il s'arrêta une fraction de seconde sur les clients qui papotaient debout, accoudés au bar, puis il se dirigea vers elles, en négligeant les regards curieux ou admiratifs dont il faisait l'objet. Aline se leva et il la prit dans ses bras dans une étreinte qui donna des indications claires sur l'état de ses sentiments et de leurs liens à tous les observateurs. Puis ils s'assirent en se tenant la main, face à Maëlle et Myriam qu'il salua.

- Je suis désolé si vous avez été inquiétées. Aliam était très malade mais d'une grande intelligence et il nous a tous trompés. Liv et Mic avaient dormi avec lui la nuit où nous sommes allés le chercher et il avait profité de leur vulnérabilité pendant leur sommeil pour s'emparer de leur esprit, j'ignore comment il a fait. Ils ont été traités mais migraineux, ils seront encore fatigués, au moins aujourd'hui. Pour le moment, ils sont meurtris de vous avoir inquiétées mais ils devraient vite être en meilleure forme. Nous avons tous échappé au pire, l'esprit d'Aliam était très malade et perdu. C'est ce que son ami André nous avait dit et malheureusement, nous ne l'avions pas cru ou pas compris, un garde l'a éliminé hier et nous l'avons jeté à la mer.

- Pauvre Méditerranée ! murmura Myriam. Es-tu certain qu'il n'y a plus de problèmes avec tes amis ? Ils avaient vraiment l'air à l'ouest, c'était impressionnant !
- A l'ouest ? Je ne comprends pas… murmura Antor en fronçant les yeux.
- Ils paraissaient égarés.
- Ah, c'est une de vos expressions imagées. Oui leur esprit avait été perverti pendant qu'ils dormaient, ils paraissaient bien mais ils réagissaient à des mots déclencheurs d'un comportement soumis. C'est très difficile à déceler quand on ne s'y attend pas. Mic et Liv s'inquiétaient de ce que vous penseriez d'eux.
- Pour ma part, j'étais en colère mais j'ai cru à quelque chose de plus grave pour ne rien te cacher et s'ils ont été soumis pendant qu'ils dormaient, nous ne pouvons pas leur en vouloir. Objectivement, ils n'y sont pour rien. Ce n'est rien de plus qu'un accident.
- Merci, ils étaient très inquiets de vous perdre.
- Quand les verrons-nous ?
- Nous pouvons aller à la navette et envisager un saut à Sèvres chez les parents d'Aline. Nous devons régler le dossier d'acquisition de la propriété si vous êtes toujours partantes.

- C'est quand vous voudrez. Je suis dispo en fin de semaine, répondit Maëlle en regardant sa cousine qui répondit par un signe de tête.
- Bien, alors allons à la navette, qu'Aline puisse appeler ses parents pour fixer la date de la rencontre

Antor était soulagé de constater que l'amitié des deux amies d'Aline ne leur avait pas été retiré et plus serein de savoir que ses amis et lui étaient pardonnés de la frayeur qu'ils avaient provoqué même si les femmes l'avaient consciemment minimisée.

Ils se rendirent à pied dans la rue qui longeait le mur d'enceinte du parc. La navette était invisible et tournée de telle sorte que l'ouverture ne puisse pas être aperçue du trottoir ou de la maison. Ils entrèrent dans l'appareil et se retrouvèrent comme la fois précédente, les femmes sur le banc et les hommes assis par terre devant elles, Liv et Mic un peu gênés par la situation.
- Ne tournons pas autour du pot, déclara Myriam. Votre confiance a été abusée par un malade pour lequel vous n'aviez pas décelé la gravité de l'atteinte. Ce qui est arrivé n'était pas votre faute, Antor qui devait être supprimé vous a pardonné, nous qui n'étions impliquées que par ricochet ne pouvons vous en tenir rigueur et la vie est trop courte pour se nourrir de culpabilité. Nous commettons tous des erreurs, l'essentiel est d'en tirer des leçons.

- Amen ! dit Maëlle.
- Vous effacez l'ardoise ? Malgré notre erreur vous voulez toujours nous suivre dans le projet d'acquisition de la propriété et essayer de mieux nous connaitre ? demanda Mic les yeux brillants d'espoir.
- Nous sommes ici pour vous soutenir et faire en sorte que votre projet aboutisse, pour le reste, ce sera un pas après l'autre. Quand souhaitez-vous vous rendre à Paris ? Liv, seras tu en état de piloter ?
- Vous êtes merveilleuses, vous le savez ? remarqua Mic n'osant encore croire à leur chance.
- Nous n'en doutions pas mais ça fait du bien de l'entendre, déclara Maëlle avec un grand sourire, ce qui provoqua l'éclat de rire de tous.

L'ambiance était dégelée, la discussion s'anima et les mains se frôlèrent avant d'être prises et caressées.
- Et si nous allions diner quelque part ?
- Je dois récupérer ma voiture, dit Maëlle avec une grimace.
- Je viens avec toi, dit Liv. Posons-nous quelque part sur le port et retrouvons nous au restaurant. Le robot-pilote pourra faire ce trajet sans problème. Je vais aller définir le trajet et chercher un lieu de stationnement. Antor peux-tu activer le robot ?
- Attends, Liv tu pilotes ton appareil et Mic et moi rapatrions la voiture au port. Toi Aline, tu appelles tes parents. C'est mieux ainsi, moi, les robots qui n'ont pas

de cervelle et ne réfléchisse pas, je m'en méfie, même si je sais qu'ils peuvent être plus intelligents que moi, il leur manque quelque chose, du sang dans les veines peut-être. Tu viens avec moi Mic ? déclara Myriam.

- J'aime qu'on me dise ce que je dois faire, si je me plante ce n'est pas tout à fait ma faute…Est-ce que j'ai bien été déconditionné ?

- Arrête de bougonner ! Tu as le choix, veux-tu m'accompagner ?

- Evidemment, quelle question ! Maintenant que je t'ai trouvée, je vais m'accrocher pour ne plus te perdre ! Je réalise que mes sentiments m'amènent à trouver un compromis entre la liberté de décision que je voudrais avoir et la contrainte de ce que tu aimerais que je fasse, déclara-t-il en se levant et je précise que je n'éprouve aucune frustration à me plier à tes désirs, en fait je me sens très bien. Te céder un bout de ma liberté me rend heureux comme je ne l'aurais jamais imaginé. On vous retrouvera là-bas au restaurant.

- Tu te moquais de moi lorsque je te disais que faire plaisir à Aline et voir ses yeux briller suffisaient à mon bonheur.

- En fait si je me moquais de tes propos, c'est parce que je ne les comprenais pas, il manquait l'émotion à mon référentiel, ce qui n'est plus le cas maintenant. Viens mon cœur, allons conduire la voiture au port.

« Antor, c'est parce que Myriam est presque devenue moi, enfin bientôt j'espère ! » confia-t-il par la pensée à son ami.

Les quatre amis regardèrent le couple quitter la navette main dans la main puis le mur abimé franchi, Mic passer un bras autour des épaules de Myriam qui glissa le sien autour de la taille de son compagnon.
- Te voilà avec un souci de moins, murmura Aline à Antor. Est-ce que je peux appeler mon père d'ici ou faut-il que je sorte de la navette ?
- La navette risque de bloquer les liaisons, sors mais reste tout près.

Ce ne fut pas sans inquiétude que la jeune femme appela son père qui voulut savoir qui était cet ami qu'elle voulait présenter à ses parents et pourquoi il fallait que les papiers d'acquisition de la propriété soient mis aux noms des jeunes femmes.
- Papa, c'est trop compliqué à expliquer par téléphone, acceptez-vous de recevoir mes amis dimanche ?
- Cet homme est-il celui qui m'a guéri ?
- Pff ! Tu ne lâcheras pas le morceau ! Si je confirmais l'information par lassitude, que ferais-tu de cette donnée ?
- Je l'aiderais plus volontiers encore car ma gratitude lui est acquise à jamais.

- Alors dis-toi que c'est lui mais surtout, garde le secret. Il est ingénieur et avec un ami médecin, il a inventé un appareil révolutionnaire qui fonctionne bien mais il arrive un peu tôt sur le marché. Les médecins ne sont pas prêts à l'accepter et les établissements hospitaliers se verraient vidés de leurs malades. Ce serait un pan complet de l'économie qui s'effondrerait sans parler de l'équilibre démographique…
- Je peux comprendre cette explication donc ils achètent une propriété mais ne veulent pas que leurs noms apparaissent afin de pouvoir rester tranquilles sous anonymat. J'ai compris mais pourquoi vous les filles ?
- Ils sont nos petits amis depuis un moment, c'est aussi pour cela que je veux vous présenter Antor.
- Ma chérie, je suis ton père et je m'attendais à ce que tu nous présentes un ami un jour ou l'autre. Je te connais et je n'ai aucun doute sur la qualité de cet homme. Viens vendredi soir ou samedi matin avec ta bande d'amis, ils seront les bienvenus. Antor est un drôle de prénom…
- Ils sont natifs de Sibérie, Novossibirsk, et ils sont amis d'enfance, ils n'ont pas fait les mêmes études mais se sont retrouvés pour travailler ensemble et combinent leurs compétences.
- Je serai enchanté de les rencontrer et maman a hâte de connaitre tes amies. A toi de nous dire quand

vous fixerez l'heure de votre arrivée. Je t'embrasse la chérie.

- Voilà, c'est fait et nous sommes attendus, dit-elle à Antor qui l'attendait invisible dans l'ombre.
- Tu t'es bien débrouillée pour nous faire accepter. Tu es restée proche de la vérité et ton histoire est crédible. Je vais expliquer cela à Mic et Liv et nous verrons quand partir. Il faudra parvenir à poser la navette en sécurité.
- Dans un coin de la cour des parents, près du bureau peut-être. En cette saison elle n'est pas vraiment fréquentée.

Pfff…Demain il faudrait retourner au labo… Je n'ai pas envie… j'ai trop de choses en tête.

- Reste avec-moi si tu préfères et pareil pour Myriam, nous avons les moyens d'assumer nos femmes.
- Je… c'est gentil mais encore prématuré. Ici, on ne démissionne pas aussi facilement lorsque les relations sont bonnes.
- Peut-être mais je te laisse choisir, si tu préfères ne pas travailler, tu pourras le faire dès que tu le voudras et nous n'aurons plus à attendre le soir pour nous câliner si l'envie nous saisit.
- Ah, ah ! sacré argument !
- J'ai raison évidemment !

Ils s'embrassèrent éperdument sur ces propos.

- Il faudrait que vous emménagiez, le propriétaire ne comprendrait pas que vous préfériez rester à l'hôtel alors qu'ils vous ont proposé d'occuper la maison.
- Je sais, je l'appellerai lorsque nous serons au restaurant avec l'accord des amis. Toi aussi il faudrait que tu quittes ton gîte.
- Mes affaires sont toutes dans l'appartement que nous avons pris pour la semaine. J'ai payé mon gîte mais je devais appeler la propriétaire pour lui dire si je revenais ou pas.
- Fais-le et reste avec moi, je serai moins inquiet. Tiens, nous devons être posés sur le port.
- Je pense que nous serons tranquilles à cet endroit, leur dit Liv en arrivant avec Maëlle. On y va, faut-il laisser un garde en activité ?
- Je ne suis pas certaine que ce soit nécessaire, le coin est plutôt tranquille mais … c'est drôle, j'allais dire que cela ferait plaisir au garde qui était resté fidèle.
- Bof, Aliam le dingue ne lui avait pas pris sa clef de commande, sa fidélité est plus technologique que de l'ordre de la réflexion ou des sentiments. Le garde est un robot en capacité de remplir une mission définie et programmée, pas un homme torturé par ses devoirs d'allégeance.
- Il est probable que tu as raison. Je me dis que sans doute Liv, Mic ou moi n'étions depuis l'enfance, rien de plus que des robots bien dressés mais dotés de

vie, pour ceux qui nous commandaient. Comment font vos chefs militaires lorsque leurs soldats meurent ?

- Je suppose qu'ils sont touchés mais leur douleur ne doit pas être aussi forte que s'ils perdaient un proche. En temps de guerre, sans doute se réfugient-ils quelque part dans leur tête, pour ne pas se laisser entraver par le chagrin ? Je ne sais pas exactement comment ils font le deuil des hommes qui leur ont été confié ou la façon dont ils transforment le sentiment de perte et la souffrance en énergie qui les pousse à avancer mais ce doit être très dur... Peut-être des émotions comme la tristesse, la colère ou la nécessité de la vengeance ou simplement la pensée que le soldat ne doit pas être mort pour rien, les poussent-elles à avancer et à se battre pour vaincre ?

Bon, tout cela n'est qu'élucubrations. Nous devrions y aller, ils vont nous attendre.

21

Ils laissèrent le garde devant la navette et lui demandèrent de venir les avertir au restaurant en cas de problème. Ils déjeunèrent assez vite car le propriétaire avait dit à Aline qu'il les attendrait à quinze heures pour leur laisser un trousseau de clefs.

Ils se posèrent à l'endroit habituel et allèrent sonner au portail qui fut ouvert aussitôt.
- Vous êtes à pied cette fois encore ?
- Non, nous sommes venus avec un engin expérimental qui n'a pas encore l'autorisation de voler mais pour transporter ce que nous avions à déménager, c'était le plus commode et le plus économique, déclara Anton d'une voix assurée. Mic et Myriam nous rejoignent en voiture.
- Oh ! Et où êtes-vous posés ?
- A l'intérieur de l'enceinte du parc, en bordure de route, répondit Liv.
- Allez chercher cet appareil, c'est vous le pilote Liv ?

- Oui monsieur, nous avons conçu la navette ensemble.
- Magnifique ! Je suis enchanté de m'associer à de géniaux ingénieurs. Allez vite, que nous puissions faire le tour des bâtiments annexes tous ensemble. J'ai préparé du café, Maëlle accepterais-tu de t'occuper du plateau ? As-tu appelé tes parents ?
- Non monsieur, je pensais le faire ce soir et leur annoncer que j'avais un poste intéressant.
- Avec tes amis, je suppose… C'est parfait, avec eux, tu ne vivras pas sur tes acquis !

Ils papotèrent un moment sur le perron, de l'automne qui s'installait, lorsque quelques feuilles mortes furent déplacées par un petit souffle d'air et qu'ils virent peu après un trou noir se former devant le perron puis Liv s'encadrer dans l'espace de la porte.
- Mais… Ne me dites pas qu'en plus vous avez maitrisé l'invisibilité de la matière. Vous devez candidater pour le prix Nobel ! murmura Germain, le propriétaire éberlué.
- Non, nous préférons rester discret et choisir nos partenaires. Nous ne souhaitons pas que nos travaux soient utilisés pour faire le mal. Nous avons assez d'argent pour vivre et nous éprouvons du plaisir à travailler ensemble.
- Je suis encore plus fier de vous. Montrez-moi cet engin, enfin si vous acceptez ma demande.

Liv appuya sur une commande, l'air se brouilla et la navette apparut sous les yeux incrédules du vieux monsieur.

- Pour des raisons de sécurité, il vaut mieux qu'elle reste invisible en zone découverte mais nous pouvons vous faire visiter l'engin.

Ils virent sortir le garde qui salua le groupe et se tint immobile près de la porte.

- C'est un robot…
- Il est, ainsi qu'une vingtaine d'autres, programmé pour la dissuasion et la défense. C'est pourquoi nous sommes venus avec la navette, il fallait transporter nos affaires et tout ce matériel.
- C'est incroyable… mais qui êtes-vous pour être aussi talentueux ?
- Des ingénieurs comme nous existent dans le monde mais plutôt que de nous laisser acheter, nous avons préféré conserver notre liberté et maitriser l'utilisation de nos inventions.
- Evidemment vos pourriez avoir une armée de robots destructeurs… Je peine à en croire mes yeux…
- Monsieur, vous nous avez fait confiance, nous vous rendons votre confiance mais vous comprenez pourquoi il ne faut pas en parler. Nos inventions peuvent faire du bien mais aussi beaucoup de mal selon l'usage qui pourrait en être fait. Aussi préférons nous la discrétion. Nous ne cherchons pas la publicité

D'ici et d'ailleurs

Entrez dans la navette, c'est très sommaire en termes d'ameublement intérieur.

- Un jour, si vous avez le temps, il faudra m'emmener faire un tour dans les étoiles si c'est possible. Je n'imaginais pas pouvoir le faire un jour.
- Laissons passer quelques jours que nous nous organisions et vous aurez votre balade.
- Ce n'est pas aussi spectaculaire qu'au cinéma, dit Maëlle, physiquement, on ne ressent rien, aucune vibration et le spectacle se déroule sur les écrans de pilotage, comme sur les simulateurs de vol. Cependant c'est une satisfaction intime et intellectuelle que de se dire qu'on y est allé !
- Tu as déjà volé avec eux ?
- Oui, à chaque fois que nous nous déplaçons tous ensemble c'est avec la navette. Nous irons ce week-end chez les parents d'Aline à Sèvres et il ne faudra que cinq minutes pour effectuer le trajet. Le plus long sera l'embarquement.
- C'est incroyable ! Vraiment incroyable…
- Monsieur, Myriam est en voiture devant le portail.
- Je vais aller ouvrir, elle risque de ne pas vous voir, je lui dis de rouler doucement ?
- Je vais me positionner pour leur indiquer l'endroit où s'arrêter.
- Il ne faudrait pas casser une merveille pareille.

- Heu… C'est leur véhicule qui risquerait d'être pulvérisé, la navette ne craint pas grand-chose.
- N'en dites pas davantage… Je crois que j'ai besoin d'un petit verre pour avaler tout cela. Rejoignez-nous dans le salon avec vos amis.
- Dis donc, papi a l'air secoué, dit Aline à Maëlle en se dirigeant vers la cuisine.
- Il a toujours été très curieux mais je ne m'attendais pas à ce qu'Antor dévoile le pot aux roses. Il doit se sentir dépassé mais n'imagine pas la vérité, c'est trop ubuesque !
- Je comprends, dès que le vieux monsieur verra un truc sortant de l'ordinaire, il l'attribuera aux trouvailles des trois hommes et il comprendra mieux la sécurité et la présence des robots.
- S'il appelle tes parents, ne risque-t-il pas d'en parler ?
- Mon père a été guéri de plusieurs années de paralysie par Mic, je pense qu'il est prêt à tout entendre mais peut-être faudra-t-il le prévenir. Nous pauserons la navette dans la cour, c'est un coin fermé sur quatre côtés sur lequel s'ouvre le bureau de mon père. Je pense qu'autrefois, c'était un appartement indépendant. La navette sera ainsi à l'abri des regards indiscrets et des heurts possibles qu'ils proviennent des hommes ou des véhicules.

L'arrivée de Mic et de Myriam provoqua un peu d'animation.
Mic fut interpelé presqu'aussitôt par le vieil homme :
- J'ai compris le champ de recherche de Liv et d'Antor mais vous le médecin, quel lien avez-vous avec la technologie ?
- Euh… pourquoi me demandez-vous cela ? J'expose à mes amis mon point de vue sur leurs trouvailles mais…
- Mic, j'ai décidé qu'il fallait que notre associé voie la navette et les robots, il se posera moins de questions. Mic avec ses connaissances médicales nous a aidé à mettre au point un appareil guérisseur. C'est ainsi qu'il a pu faire disparaitre la paralysie dont le père d'Aline était affecté depuis quelques années après avoir été heurté par une voiture. Nous ne pouvons commercialiser cet appareil parce qu'il mettrait les médecins au chômage et viderait les lits des hôpitaux. Personne n'est prêt à accepter ce genre de trouvaille.
- Vous pourriez guérir les cancers ?
- Oui.
- Est-ce que ce serait long, douloureux ?
- Ce n'est pas douloureux mais s'il faut reconstruire des liaisons qui ont été touchées comme sur la moelle épinière du père d'Aline, il a fallu près de trois heures.
- C'est tout ?
- Oui, c'est long trois heures.

- Comme de nombreux vieux messieurs, je souffre d'un cancer de la prostate qui est gênant, pourriez-vous m'aider ?
- Oui bien sûr, je vais chercher l'appareil.

Lorsque Mic revint avec l'étui du bâton guérisseur, le vieil homme fit grise mine ne croyant pas qu'un appareil aussi insignifiant puisse le guérir.
- Faut-il… dit-il en mettant la main à sa ceinture.
- Non, écartez le métal qui pourrait mal réagir c'est tout. Il faudra passer un scanner et peut-être refaire un passage mais ce n'est pas sûr. Vous allez entendre grésiller l'appareil, c'est normal, c'est le signe qu'il intervient sur la tumeur ou sur ce qui ne va pas et il vaut mieux ne pas regarder la lumière. Tant qu'on y est avez-vous des soucis cardiaques, respiratoires ou autre chose ?
- Non, ce cancer est ennuyeux, c'est tout et puis je commence à avoir les articulations qui grincent et l'audition qui faiblit, rien d'anormal à mon âge.
- Bien, détendez-vous, écartez les jambes, vous ne sentirez rien de plus que des picotements aux zones traitées et passez un scanner dès que possible afin de terminer le travail s'il fallait répéter l'acte.

Ils entendirent grésiller l'appareil que Mic passa à partir du crâne autour des oreilles puis descendit. Le grésillement fut plus fort au moment de le passer sur la

zone pubienne et entre les jambes. Mic insista jusqu'à ce que le bâton ne réagisse plus. Il descendit, traita les articulations des hanches, des genoux et des chevilles. Il revint sur le dos, insista sur les épaules, les coudes et les mains.
Lorsque le bâton devint silencieux, il interrompit l'alimentation.

- Voilà monsieur, vous êtes tout neuf ! Vous allez vous sentir fatigué. Mettez-vous au chaud et dormez.
Je vous dirais bien de faire l'impasse sur les examens mais pour être rassuré, vous avez besoin de vérifier les résultats de cette intervention.

- Je me sens vraiment bien, comme si l'usure des articulations avait disparue. C'est miraculeux.

- Non c'est de la technologie avancée.

- Merci Mic, soyez certain que je vous tiendrai au courant. Ma femme souffre de son arthrose, accepteriez-vous de la soigner ?

- Mais bien sûr, vous savez où me trouver, sauf en fin de semaine où nous serons à Paris.

- Avec un appareil comme celui-là, vous pourriez devenir richissime.

- Si cela se savait, je ne vivrais plus et l'économie de la santé serait bouleversée. Il faut maintenir les équilibres. Cette intervention est entre vous et nous. Je suis heureux de vous avoir soulagé et d'œuvrer dans l'ombre pour mes amis et les amis de mes amis.

- Vous ne doutez pas de vos résultats.

- Non, je ne pense pas que vous rechercherez à nouveau ma compagnie pour votre santé. Pour le moment celui qui doute n'est pas moi.
- Pas d'opération, plus d'ennuis… incroyable ! Ils sont exceptionnels mes jeunes associés… et ils demandent l'anonymat… Qui fait cela de nos jours ? marmonna-t-il pour lui.

Il réenfila la ceinture dans les passants de son pantalon et bien plus droit et ferme sur ses jambes, il partit en les remerciant et en leur laissant un gros trousseau de clefs.

- Je reviendrai pour parler des dépendances. Encore merci.
- Il peut conduire ? demanda Maëlle.
- Oui, il est fatigué mais ne s'endormira pas au volant. En revanche il pourrait dormir plusieurs heures d'affilée une fois couché.
- Curieuse journée, dit Antor. Il faut sortir nos affaires et choisir une chambre et ne pas nous coucher trop tard, vous travaillez demain mesdames.
- Il faut diner avant, il ne doit pas y avoir grand-chose dans les placards.
- Commandons des pizzas, il y a le reste de nos yaourts au frigo, cela devrait être suffisant !
- Et ce sera meilleur en goût que les tablettes du synthétiseur même si ce sera moins diététique.

Les hommes s'organisèrent et apportèrent les affaires des deux cousines dans une chambre à deux lits, pendant qu'Antor et Aline choisissaient une grande chambre et laissaient leurs amis se débrouiller avec leurs valises.
Antor chargé des sacs d'Aline la surprit dans leur chambre, bras écartés à tourner sur elle-même.
- Que fais-tu, mon cœur ?
- On dit de manière courante des chefs qui ont de grands bureaux que « les gens intelligents ont besoin d'oxygène » mais là… Ce n'est que dans les châteaux que j'ai vu des chambres de cette taille et je n'avais jamais imaginé en avoir une moi-même. Nous allons nous perdre là-dedans.
- Viens ici, dit-il en l'attirant contre lui. Si tu te perdais, crie comme dans la grotte. Je viendrais te chercher, tu ne m'échapperais pas, les yeux bandés, je retrouverais ton odeur et je suivrais ta voix.
- Chiche, on joue ?
- Et qu'est-ce que je gagnerais ?
- Un gâteau, un bonbon, un bisou… Toujours non ? Que voudrais-tu ?
- Toi ! Je ne veux que toi et de savoir que demain tu devras aller travailler dans ce laboratoire… me sape le moral. C'est comme ça que vous dites ?
- Mon cœur, vous avez beaucoup de travail pour préparer les futurs bureaux. Vous serez occupés.

- Peut-être mais le temps sans toi est vraiment trop long. Es-tu sûre de vouloir travailler dans ce labo pour quelques billets ? Nous pourrions te trouver quelque chose à faire pour nous...
- J'ai fait des études d'océanographie et la protection des mers me tient à cœur. Que je proposerais-tu dans ce domaine ?
- Comme ça, je ne sais pas, il faudrait y réfléchir ensemble.
- Il y a sur les mers ce que nous appelons le septième continent, constitué de plastiques qui se désagrègent en polluant l'eau et les poissons. Ces déchets sont ramenés par les courants à un seul endroit au large des Etats-Unis au nord du Pacifique. Comment supprimer ces matières de façon écologique et assainir l'environnement ? Voilà un défi, le retraitement de ces déchets toxiques pour l'environnement.
- Tu as raison, nous irons survoler l'endroit peut-être procéder à des évaluations avant d'envisager un plan de traitement. Que faites-vous des déchets ?
- Certains sont recyclés, d'autres sont enfouis ce qui déplace le problème.
- Ce n'est pas la bonne méthode, il faut y réfléchir... mais ce n'est pas l'heure.

Là, tout de suite et il lui exposa ses besoins d'une autre nature à satisfaire.

22

Le lendemain, pendant que Myriam et Aline s'affairaient dans leur laboratoire, les trois amis et Maëlle étaient réunis afin de déterminer l'offre qu'ils voulaient proposer à des clients potentiels, en commençant par le concepteur du « Yellow submarine ».

- Avez-vous des nouvelles des deux plongeurs ? Ils sont jeunes, ce serait dommage qu'ils conservent des séquelles de leur aventure.
- Ils sont en congés maladie. Vous les avez sauvés mais j'ignore tout des éventuelles séquelles.
- Il faudrait que Myriam aille les voir, peut-être avec Mic pour compléter la guérison.
- Tu crois que c'est prudent ?
- Un tour de passe-passe et ils oublieront cette visite. Ils ne méritent pas d'avoir été affaiblis à cause d'un test sur un appareil défectueux, pour lequel ils n'ont pas été rémunérés.
- Tout ne passe pas par le fric, grincha Maëlle.

Je ne m'opposerai pas à votre quête de justice mais c'est Myriam ou Aline qu'il faudra avoir comme complices.
- Et si nous rendions visite au concepteur ?
- C'est un jeune dirigeant de Start-up. Ce serait bien de lui dire que nous avons fait les tests pendant que votre équipe extrayait les blessés et négocier les résultats.
- Si c'est un jeune entrepreneur, il ne pourra pas nous payer.
- Non mais il pourrait nous donner un pourcentage du prix de la vente des sous-marins ou nous céder la vérification des données avant la mise en œuvre des prototypes. Il y a certainement des solutions équitables.
- Nous allons envisager tout cela avec Myriam qui le connaitrait mieux ou depuis plus longtemps qu'Aline.

La réunion se poursuivit, jusqu'à l'heure du déjeuner où le téléphone fixe de la résidence se mit à sonner.
Antor décrocha. Leur propriétaire voulait savoir s'il pouvait venir avec son épouse vers treize heures trente prendre un petit café.
- Vous êtes attendus, et nous sommes en train de réfléchir à notre organisation.
- Merci, à tout de suite.
Quelques minutes après, le couple frappait à la porte.
Il vint au salon et discuta de l'organisation en attendant que les maisons individuelles soient rénovées.

- Nous avons assez de chambres pour que chacun soit chez lui, sauf Maëlle et Myriam qui vivent dans la même chambre à deux lits qui est grande.
- Tu n'es pas en couple avec Liv, Maëlle ?
- Nous ne nous connaissons pas assez pour le moment. Nous sommes proches et partageons beaucoup mais il en faut plus pour se mettre en couple et notre rencontre est encore récente.
- Bien nous savions que tu avais la tête sur les épaules, ne vous précipitez pas, la vie est une longue route. Je suis venu avec Martine, si vous pouviez lui faire bénéficier de votre instrument magique, nous pourrions envisager d'aller marcher sur le chemin de Compostelle l'été prochain. Nous avons repoussé l'expérience pendant des années et avec l'arthrose et l'âge, c'était devenu presque trop tard.
- Je vais le chercher.
- Est-ce que je vous suis ? demanda Martine.
- Non, ce n'est rien de spectaculaire ni de gênant, faites comme vous le sentez.
- Je n'aurais pas à me déshabiller ?
- Non, c'est parfaitement inutile, le tissu n'est pas un obstacle au soin, dit-il en partant.

Lorsqu'il revint, Martine était plutôt inquiète et tordait ses mains nerveusement.
- J'ai honte de l'avouer docteur, mais je résiste mal à la souffrance.

- Vous ne sentirez que des picotements, signe que les tissus se réparent et c'est loin d'être douloureux. N'ayez aucune crainte, cependant si vous me dites que vous souffrez, j'arrêterais car ce ne serait pas normal. Le père d'Aline qui avait de grosses lésions à la moëlle épinière ressentait de violentes démangeaisons mais il remarche après plusieurs années de fauteuil.
- Vous parvenez à faire cela ? C'est incroyable. Je suis bénévole dans un hôpital pour enfants. C'est tellement dur de voir ces petits privés de leur mobilité ou de les voir souffrir... et les jeunes parents sont souvent dépassés par les dépenses générées par les handicaps. Je leur lis des histoires mais ils seraient tellement mieux chez eux entourés d'amour...
- Les parents aiment leurs enfants ?
- Oui bien sûr. Les enfants abandonnés sont connus parce qu'ils ne reçoivent pas de visites, nous allons les voir plus souvent et heureusement, ils sont peu nombreux.
- Et s'ils n'étaient pas handicapés que feraient-ils ?
- Certains vivraient dans des familles d'accueil, d'autres seraient rendus aux parents sous surveillance des services de l'état, tout dépend de la raison de l'hospitalisation. Quelquefois ils sont hospitalisés pour être mieux nourris et plus entourés que chez eux, les

parents manquant de moyens financiers pour assumer l'enfant.

Mic faisait parler Martine tout en se tenant dans son dos, promenant son bâton du crâne aux orteils. Le bâton grésilla à plusieurs reprises mais après un simple passage il resta silencieux.
- Voilà Martine, j'ai fini. Avez-vous souffert ?
- Mais... je n'ai rien senti, vous avez simplement... êtes-vous certain ...
- Revenez me voir si vous avez quelque chose qui ne fonctionne pas bien mais pour moi, j'ai fini. En revanche faites une bonne sieste, vous allez vous sentir fatiguée. Votre corps va encore travailler quelques temps, laissez-le se reposer, ne lui demandez pas de fournir un effort aujourd'hui ni demain. Vous vous sentirez bien bientôt mais peut-être pourriez-vous me rendre un service pour lequel je vous demande le secret absolu. Donnez-moi le nom de deux ou trois enfants dont la perte représenterait un drame absolu pour leur famille et deux ou trois enfants qui seraient mieux chez eux qu'à l'hôpital.
- J'ai plein de noms d'enfants attachants bien éduqués. C'est triste de les voir là, soigneriez-vous les cancers ?
- Oui, Faites une sélection, pas forcément dans les mêmes services. Il vaut mieux éviter que ce soit trop visible.

- Est-ce que…
- Il parait que Noël est un temps pour les cadeaux.
- Mon mari vous remettra une liste…Je me sens bien, vraiment, c'est l'absence de douleur qui me parait étrange, merci vraiment… dit-elle les yeux débordants de joie et de reconnaissance.
- Je suis à votre service Martine. Rentrez chez vous et reposez-vous, dormez et résistez à la tentation d'aller vous promener aujourd'hui parce que vous vous sentez déjà mieux…

Après leur départ, en les regardant s'éloigner, Maëlle murmura :
- Mic, tu veux donner la guérison pour Noël à certains enfants ? Comment feras-tu ton choix ?
- Martine choisira, j'agiterai mon bâton sur les enfants et elle oubliera qu'elle m'a fourni une liste. En mode invisible, la nuit, je suppose que c'est faisable. Nous pourrions laisser une carte du Père Noël et des bonbons pour tous ?
- Pourquoi pas ?
- Le seul souci est la visibilité du bâton, il y a une lueur bleue très vive dans le noir total.
- Si l'infirmière la voit, elle oubliera.
- Au moins si nous ne pouvons pas travailler avec le concepteur du sous-marin, nous aurons de quoi nous occuper en vidant les lits du service pédiatrique pour Noël, remarqua Antor.

- En fait, là, j'ai besoin de m'occuper. Je vais aller trainer à l'hôpital et faire en sorte que les mamans aimantes retrouvent leurs enfants.

Liv intervint :
- Je vais t'accompagner, la journée le mode invisible pourrait convenir aussi et tu aurais moins le problème de la lueur bleue.
- Tu prévoirais des tests pour demain ? demanda Antor.
- Non ! C'est parti, nous n'avons rien de mieux à faire aussi pouvons-nous aller faire un tour !
- Prenez le petit module de la navette afin d'être indépendants mais faites attention à ce que vous faites, dit Antor.
- Myriam et Aline ne quitteront pas le laboratoire avant dix-huit heures trente, nous avons le temps de faire une reconnaissance des lieux avant de passer les chercher.
- Je te suis. Tu ne t'ennuieras pas tout seul Anton ? Maëlle ne m'en veut pas si je t'abandonne mais c'est important.
- On dirait deux garnements qui prépareraient une bonne blague. Faites ce que vous avez à faire, j'ai un bouquin qui n'attend que moi.
- Antor ?
- Filez, mais ne vous faites pas prendre et ne rentrez pas tard !

-        Oui papa ! dirent-ils ensemble avant d'éclater de rire.

« On ne reconnaitrait pas les deux grincheux, j'ai l'impression qu'ils s'amusent ! » pensa Antor amusé.

En quelques minutes avec le petit module, ils se posèrent devant le bâtiment pédiatrique de l'hôpital, sur la pelouse.

En mode invisible, ils se promenèrent dans les locaux des urgences où aucun enfant ne patientait. Ils continuèrent et arrivèrent au service de néonatalogie. Dans des couveuses, de tout petits bébés nés prématurés se battaient pour vivre.

Mic consulta les fiches et agita son bâton sur certains berceaux.

« Un petit coup de pouce, ils sont si petits et tellement combatifs. »

En pédiatrie, les enfants malades correctement pris en charge guériraient dans quelques jours et ne nécessitaient pas une intervention. En revanche en cardiologie, ils croisèrent une mère effondrée qui serrait son fils de deux ans dans ses bras. Ils écoutèrent le médecin lui parler d'une malformation cardiaque qu'il fallait opérer très vite.

-        Nous allons prévoir l'hospitalisation de Jérémy après Noël. Venez le 2 janvier à 14 heures. Vous avez bien compris que je ne pouvais garantir le résultat.

C'est une dernière chance mais si nous ne faisons rien, vous le perdrez à court terme.
La jeune mère éplorée repartit, suivie par les deux hommes.
Elle les conduisit jusqu'à un vieil immeuble de la banlieue de Hyères. Ils la suivirent dans son appartement. L'intérieur était modeste mais bien tenu. Elle mit doucement la chanson de Noël « Petit papa Noël » en boucle, joua allongée sur un tapis avec son enfant chétif et fatigué puis elle s'occupa du repas du petit garçon avant de le coucher. Les deux hommes debout dans un coin de la chambre la regardèrent border son fils en pleurant :
- Ton papa t'aurait tellement aimé mon chou, il était si heureux quand il a su que tu arrivais. Mon Dieu, ne me le prenez pas lui aussi, mais comment vais-je payer tous ces frais ? Chuchota-t-elle.
Elle pleurait tellement qu'elle sortit de la chambre pour ne pas réveiller le petit garçon.
- C'est le moment, dit Mic en sortant son bâton.

Il prit son temps pour que le cœur de l'enfant endormi se répare complètement. Au bout d'une heure, il refit passer le bâton sur tout le corps du petit et aucun grésillement ne se fit entendre. Il écouta le cœur attentivement, fit un examen rapide puis il dit :
- C'est bon. Allons-y.

Les deux hommes partirent après avoir déposé un mot sur la table de la cuisine signé par le Père Noël :
« Votre amour a guéri votre fils, il n'est plus nécessaire d'envisager une opération. Qu'il passe un examen si vous doutez, mais tout est OK ! Continuez à beaucoup aimer ce petit courageux. »

Après avoir récupéré Aline et Myriam, satisfaits ils rentrèrent à la maison où ils se savaient attendus, en chantant à tue-tête « Petit Papa Noël quand tu descendras du ciel… avec ton bâton magique… »
- Que se passe-t-il ? Alors accouchez ! demanda gronda Maëlle impatiente.
- Nous sommes deux gentils pères-Noël et nous méritons un gros câlin ! Nous avons traité des petits prématurés pour faciliter leur survie et l'enfant cardiaque d'une maman désespérée et désargentée. C'était facile et très bon pour nos petits cœurs, nous avons eu le sentiment d'aider et de faire le bien. C'est fou comme cela rend heureux !
- Venez diner c'est prêt et racontez-nous vos prouesses, dit Myriam en arrivant.
« Au rapport, tout va bien ? » transmit Antor.
« Impec ! Nous avons fait du bien Anton et je crois que mon cœur va éclater de joie. J'ai mal tellement je suis heureux. Nous avons fait cela pour le plaisir, sans attendre de compensation. C'est géant comme dit Maëlle !» répondit Liv.

Le diner fut joyeux et les femmes câlines, ils comprirent que faire de bonnes actions de manière désintéressée rendait leur entourage aimant et admiratif.
« Nous en avons les moyens aussi ne nous en privons pas ! » pensa Mic.

Emportés par leur joie, le lendemain soir il réfléchirent à un Noël pour les enfants malades, rien de spectaculaire mais réaliser un vœu par enfant.
Les trois hommes se déguisèrent en Père Noël et la nuit, à l'insu du personnel soignant, en mode invisible, visitèrent les services hospitaliers pour parler aux petits, leur demandant un vœu tout en soutenant l'un ou l'autre avec le bâton magique.
Le personnel soignant nota un changement d'ambiance sans se l'expliquer et le médecin remarqua des progrès, parfois inexplicables, dans les résultats des traitements donnés aux enfants. Ils attribuèrent cela à la magie de Noël.

Rentrés à la maison, les trois hommes réfléchissaient à la manière de réaliser les vœux des petits, parfois surprenants.
- Toby : Je ne veux plus que papa frappe maman.
- Emma : Je voudrais un papa.
- Louane : Je voudrais une licorne vivante.
- Jean : J'aimerais que maman ait assez de sous pour partir en vacances à la neige ; c'est son rêve.

- Hugo : Je voudrais être guéri pour garder ma petite sœur pendant que maman dort un peu.
- Mia : Je voudrais des chocolats ou des caramels mous pour les donner à la mamie du premier qui n'a plus de dents.
- Madeleine : Un bébé qui parle.
- Lys : Mon papa est triste, j'aimerais avoir une gentille maman et puis ne plus être malade.

Et une trentaine d'autres vœux parfois singuliers.

- Vous avez cherché les difficultés les gars. Comment voulez-vous donner une petite sœur à un enfant dont la mère a déjà du mal à vivre, ou offrir un papa ou une maman, même si j'entends le besoin d'Emma ou celui de Lys ? Vous n'êtes pas des magiciens.
- Pour certains ce sera facile pour d'autres moins mais avec l'aide de nos femmes et peut-être du Dieu que vous appelez quelquefois à l'aide, nous devrions y arriver. Déclara Antor.

23

Lorsqu'ils se séparèrent, les trois femmes se confièrent qu'elles ne les avaient jamais vus aussi détendus confiants et heureux.
- Nous sommes encore loin de Noël mais ils sont à fond dans ce projet de soutien des enfants. Je ne sais pas comment ils vivaient mais n'avoir que la mort comme perspective ne devait pas être vraiment épanouissant. Confia Maëlle.
- Là, ils font des découvertes et s'éclatent. Murmura Myriam. C'est pour cela que Maëlle et moi ne nous précipitons pas, ils vont s'ouvrir à la vie et faire d'autres rencontres. Nous ne voulons pas être déçues en attendant trop, pourtant nous sommes accros à ces gars !
- J'ai été moins prudente que vous et je reconnais que je tremble à l'idée qu'Antor aille voir ailleurs si l'herbe est plus verte.
Elles partagèrent leurs craintes et décidèrent qu'ensemble, quoi qu'il arrive, elles seraient plus fortes.

La fin de la semaine fut vite là, Myriam et Aline avaient préparé leur sac le matin, la navette les récupèrerait à dix-sept heures trente pour s'envoler vers Sèvres où ils se poseraient avant dix-huit heures.

Serrés l'un contre l'autre, impatients, les parents d'Aline attendaient leur arrivée. Aline leur avait demandé de laisser la baie du bureau ouverte aussi étaient-ils interloqués car ils ne comprenaient pas comment ils pouvaient arriver par-là. Leur cour d'une centaine de mètres carrés de surface est enclose de hauts murs sur trois cotés. Ils s'interrogeaient sur le genre d'aéronef capable de se poser en ville, sans doute verticalement. Dans les bras l'un de l'autre, le vieux couple observait une mésange charbonnière grapiller quelques graines dans un filet de boules de graisse accroché à un clou, quand brusquement, elle s'envola effrayée. Pétrifiés ils virent sous leurs yeux écarquillés, apparaitre une coque métallisée vaguement dorée qui se posa devant eux et disparut aussitôt. En revanche, un trou noir apparu et sembla flotter dans l'air puis un grand gaillard en jean, pull à col roulé et blouson sport, tout souriant sauta au sol et se tourna la main tendue vers Aline pour l'aider à descendre de l'appareil, avant de la saisir par la taille et de lui donner un rapide baiser.
-       Mais de quoi s'agit-il ? chuchota le père d'Aline en regardant sa fille se tourner vers ses amis et attraper un sac tendu par un grand homme blond qui sauta au

sol en faisant disparaitre le trou qui devait être une porte.

La mère d'Aline ouvrit la baie et accueillit sa fille avec des effusions affectueuses.

Lorsqu'ils furent tous entrés dans le bureau, la baie vitrée fut refermée par Liv.

- Papa, maman, laissez-moi vous présenter mes amis : Maelle et Myriam ingénieure et océanographe, Liv notre pilote, Mic est médecin et enfin Antor mon fiancé, ingénieur lui aussi. Nous sommes venus avec un appareil qui est un prototype et n'est pas encore déclaré, c'est pourquoi je vous ai demandé de libérer la cour. Afin d'éviter les soucis, il vaut mieux qu'il ne soit pas perçu par on ne sait quels radars mais grâce à lui nous pourrons passer quelques heures de plus avec vous.

- Il est invisible…, et silencieux, murmura le père pas encore revenu de sa stupeur.

- C'est une des particularités qui rendent cet appareil précieux.

Le père d'Aline manifestement perturbé se reprit et salua le groupe :

- Excusez-moi mais votre arrivée n'a pas été banale. Vous êtes évidemment tous les bienvenus chez nous, d'autant plus que nous sommes débiteurs car il est probable que c'est à vous que je dois d'avoir retrouvé l'usage de mes jambes.

- Nous avions la possibilité de restaurer votre motricité pourquoi nous en priver ? Aline n'en a été que plus heureuse, déclara Antor.
- Les chambres sont prêtes, Aline va vous y conduire. Installez-vous et rejoignez-nous dans le salon pour un apéritif avant le diner.
- Merci, à tout de suite, venez, dit Aline en prenant la main d'Antor.
- Tes parents possèdent une belle maison, très accueillante. On se sent bien ici. Dit Mic en montant l'escalier.

Lorsqu'ils furent seuls, les parents se regardèrent effarés :
- Qui sont ces hommes, trop beaux, trop grands, trop intelligents pour avoir conçu quelque chose comme cet avion qui n'en est pas un, m'avoir guéri à distance. Je redoute ce que nous allons découvrir…
- Mon chéri, calme-toi, notre fille a la tête sur les épaules, elle nous a beaucoup soutenus lorsque tu étais immobilisé. Elle a été un pilier pour son frère et sa sœur, elle est solide. Faisons lui confiance, elle ne fera pas n'importe quoi même par amour. Restons ouverts et écoutons là.

Peu après, le groupe rejoignit le salon et des discussions très ordinaires sur le temps au sud de la France, puis sur la propriété qu'ils voulaient acheter

s'enchainèrent sans gêne. Ils apprirent qu'ils y étaient déjà installés et que tous commençaient à y prendre leurs marques bien qu'aucuns travaux n'aient encore été entrepris et la vente pas encore enregistrée.
Profitant d'un fléchissement dans la conversation, le père d'Aline interpella Mic.
- Mic, vous êtes médecin, je suppose que c'est vous qui m'avez sorti de mon fauteuil.
Mic interpellé, réfléchit vite afin de ne pas avouer que les murs ne les arrêtaient pas.
- Non monsieur, je crois que vous dites « qu'il faut rendre à César ce qui lui appartient ». Nous avons mis au point un appareil guérisseur. Antor a cultivé quelques dons de télépathie et il a réussi à vous soigner. C'était une première pour nous et nous sommes heureux d'avoir réussi l'expérience.
- Lorsque vous avez demandé à Aline qui était intervenu, je n'ai pas voulu que vous connaissiez la vérité, redoutant les conséquences d'une information comme celle-là. Notre appareil est une sacrée trouvaille mais elle est dangereuse, aussi avons-nous décidé de ne l'utiliser que dans des cas très particuliers. Actuellement nous en faisons bénéficier des enfants malades pour lesquels la pharmacopée actuelle est inopérante. Nous agissons en secret, la nuit, déguisés en Père Noël.
- Oh ! Comment choisissez-vous les enfants ?

- Nous bénéficions de complicités au sein du personnel. Nous faisons du bien mais ne voulons pas le faire savoir.
- Vous êtes arrivés invisibles, vous avez trouvé la façon de…
- Oui, mais vous êtes conscient que si ces informations tombaient dans de mauvaises mains, les conséquences pourraient s'avérer catastrophiques. Nous détenons des secrets, c'est pourquoi nous voulons acquérir la propriété qui nous a été proposée. Elle a un nombre de bâtiments suffisants pour que nous puissions nous y installer et travailler au calme, sans avoir à sortir d'un périmètre sécurisé. Aline aimerait que nous nous attaquions au continent de déchets qui est un drame pour l'environnement. Nous allons y réfléchir afin de nettoyer ce coin d'océan.
- Maman souhaiterait que nous passions à table, si tu veux bien papa.
- Oui, allons-y les jeunes… de quelle nationalité êtes-vous, vous avez tous un petit accent ?
- Nous sommes nés en Sibérie et avons émigré en France, un pays démocratique, non-belligérant et relativement stable, afin d'échapper à l'obligation de faire bénéficier notre pays d'origine de nos résultats.
- Vous pensiez à une mauvaise utilisation militaire de votre aéronef invisible …
- Entre autres…

- Oui, je crois que je comprends. Comment avez-vous rencontré notre fille ?
- C'est la part du hasard. Elle avait eu un petit souci avec une baïne en faisant du surf pendant ses vacances d'été. Nous l'avons tirée d'affaire et n'avons plus réussi à nous séparer d'elle. Aline est une jeune femme bien éduquée, très ouverte aux autres et respectueuse de ce qu'ils sont. Je suis à présent très attaché à elle et n'envisage plus ma vie sans votre fille.
- Sa grand-mère a eu beaucoup d'influence sur elle et Aline est devenue une femme dont nous sommes fiers.
- Et elle est aussi une super amie, remarqua Maëlle.
- Bien, je propose que nous parlions de choses sérieuses entre hommes demain matin.
- Pas d'accord papa, ce projet va se faire à six, mes amies et moi sommes très impliquées, nous assisterons donc aux discussions.
- Les acheteurs sont…
- Les trois hommes veulent payer mais nous aurons à signer les documents, aussi souhaitons nous savoir ce à quoi nous nous engageons, insista Aline.
- Aline a raison et c'est ce qui a été convenu entre nous mais nous avions prévu de visiter les principaux monuments de Paris demain. Dimanche matin suffira pour parler de notre affaire et fixer les fondements de notre entente.

-       Bien… Ce sera comme vous l'entendez, votre affaire peut attendre et vous êtes en vacances. Vous avez raison de vouloir profiter de cette journée, surtout si vous ne connaissez pas Paris.

Le diner se termina dans un silence relatif mais détendu.
Les trois hommes échangèrent par télépathie sur la curiosité du père d'Aline. Antor le défendait contre les critiques inquiètes de ses amis, il était moins soucieux qu'eux, le père d'Aline aime sa fille, il veut comprendre mais sera respectueux de ses décisions.

Les femmes débarrassèrent et aidèrent la mère d'Aline à ranger la cuisine pendant qu'Aline préparait Infusions et café. Tout à coup, la vieille dame cria, en lavant les couteaux, elle s'était largement entaillé la main avec celui qui lui avait permis de découper le rôti.
La paume saignait beaucoup et elle souffrait.
Maëlle appela Antor et lui confia qu'il fallait emmener la mère d'Aline à l'hôpital pour faire recoudre la main.
Il fit alors signe à Mic qui quitta la table pour examiner le membre blessé.
Mic fit la grimace mais ne dit rien au père d'Aline et alla chercher son bâton guérisseur dans sa sacoche déposée dans sa chambre.
-       Mic, inutile de prévenir mon mari, il va s'affoler, murmura la mère d'Aline, la main dans un torchon déjà

ensanglanté. Maëlle, allez chercher mon blouson accroché sur la patère de l'entrée. Les clefs de ma voiture sont à l'intérieur dans la poche.

- Ne vous affolez pas, madame, ce n'est rien et Mic va vous soigner. Le voilà justement, murmura-t-elle en réponse.

- Asseyez-vous Madame et surtout, ne regardez pas votre main ni la lumière du bâton s'il vous plait. Vous n'allez pas souffrir, vous sentirez des démangeaisons c'est tout.

- Je sais, j'étais près de mon mari lorsque vous l'avez guéri. Merci de bien vouloir intervenir.

- Vous êtes la maman d'Aline…, les filles, détournez les yeux, s'il vous plait, la lumière est trop puissante.

Il mit une sorte de casque noir qui protégeait le haut de son visage et déclencha l'appareil qui illumina la pièce d'une lueur bleue, puis se concentra sur la main.

En quelques minutes, le tendon abimé et la plaie furent traités.

- Vous n'y êtes pas allée de main morte comme on dit chez vous, le tendon était un peu abimé. Vous ne pourrez pas faire de gestes trop précis pendant quelques jours, le temps qu'il finisse de guérir. Faites-vous aider et malaxez une balle en mousse pour rééduquer votre main. Voilà, c'est terminé. Vous n'avez qu'un mince fil de cicatrice qui sera bientôt à peine visible.

Rassurés sur l'état de la main, ils rejoignirent bientôt les invités qui discutaient au salon en prenant leurs infusions.

- J'allais venir, pourquoi avez-vous été si longues ? demanda le père en tendant la main à son épouse.
- Je me suis blessée à la main et Mic a préféré me soigner plutôt que de m'envoyer me faire recoudre à l'hôpital. Tout va bien, ne te tracasse pas. Regarde, la cicatrice est à peine visible.
- C'est votre engin magique... Comment pouvez-vous ne pas commercialiser cet appareil et comment supportez-vous qu'autant de patients souffrent alors que vous pourriez les soulager ? murmura le père d'Aline en secouant la tête tout en examinant la main de son épouse.
- L'on se demande souvent si le progrès technique est le meilleur pour l'homme. La réponse est complexe. Nous avons conçu un appareil révolutionnaire qui pourrait bouleverser les courbes démographiques et anéantir l'économie de la santé si nous le diffusons à grande échelle. La mise au chômage de centaines de médecins et de personnels soignants, la suppression des emplois qui découleraient de la disparition des hôpitaux et du bouleversement brutal de l'économie de la santé pour notre enrichissement personnel méritent-ils d'avoir lieu ? D'une certaine façon, selon vos références, nous

sommes damnés de ne pas agir pour le bien de l'humanité souffrante mais qu'en serait-il de la destruction de toute la chaine des industries de la santé ? Nous préférons agir au coup par coup et dans quelques dizaines d'années peut-être la pensée des hommes et peut-être la nôtre auront-elles évoluées.
- Je comprends et je suis admiratif mais comment pouvez-vous accepter de vous priver de cette manne financière ? Ne me dites pas, que vous êtes à ce point riches et désintéressés.
- Nous avons tous les trois assez d'or pour vivre confortablement toute notre vie et nous avons assez d'intelligence pour aider ponctuellement là où l'on découvrira des insuffisances. Nous y avons réfléchi avec nos compagnes, laissez-nous apprécier l'opportunité de nos interventions pour le bien commun de tous et de ne donner que l'impulsion nécessaire à un progrès technique absorbable facilement par nos civilisations.
Le père d'Aline, se trouvant sans argument secoua la tête et admis que son futur gendre avait raison. Leurs projets dans les cartons voire en mode prototypes pourraient secouer le monde et provoquer des changements brutaux tels que n'étant pas anticipés, ils provoqueraient le rejet des populations peu ou mal informées.
- Je dois admettre que vous êtes plus sages que moi, avoua-t-il d'un ton défaitiste mais tant de

souffrances pourraient être évitées avec votre instrument. Comment accepter cela ?
-   Nous l'utilisons au cas par cas et intervenons sans le faire savoir auprès de certains enfants jugés incurables mais c'est très confidentiel et ne dites rien à ce sujet.

La discussion fut ensuite orientée sur la dernière campagne à laquelle Myriam et Aline avaient participé. D'un commun accord, le rendez-vous travail avec le père d'Aline fut repoussé au dimanche matin, et les parents se retirèrent, secoués par les prises de position d'Antor et de ses amis.
« Ce n'est pas tous les jours de pouvoir rencontrer des jeunes qui œuvrent dans le secret sans perdre de vue le bien de l'humanité. La recherche du mieux pour tous et celle du bien commun, voilà un idéal pour certain et ils en ont fait leur quotidien. » songea le père d'Aline avec une pointe d'admiration pour son futur gendre et ses amis.

Pour leur premier jour dans la capitale, les six amis mirent au point un plan de visite de Paris en bus et en métro pour le folklore. Les trois hommes avaient entendu parler de la rénovation de Notre Dame détruite par le feu cinq ans auparavant et insistèrent pour y aller quitte à « utiliser leur possibilité d'entrer sans que

quiconque le sache si la file d'attente était trop importante » dirent-ils de manière malicieuse.
- Nous ferons un don si ce que nous voyons nous plait.
- Des hommes courageux et talentueux ont mis des siècles à construire une maison en pierres pour leur Dieu. Elle a tenu pendant des centaines d'années après son achèvement. Il faut aller la visiter et rendre hommage à tous ceux qui ont œuvré dans cet édifice. Visiter le vieux Paris sera passionnant.

A leur tour ils gagnèrent leurs chambres emplis d'impatience et d'enthousiasme car ils découvraient de manière tangible la signification du mot vacances, inconnu dans leur langue d'origine.

24

En fin d'après-midi du samedi, ils revinrent enchantés de leur visite de Paris. La Sainte Chapelle édifiée dès 1242 par Louis IX, dit Saint Louis, sur l'Ile de la cité pour abriter la couronne d'épines et d'autres reliques de la passion du Christ, acquises pendant les croisades, avait remporté de nombreux suffrages. Notre Dame rajeunie, avait surpris les femmes à cause de la lumière diffusée à l'intérieur de l'édifice à laquelle elles ne s'attendaient pas.
Les trois hommes étaient restés plus circonspects, certes admiratifs devant le bâtiment mais comprenant mal l'attachement des hommes pour cette cathédrale ainsi que la foi de beaucoup d'entre eux en un Dieu rédempteur, créateur du monde et sauveur de l'humanité. Venus d'un autre univers, ils savaient que les luttes pour la survie étaient rudes et que le Dieu d'Amour louangé par de nombreux terriens n'intervenait pas dans les guerres. Ils savaient qu'il

n'était jamais évoqué ni invoqué par quiconque ailleurs que sur la Terre et que seul comptait le vécu présent. Avaient-ils tous tort de manquer d'espérance ? Ils ne pouvaient répondre au nom de tous mais s'ils se réfèrent à leur expérience, trouver de l'espoir pour une vie meilleure leur a donné des ailes et leur a été bénéfique.

Mal préparées pour répondre à leurs questionnements sur les religions, aucune des femmes ne put vraiment satisfaire leur curiosité à ce sujet et leur désir de comprendre le besoin de spiritualité de très nombreux humains insatisfaits de leur quotidien ou de celui de l'humanité.
Finalement, après un temps de réflexion, assis pour prendre un café au petit soleil d'automne, ils en déduisirent une conclusion assez simple d'après eux : les hommes ont besoin de croire en des jours meilleurs, attribués en récompense de leurs bonnes actions par un Dieu maitre de l'univers, pour pouvoir accepter l'inéluctable et avancer de manière sereine vers la mort. Les règles sociales à ne pas transgresser, *Tu ne tueras pas, Tu ne voleras pas, tu ne commettras pas d'adultère, tu respecteras la vie* etc… sous peine d'un châtiment éternel auraient ainsi été posées depuis très longtemps par de grands chefs inspirés, Moïse et d'autres. Depuis, ces règles maintiendraient une sorte de paix sociale en régissant les interactions entre les

hommes, même si parfois il y a des dérapages sanctionnés par la loi et les tribunaux des pays.

Décontenancées par ces échanges, preuve qu'ils s'étaient beaucoup documentés et sans réels arguments contradictoires, les trois femmes avaient évité la discussion après un échange de regards embarrassés et confus.

Ils visitèrent la Conciergerie et apprécièrent l'épaisseur des murs et l'histoire des lieux.
- Vous voyez que dans certains cas, les hommes acceptent de donner la mort quand cela leur parait être le mieux pour tous même si elle est contradictoire aux enseignements de la religion. Tuer est interdit mais vous justifiez les guerres et ... préférez la décapitation d'un chef, le roi et de sa famille à leur bannissement. Remarqua Mic sur un ton provocateur en faisant référence à leur discussion précédente.

L'encrage de la civilisation actuelle dans l'histoire du pays et du monde les interpella car eux, en raison de leur manière de vivre n'avaient que l'espérance d'une existence courte. La vie passée de leur planète n'était jamais évoquée ni même cherchée, elle était inconnue et ignorée. Probablement depuis toujours, leur peuple ne vivait que dans l'instant présent et les individus qui le composent ne sont que des êtres éphémères sans passé et sans futur, si bien que la vie n'a aucun sens et que vivre ou mourir laisse chacun indifférent.

Cette prise de conscience les perturba et ils se demandèrent pourquoi eux étaient tout à coup sortis du cadre et souhaitaient « autre chose », mais ils repoussèrent leurs réflexions à plus tard, ne voulant pas ternir la joie qui rendait les yeux de leurs compagnes si brillants.

« La vie ne vaut rien mais rien ne vaut la vie » pensa Antor qui avait lu cette phrase quelque part.

En métro, moyen de transport jugé archaïque et inconfortable bien que pratique, ils allèrent visiter la tour Eiffel, les Champs Elysées et l'Arc de Triomphe puis ils rentrèrent à Sèvres, satisfaits de leur journée mais avides d'en apprendre davantage sur l'histoire de Paris et celle des hommes qui avaient bâti la cité, afin de mieux participer à la marche du monde. Une prochaine fois, ils iront au musée du Louvres car il est riche d'enseignements sur le passé du monde d'après les femmes mais ce week-end le temps manque.

Dans une librairie, ils firent l'acquisition de beaux livres spécialisés avec et sans photos et payèrent une lourde facture à une libraire sympathique, tellement satisfaite de ses ventes qu'elle leur fit une remise, ce qui les amusa.

Le diner se déroula sans problème majeur, bien que le père d'Aline lançât la discussion sur la question polémique des vitraux modernes de Notre Dame destinés à remplacer certains des vitraux installés par Viollet le Duc. Ils exprimèrent l'idée que cette cathédrale, certes lieu de culte catholique, est considérée par tous comme un marqueur aisément décryptable de l'histoire des hommes, de leur religion, des techniques et de l'Art religieux et qu'il est admis que remaniée et rénovée plusieurs fois, elle n'est plus tout à fait aujourd'hui le bâtiment conçu par les architectes du Moyen-Age. En conséquence, il ne leur semble pas inconcevable que des vitraux du XXIème siècle viennent enrichir ce patrimoine et ajoutent au bâtiment une nouvelle trace du passage du temps.
Les avis sur la question étaient différents, chacun put exprimer son point de vue mais elle ne fut pas tranchée, aucun d'eux n'ayant de connaissances assez précises du dossier sur le sujet.

Ce soir, Aline un peu en retrait constata que son père observait beaucoup chacun d'eux, écoutait les arguments avancés mais parlait peu, y compris lorsque Myriam fit un mini procès d'intention au Président Macron quand elle assura qu'il voulait par l'installation de ces vitraux modernes, attacher son nom à l'histoire de la cathédrale au même titre que Viollet le Duc.

Aline, lorsqu'elle vit son père lever un seul de ses sourcils broussailleux, eut le sentiment qu'il réservait ses questions pour le lendemain matin et sentit son inquiétude augmenter.

« Et si en plus des évidentes différences de compétences, de niveaux sociaux, culturels et d'origines géographiques, papa s'apercevait que ce qui nous sépare de manière fondamentale est un problème d'espèce ? Nous sommes terriennes, ils viennent d'ailleurs et ont été modifiés pour nous rejoindre. Je doute que quiconque puisse facilement l'accepter.

En plus, pour Antor et ses amis, c'est un renoncement de ce qu'ils sont et de ce qu'a été leur vie qu'ils s'imposent. Ils donnent l'impression de s'adapter mais le manque de leur planète peut-il être enduré tout au long des années ? L'attirance et l'amour, la complicité qui nous rassemblent aujourd'hui pourront-ils perdurer malgré ces cruels sacrifices ? Peuvent-ils réellement s'engager pour la durée de leur vie ? »

- Aline, quelque chose ne va pas ? Tu sembles loin de nous. Remarqua Antor doucement en prenant sa main.
- Non, excusez-moi, je dois subir un petit coup de fatigue et le stress ressenti à l'idée de présenter mon fiancé à mes parents retombe. Répondit-elle avec un petit sourire.
- Tu nous fais passer pour des parents redoutables, rétorqua la maman en souriant.

- Non, mais vous êtes exigeants et mes amis auraient pu ne pas vous plaire, admettez qu'ils sont particuliers.
- Aline, tes amis sont intelligents, visiblement créatifs et doués, ils sont protecteurs envers vous et possèdent des valeurs qui rejoignent celles que nous avons essayé de transmettre à nos enfants. Nous n'avons rien à leur reprocher, pourquoi t'inquiétais-tu ?

La jeune femme leva une épaule et adressa un doux sourire à Antor et à leur groupe un peu tendu.
- Je ne peux pas expliquer ce malaise, c'était sans doute une appréhension idiote, excusez-moi.
- Tu dois être fatiguée, de toute façon, il est temps pour nous d'aller nous coucher. Je vous donne rendez-vous à neuf heures dans mon bureau pour échanger de manière concrète sur ce que vous attendez de moi, avec vous mesdames, puisque j'ai compris que vous êtes parties prenantes du projet. A demain, Aline repose-toi et évacue tes craintes, déclara son père en se levant de son fauteuil.

Revenus dans leur chambre, déshabillé Antor prit Aline contre sa poitrine et l'entraina sur le lit.
- Maintenant ma chérie, nous sommes seuls. Peux-tu m'expliquer ce qui ne va pas ?
- Je me disais que votre planète, vos amis ou vos familles, dans quelques temps, pourraient vous

manquer. Vous avez été modifiés de façon durable et êtes bannis de chez vous d'une certaine façon, ne serez-vous pas malheureux ? Le sacrifice de vos origines ne pèsera-t-il pas trop lourd et ne risque-t-il pas de vous aigrir voire de vous faire regretter les choix que vous avez fait ?
- Ah ! J'avais raison, il ne s'agissait pas que d'un petit coup de fatigue !

Il l'embrassa sur le front en la rapprochant de lui et lorsqu'elle fut installée tout contre sa peau, quand ils fusionnèrent au point de ne plus percevoir où finissait le corps de l'un et où commençait celui de l'autre, il reprit :
- Lorsque nous sommes repartis après que toi et moi avions échangés la promesse de nous appartenir, je n'avais pas réellement envisagé que Liv et Mic se joindraient à moi. J'aurais dû y penser car nous sommes un trio depuis notre naissance mais j'étais concentré sur notre couple, captivé et bouleversé par les émotions inhabituelles que j'éprouvais. Tous les trois, nous en avons longuement parlé pendant que j'étais en cours de transformation, en analysant et en pesant toutes les retombées des différentes possibilités, pour moi, pour nous trois, pour notre planète et pour toi et leurs éventuelles compagnes. Nous n'avons rien laissé de côté.

Mic puis Liv décidé de me suivre, après avoir mûrement réfléchi, en toute connaissance des conséquences de leur choix. Parce que l'espoir était un concept inconnu pour nous jusqu'à notre rencontre, ils n'avaient comme moi, aucune espérance si l'on excepte celle de mourir rapidement sans souffrir. Nous n'éprouvions aucun plaisir à agir, nous exécutions les ordres sans rien ressentir, sans état d'âme et en contrepartie de cette obéissance et du succès remporté dans nos missions, parce que nous étions bons, nous recevions de l'or, beaucoup d'or auquel nous étions assez indifférents car nous n'en tirions pas de grands profits.

En me suivant sur la planète bleue, ils pouvaient imaginer qu'en vivant autrement, avec des projets conçus par eux, pour eux, ils dérouleraient la bobine du fil de leur vie de façon différente. Ils imaginaient trouver la joie de la découverte d'un nouveau monde et des satisfactions simplement à vivre un jour après l'autre sans menace organisée par d'autres contre eux.

Il est évident que ce n'est pas facile. Toi et moi, nous nous sommes liés assez vite mais tes amies veulent prendre le temps, ce qui ne rassure pas Mic et encore moins Liv qui doute toujours de tout. Du fait de leur expérience, mes amis n'ont pas le même rapport au temps que leurs compagnes. Elles ne sont pas pressées d'agir, eux davantage.

Laissons leur aussi le temps de s'habituer à sécréter moins d'adrénaline qui nous rendait dépendants, de

construire des projets et surtout à s'habituer à la paix ou au moins à l'absence de menace quotidienne. Je ne suis pour ma part pas inquiet pour eux, je suis passé par ce chemin et tes amies leur font du bien, elles les font réfléchir maintenant qu'ils ne sont plus dans l'action pour juste parvenir à survivre un jour de plus.
- Es-tu sûr que ta planète, tes amis, ta famille ne te manqueront pas ?
- J'en suis certain et Liv comme Mic le savent aussi. Nous étions plus que des frères de combat, nous sommes pour les deux autres, nos familles et nos amis. Nous avons grandi ensemble et ne pouvions compter sur personne d'autre.

Nous possédons déjà grâce à vous, un environnement plus riche et plus satisfaisant. Nous interagissons déjà avec d'autres que nous trois et surtout nous ressentons des émotions, même si toutes ne sont pas agréables à vivre. J'ai été le premier a être touché par la grâce lorsque je t'ai rencontrée et le réveil n'a pas été simple. Nous n'avons plus à présent, l'impression d'être déjà morts à l'intérieur de nous et de ne pas valoir pour nos chefs plus que des robots.

Je suis même certain qu'avec les générations de robots intelligents qui arrivent, nos chefs n'auront plus besoin d'enfants à faire grandir pour les sacrifier très vite et qu'ils les remplaceront par des machines qui pour finir, coûteront moins chers. Jusqu'à maintenant, nous étions payés pour effectuer ces missions suicides. Il était nécessaire de nous éduquer de la naissance à l'âge adulte pour essentiellement nous préparer au combat et nous donner des connaissances techniques très pointues car nous devions comprendre les analyses faites par les robots des navettes et éventuellement les corriger avant d'agir. Avec les robots intelligents, tout s'est accéléré et les chefs auront moins de scrupules à perdre un équipage car le prix de revient sera sans commune mesure avec ce que l'éducation des enfants avait coûté autrefois.

Outre le fait qu'à un peu plus de trente ans, nous étions d'une certaine façon en fin de vie, c'est un peu pour tout cela qu'ils ont accepté de nous voir partir. Ils nous ont laissé la navette et ses modules annexes et une vingtaine de robots d'ancienne génération. A nous de parvenir à construire une nouvelle navette à l'identique ou peut être moins performante selon nos besoins ici pour la remplacer lorsqu'il le faudra. Ils ont accepté toutefois de nous livrer les éléments de dépannage ou de construction dont nous pourrions avoir besoin contre le paiement d'un bon prix.

-       Les enfants sont les seuls membres innocents d'une société. Je ne pense pas qu'ils méritent de souffrir parce que quelqu'un a décidé de leur donner la vie afin de les exploiter… Cette façon de concevoir la vie était viciée, murmura-t-elle. Ta mission ici…

-       Elle est bidon, comme vous diriez. Ils ne pouvaient pas accepter de nous voir tout quitter par choix, aussi en nous confiant une prétendue mission diplomatique, ont-ils gardé une sorte de lien. Je pense qu'il est très virtuel car en dehors du titre, la mission n'a aucun contenu pas plus que d'objectif à atteindre. En plus, en nous transformant, nous avons perdu une grande partie des fréquences sonores qui nous permettaient d'échanger entre nous. Nous ne serions d'aucune aide si nous ne pouvons plus communiquer même s'il nous reste l'écriture.

- Justement, nous provenons d'espèces différentes ; sur terre il y avait jusqu'à présent les trois catégories d'espèces, animales, végétales et humaines. Entre elles, elles ne se reproduisent pas. Pourrait-il y avoir des résultats lors des croisements entre l'humaine que je suis et toi venu d'ailleurs ?

- Ce n'était pas possible avant que nous soyons transformés. Nous avons encore des traitements à subir sous la supervision de Mic, pour finaliser la modification de notre ADN et nous rendre compatibles. Dans quelques semaines, nous serons complètement humains et aurons la possibilité de procréer comme les hommes. Je t'ai dit que la transformation était un processus lourd, elle n'a été facile pour aucun de nous trois. Il fallait vraiment la vouloir mais nous étions motivés.

- Tu as beaucoup souffert ?

- Mmm... N'en parlons plus, je n'avais aucun doute, je savais que tu m'attendais et je te voulais. Je suis là, ton homme est avec toi, pour toi ! L'épreuve est presque terminée. Sois tranquille et dors à présent, ma chérie, je veille sur toi.

Ils fermèrent les yeux, les muscles se détendirent petit à petit mais dans la tête d'Aline, tout ce qui avait été dit et tout ce qui n'avait pas été explicité dansait une ronde infernale.
Elle finit par être terrassée par la fatigue mais elle rêva qu'elle était prise en otage à des fins d'analyses par des sortes de monstres aux contours indéfinis pendant qu'Antor, Mic et Liv faisaient l'objet d'expériences douloureuses. Elle pleurait en entendant les hurlements de souffrance des trois hommes et se sentait impuissante à leur éviter ces épreuves.

Elle fut réveillée par les caresses tendres d'Antor qui fronça les sourcils en constatant son manque d'énergie.
-   Que se passe-t-il Aline ?
-   Pas grand-chose. J'ai simplement très mal dormi.
-   Je n'aurais pas dû autant t'en révéler hier...
-   Non, je peine à accepter que vous souffriez.
-   Ma chérie, ce n'est pas insupportable, il s'agit de lancements lancinants dans les muscles, les articulations et les os, un méga mal de tête, rien de plus méchant. Cela durera une vingtaine de jours, le temps

que le processus gagne bien toutes les cellules de chaque organe du corps. C'est la deuxième fois que cette intervention sera opérée, afin que chaque ADN de chaque cellule soit parfaitement modifié. Sans doute n'aurais-tu rien vu si je ne t'avais pas prévenue.

- Soit ! S'il-te-plait, ne me cache rien et n'hésite pas à me solliciter.
- Je n'ai besoin que d'une chose, l'assurance de ton amour. Il m'est plus nécessaire que l'air que nous respirons ou l'eau que nous buvons.
- Tu sais que tu ne quittes pas mes pensées mais peux-tu toujours te promener dans ma tête ?
- Oui, nous avons demandé à conserver quelques caractéristiques qui pourront nous être utiles, notamment lorsqu'il faudra négocier avec des personnages retors.
- Passer au travers des murs ? S'installer dans la tête du voisin ? Voir dans la nuit ?
- Hum…, et quelques-unes encore… Ces compétences pourront être utiles dans certains cas. Debout mon cœur, ton père n'aimerait sans doute pas nous attendre.

Lorsqu'ils descendirent, la table du petit déjeuner était encore occupée par les parents et les deux autres couples.

- Auriez-vous eu du mal à vous réveiller ?

- Non c'est moi. J'ai eu du mal à m'endormir et ce matin, c'est un peu dur, rien de bien grave, répondit Aline en baillant derrière sa main.
- Tant mieux, je veux votre attention et vos neurones affutés mesdemoiselles, que vous ne veniez pas vous plaindre que cette transaction n'est pas celle que vous espériez.
- Ah ! Tes insomnies… je me souviens que pendant la campagne, tu étais un matin revenue trempée par les embruns après avoir dormi à l'air libre, sur un lit de cordages. C'est monsieur Marcel, le vieux marin qui t'avait renvoyée t'habiller après t'avoir tiré les oreilles.
- Ben oui, j'avais trop chaud pour dormir dans la cabine, j'étais sortie et j'ai passé le reste de la nuit sous les étoiles, répondit Aline en rougissant. J'étais un peu raide le lendemain et monsieur Marcel m'avait dit qu'il avait veillé à ce que personne ne me dérange. Il est adorable malgré son air ronchon…
- Ainsi tu commets des imprudences, remarqua sa maman.
- Bon, c'était un peu malgré moi. J'étais sortie pour me rafraichir et me suis endormie.
- Ouais… donc, à l'insu de ton plein gré, c'est ça !
- Dis donc Myriam, tu as mangé du lion ce matin, pas des viennoiseries !
- Non, je me prépare à une éventuelle bagarre, c'est tout !

Ce qui fit rire les quatre hommes.

- Je ne pense pas qu'il y aura une bagarre. Le cadre est déjà posé, seuls quelques détails sont à préciser, j'ai l'impression que vous êtes déjà d'accord sur l'essentiel.
- Madame, nous ne souhaitons pas que vous vous fatiguiez à préparer un repas. Accepteriez-vous d'appeler ce numéro ? Une table pour huit personnes a déjà été préréservée pour treize heures. Nous vous invitons si vous l'acceptez.
- Oh, c'est gentil mais le frère et la sœur d'Aline devaient se joindre à nous, ils souhaitaient profiter de votre présence à Paris pour vous rencontrer. Le fiancé d'Aline est quelqu'un d'important pour eux.
- C'est parfait et j'en suis très heureux, qu'ils nous rejoignent ici, vers midi et demi ou à treize heures au restaurant.
- Très bien, je vais appeler le restaurant et faire passer le message aux enfants.

25

Rapidement plus sérieux, ils s'installèrent dans le bureau. Le père d'Aline alluma son ordinateur et ouvrit un dossier déjà travaillé.

- Germain, votre vendeur et ami m'a fait parvenir les caractéristiques du bien, son histoire et les conditions de la vente, que j'ai trouvée particulièrement avantageuse pour vous, ce qui m'a alerté. J'ai donc vérifié qu'il ne s'agissait pas d'une arnaque quelconque avant de l'appeler. Le couple est très uni et sans descendance. Ils vous portent aux nues et j'ai le sentiment qu'ils sont heureux de vous voir acquérir la moitié de la propriété. Toutefois, un détail m'a surpris, ils m'ont révélé que vous régleriez la transaction au comptant, en or.

- Effectivement, c'est ce que nous avons convenu. Avant de quitter notre région natale, nous avions converti la totalité de l'argent de nos comptes en lingots d'or afin de garantir sa valeur. D'autre part, nous ne souhaitions pas être retrouvés et utilisés par les politiques ou les militaires, à des fins que nous voulions éviter. C'est une des raisons pour lesquelles nous préférons ne pas apparaitre sur les documents d'acquisition de la propriété.

\- Je comprends mieux, répondit le père d'Aline en hochant la tête. Cet or est-il bien à vous ? Est-il le fruit de votre travail, a-t-il été honnêtement gagné ?

\- Je vous donne ma parole d'honneur, monsieur ! Nous l'avons gagné, souvent au péril de notre vie, surtout pour Liv en tant que pilote d'essai mais nous formions le même équipage la plupart du temps. Nous travaillions beaucoup et si nous sommes riches aujourd'hui, c'est parce que pendant dix ans, nous n'avons pas eu le temps de dépenser nos gains.

Faire simplement transférer nos comptes bancaires ici, risquait de signer la fin de l'indépendance à laquelle nous aspirons.

Germain, notre associé a compris la situation et a accepté nos lingots, nous approvisionnerons les comptes de nos compagnes au fur et à mesure de nos besoins mais nous comptons bien vendre quelques études et des conseils techniques ce qui fera rentrer des fonds sans toucher à nos belles économies.

\- Si un jour, vous souhaitez parler placements, je pourrais vous aider. L'or c'est bien mais vous auriez intérêt à diversifier vos investissements. L'Algérie et la Chine ont annoncé la semaine dernière, qu'elles auraient découvert de l'or en grande quantité dans leurs sous-sols. Si l'information s'avérait exacte, le cours de l'or pourrait bien chuter et vous pourriez perdre beaucoup surtout si vous le vendez au poids.

Ils continuèrent d'échanger, pendant que le père d'Aline bouclait le dossier destiné au notaire qui finalisera la vente. Aline, Myriam et Maëlle échangèrent un regard et une moue et elles attendirent que le père termine d'écrire.
- Bien voilà le dossier pour le notaire, il ne manquera que les photocopies de vos identités mesdames et ce sera complet.
- Papa, nous avons accepté de signer l'acquisition et que nos compagnons payent pour nous pour les raisons qui ont déjà été expliquées, mais pourrions-nous avoir un document qui stipulerait qu'en cas de séparation, ils resteraient les légitimes propriétaires des lieux ?
- Hum, je comprends. Nous pouvons faire un sous-seing privé entre chacune de vous et votre compagnon qui pourrait être confirmé par un contrat de mariage ultérieur, si vous allez jusque-là.
- Monsieur, nous avons confiance en Aline, Myriam et Maëlle, mais elles ne veulent pas que nous imaginions qu'elles ne vivraient avec nous que pour avoir un toit gratuit sur leur tête et quelques avantages financiers. Nous pouvons comprendre leurs scrupules mais ne vous inquiétez pas, faites un truc simple,

qu'elles soient rassurées et que nous n'en parlions plus. Déclara Liv, agacé de manière visible.

- Liv, si je reste avec toi, ce n'est pas pour bénéficier de ton or, tu es bien sûr de cela, cependant, j'ai besoin de savoir que quelque part ma dette à ton égard est enregistrée. Si j'avais un accident, je serais ennuyée de savoir que mes parents hériteraient de mes parts de la SCI parce que je n'ai pas fait ce que je devais pour te protéger alors que tu es le réel propriétaire parce que tu as financé ta part.

- Si tu préfères Maëlle, tu sais que je veux partager ce que je possède avec toi, pour moi, les papiers restent du papier.

- Mic ?

- Monsieur, nous avons déjà eu cette discussion mais elles veulent qu'il soit inscrit dans le marbre que nous finançons cette acquisition et refusent le cadeau. Elles pêchent par trop d'honnêteté, aussi faites ce qu'elles demandent. Je ne veux pas me disputer pour de l'argent ou de l'or.

- Ce serait un gros cadeau Mic, remarqua le père d'Aline.

- Nous nous en apercevrions à peine et ce serait tellement plus simple… Il n'y a pas que Liv qui coupe les cheveux en quatre ! marmonna Mic.

- Bien, pour la paix des ménages faisons un sous-seing privé. Donnez-moi quelques minutes.

Dans le silence, le père d'Aline rédigea le document que chacun signa.

- Voilà, c'est fait et je suis le témoin. Je vais tout relire tranquillement avant d'envoyer le dossier à Antor. Vous pourrez le transmettre avec les papiers d'identité à votre associé qu'il le fasse enregistrer par son notaire, puisqu'il veut s'en charger.

- Merci monsieur, dit Maëlle. Avez-vous compris notre démarche ? Avons-nous eu tort de nous accrocher à ce sous-seing ?

- Non, je vous comprends et à mon avis, cette démarche vous honore mesdemoiselles, même si je conçois qu'un homme amoureux puisse être capable de se dépouiller et offrir sa chemise pour faire le bonheur de sa femme.

- Là, pour nous, ce n'aurait même pas été la valeur équivalant à celle d'un slip acheté au supermarché, bougonna Liv.

- C'est trop d'informations jeune homme. Nous n'avons pas besoin pour le moment, d'avoir d'indications sur le montant de votre fortune. Offrez une fleur à votre compagne et vous serez encensé ; vous n'êtes pas encore fiancés, vos cadeaux doivent rester discrets pour être acceptés lorsque la femme n'est pas vénale. Vous ferez ce que vous voudrez lorsque vous serez mariés et partagerez davantage.

Expliqua le père d'Aline en mettant pour les retenir, ses mains sur les avant-bras de deux des hommes près de

lui, pendant que les trois femmes s'éloignaient pour aller se préparer pour la sortie au restaurant.
- Chez nous…
- Oui, mon ami, autres lieux, autres mœurs ! En Europe, les femmes sont éduquées pour être indépendantes. Elles méritent le respect même lorsqu'elles sont contrariantes et disent non.
- Nous sommes très respectueux, monsieur n'en doutez pas, mais elles ont refusé ce qui semblait simple et demandaient des papiers dont nous ne voyions pas l'utilité. Elles sont allées jusqu'à imaginer que nous voulions peut être acheter leur affection ou leur présence or ce n'était pas cela du tout et c'est une idée vexante.
- J'ai compris, cependant ce document rend les choses plus claires et c'est mieux pour vous comme pour elles. Chacun de vous restera libre jusqu'à ce que votre engagement et vos obligations soient officialisés par un acte de mariage. Votre bonne foi n'est pas mise en cause et vous mesurez que leur affection n'est pas proportionnelle à votre compte en banque.
- Merci monsieur d'avoir clarifié tout cela pour nous, nous étions tous sincères et nous ne comprenions pas l'opposition de nos compagnes.
- Alors si vous êtes satisfaits, je le suis aussi. Rejoignons les femmes, elles doivent être prêtes.

Attirés par les joyeux éclats de voix venus du salon, ils retrouvèrent les jeunes femmes en compagnie du frère et de la sœur d'Aline, un peu plus jeunes qu'elle et manifestement heureux de retrouver leur ainée. Ils se turent pour observer l'arrivée des trois hommes en compagnie de leur père qui paraissait minuscule près d'eux en raison de leur grande taille.

- Antor, Mic, Liv, laissez-moi vous présenter notre cadette Christine et Aldric notre benjamin. Antor que voilà et Aline seront officiellement fiancés au nouvel An. Votre mère et moi sommes enchantés par cette alliance et nous espérons que tous, vous vous entendrez bien.

- J'espère que vous parviendrez à me faire bénéficier de l'affection que vous accordez à votre sœur. Je n'ai pas de famille et mes seuls frères sont mes amis Liv et Mic avec lesquels j'ai beaucoup partagé, aussi pour ma part, vous êtes les bienvenus chez moi. Nous serions heureux de vous recevoir chez nous en fin d'année. Vous aurez ainsi l'opportunité de connaitre l'environnement de vie d'Aline. Peut-être pourrions-nous demander à notre associé Germain et à Martine son épouse, de se joindre à nous pour le réveillon. Qu'en penses-tu Aline ?

- L'idée est bonne, je te suis.

« Désolé mon cœur, pour la date des fiançailles j'ai dû m'adapter… »

« Je me disais aussi… tout va bien, tu as bien fait. Seras-tu rétabli ? » répondit-elle en prenant sa main.
« Oui, nous serons en fin de traitement, ne te tracasse pas. »

Le déjeuner se déroula dans la joie, les deux plus jeunes étaient gais et parlèrent de leurs études et de leurs amis tout en posant de bonnes questions sur les carrières des trois hommes. Ils ouvrirent de grands yeux lorsqu'ils entendirent que le déplacement en voiture entre Paris et La Seyne était estimé trop long alors que l'utilisation de leur navette ne prenait que quelques minutes puis ils insistèrent pour faire un tour d'engin. Afin d'échapper à une démonstration risquée au-dessus de Paris, après avoir consulté ses deux amis, Liv annonça à la famille d'Aline qu'il viendra les chercher en navette au moment des vacances et les ramèneraient en fin de journée le 1er janvier. Il suffira de lui confirmer le jour et l'heure. Il insista toutefois sur le secret de l'opération en raison de la nature du prototype.
- Lorsque j'aurai obtenu mon diplôme d'ingé, je viendrais bien bosser avec vous sur vos projets. Ce doit être passionnant la technologie de pointe…
- Fais tes études et ensuite tu pourras rêver, répondit Aline.

- Tu t'es trouvé un mec génial, Ali, accroche-toi et ne le perd pas. Bosser sur des projets secrets, c'est le top du top !
Ce qui déclencha le fou rire des trois amis. Le jeune homme leur semblait empli d'un enthousiasme et d'une insouciance, qu'ils n'avaient jamais possédés et ils s'en trouvaient presque allègres, régénérés.

L'après-midi arriva à sa fin, les deux jeunes et les parents restèrent dans le bureau pour assister au départ d'Aline et de ses amis après avoir découvert et examiné la navette, un prototype très secret, et juré qu'ils n'en parleraient à personne.
- Ça semble tellement dingue que personne ne me croirait, même si je disais que c'est mon beauf le chef du groupe... N'oubliez pas de venir nous chercher à Noël et ... vous m'aideriez si j'avais un devoir auquel je ne comprends rien ?
- Tu as un téléphone et internet, demande de l'aide si tu en as besoin et ne te trompe pas petit frère, je ne suis chef de rien et de personne. Nous sommes égaux dans nos apports bien qu'avec des compétences différentes. Sans Liv qui a le cœur et les tripes bien accrochés, nous ne pourrions pas décoller et pousser les machines jusqu'à leurs limites, sans Mic et ses nombreuses connaissances parfaites du fonctionnement du corps, nos instruments de soin n'existeraient pas. Je suis le plus vieux de trois mois,

donc en tant que le plus ancien, je ne fais que la synthèse. Sans mes amis, je ne peux pas exister et sans moi, les plus jeunes de l'équipe seraient perdus.
Ce qui déclencha le rire de tous.
- Compris les mousquetaires, un pour tous et tous pour un ! Rentrez bien. J'adore ces mecs, papa ! entendirent-ils avec plaisir alors que la porte se fermait. En revanche, ils ne perçurent pas la réponse plus réservée du père d'Aline.
- Ils sont humbles et d'une intelligence tout à fait exceptionnelle. J'espère que pour Aline et ses amies que tout ira bien.

Dans la navette, les trois femmes étaient silencieuses et pensives. Antor s'assit près d'Aline et passant un bras autour de ses épaules il l'attira contre lui.
- Notre séjour s'est bien déroulé. Je n'ai pas inventé que tout le monde était satisfait. N'est-ce-pas ?
- Oui, tout le monde était bien, je crois que tout s'est bien passé. Répondit Aline.
« Mais je vais avoir à gérer les questions en off... »
« Quelles questions ma chérie ? »
« Oh sur toi, sur moi, sur nous, sur votre travail, sur tout... Tu n'imagines pas ce que c'est que d'entrer dans une famille comme la mienne. Ils sont adorables mais ne vont plus te lâcher et tu vas étouffer sous leurs marques d'affection et pareil pour Mic et Liv. Vous n'auriez pas dû dire que vous n'aviez pas de famille... »

« Si ce n'est que cela, ce n'est pas grave. J'aime beaucoup leur demeure, elle rappelle la grande maison de la propriété et je comprends que tu te sois trouvée immédiatement à l'aise dans cette habitation. A propos, j'aimerais que nous lui trouvions un nom, on ne peut pas dire la propriété et j'ai vu qu'il y avait des noms près des portails des voisins avec les numéros de la rue : chez Pierre et Nana, mon rêve, ma cabane… »

« Discutons-en ce soir, j'ai déjà quelques idées à soumettre. »

« Et pourquoi ne suis-je pas surpris ? » dit-il en embrassant Aline tendrement. « Je suis vraiment heureux de les connaitre et ton frère est très attachant, j'ignorais qu'un homme de cet âge puisse être aussi… insouciant, décontracté, expressif et ta sœur est comme toi, une très jolie femme. »

« Ils ont pourtant souffert d'être impuissants lorsque papa a eu cet accident. Le colosse de leur enfance s'était écroulé et maman n'était plus disponible pour les écouter, elle essayait de garder la tête de papa hors de l'eau. Ces moments ont été très durs pour nous tous. Ils sont redevenus plus légers depuis que tu as sorti papa de son fauteuil et c'est tellement mieux, tu n'imagines pas. »

« Des parents qui sont indispensables à leurs enfants, j'ai du mal à le concevoir et je crois que l'idée me plairait. »

« Ici, la majorité des enfants restent attachés à leur famille même si en devenant adultes ils s'en éloignent un peu pour vivre à leur manière et avec leur temps. »

« Je rêve d'avoir des enfants que je connaisse, qui aient assez confiance en moi pour me parler de leurs joies et de leurs soucis. Est-ce trop espérer ? »

« Non, je suppose qu'il y a une part d'éducation, que cela peut dépendre de l'attention et de l'affection que tu leur donneras. C'est sans doute le résultat d'un travail au quotidien. »

« Tu m'aideras. »

« Si je peux, oui. »

- Nous sommes posés dans la cour. Nous avons les sacs à sortir et ce serait bien de ranger le matériel pendant que les femmes sont occupées à nous préparer un petit quelque chose pour le diner. Dit Liv en se postant près de la porte pour aider les femmes à sauter de la navette.

- Tu veux faire ça maintenant ?

- Ce n'est pas prudent de trainer tout ça avec nous, Laissons dans le bureau ce qui doit couvrir la transaction et cachons le reste à la cave, Le père d'Aline a dit que cette région est une de celles qui seraient le plus recherchées par les cambrioleurs. Nous devrions penser à un système de protection efficace pour les maisons et les ateliers. Je peux programmer dès ce soir, trois ou quatre robots pour surveiller le parc et un système d'alarme dès demain.

- D'accord, nous en parlerons après diner. Je sors nos affaires et nous irons à la cave pour organiser une bonne cachette.

Tout à coup, Liv, l'air ennuyé, retint Antor par la manche tout en s'assurant qu'aucune oreille ne trainait tout près :

- Je voulais te dire que j'ai eu une mauvaise idée pendant que tu évoquais de placer notre or avec le père d'Aline mais je n'ai pas pu t'en parler avant, il y avait trop de monde... Tu sais que nos chefs n'étaient pas contents du tout de nous voir emporter tous nos gains qui représentent au total une belle grosse fortune. J'ai eu droit à des réflexions acides sur l'utilisation personnelle de l'or national lorsque j'ai demandé à être transformé moi aussi, de la part du Chef et de jeunes pilotes que je pense endoctrinés ou manipulés. Certes cet or nous appartient parce que nous l'avons gagné et qu'il a été mérité mais d'une certaine façon, ils s'attendaient à le récupérer presque intact au moment de notre mort et peut-être comptaient-ils sur lui pour réaliser un projet. Afin de leur échapper, tu as fait en sorte que l'achat de la propriété apparaisse au nom de nos compagnes mais nous avons tous oublié, moi le premier, que la navette était repérable par les instruments dont elle est équipée. Je n'ai pensé à débrancher les dispositifs de traçage qu'en repartant de Paris. Ce qui signifie que s'ils ont continué à enregistrer nos déplacements, comme ils ont su où trouver la navette sur le parking du port pour venir la réparer, ils savent où nous demeurons et quels sont nos trajets quotidiens. En conséquence, je pense que Myriam et Aline ne sont pas en sécurité et que la propriété est menacée sans même parler de l'or convoité.

Antor raide comme un piquet, avait l'air d'avoir été foudroyé sur place.
- J'étais sûr de moi, j'ai cru avoir pensé à tout et ce n'est pas une faille que tu relèves, c'est un gouffre de sécurité qui peut nous entrainer avec tous nos proches vers un échec colossal. Je n'imaginais pas que nos anciens seraient déloyaux, pourtant les signes étaient là… Je m'en veux ! Comment acceptez-vous que je sois le représentant du groupe ? As-tu débranché la localisation de la navette ?
- Tu es trop sévère, tu n'as rien à regretter, nous sommes trois et Mic et moi aurions pu y penser, nous avons été distraits… J'ai tout déconnecté, y compris le système du poste secondaire et ceux des modules dont celui de la bulle sous-marine. Actuellement, nous ne sommes plus détectables.
- Aline dit que ce n'est pas parce qu'il faut trouver des justifications à nos propres insuffisances pour les supporter, qu'elles sont plus acceptables, murmura Antor visiblement bouleversé. Je comprends maintenant ce qu'elle voulait dire.

D'ici et d'ailleurs

Nous allons partir et fermer la propriété le temps des travaux pour aller ailleurs, dans un endroit que personne ne connait. Ils ont la localisation de Lacanau, des parents d'Aline, des hôpitaux, du labo, d'ici… Nous devons nous délocaliser le temps de régler ces problèmes. Il faut que les femmes quittent leur laboratoire, elles y sont trop vulnérables mais ça risque de ne pas leur plaire, elles auront du mal à l'accepter. Nous devons trouver un point de chute, déplacer l'or pour le mettre en sécurité est important mais l'urgence n'est plus là. Nous devons tout leur expliquer, appelle Mic, nous devons faire vite.

26

Une fois tous réunis autour de la table de la salle à manger, Antor expliqua les risques auxquels ils pouvaient se trouver confrontés du fait de la localisation probable de la navette et de leur lieu d'habitation.

- Liv a débranché les modules et ils ont déjà dû s'en apercevoir. S'ils ont besoin de l'or et considèrent que nous devons être éliminés pour le récupérer, ils vont arriver très vite. Nous n'aurons aucun moyen de vous protéger si vous restez ici seules. La localisation de tes parents Aline, doit être connue, ainsi que celle du laboratoire. Nous devons donc tous partir aussi vite que possible et trouver un endroit tranquille en attendant d'avoir un plan pour pouvoir agir de manière efficace.
- Comment penses-tu protéger ma famille ?
- Tes parents ne peuvent pas aller à Lacanau, Ont-ils des amis susceptibles de les héberger quelques semaines ?

- Ils peuvent louer quelque chose là où ils ne sont jamais allés. Je vais les appeler, quand devraient-ils partir ?
- Mes parents et ceux de Maëlle sont sans doute dans le même cas. Je vais les appeler et leur dire de joindre ta famille pour qu'ils se retrouvent à Courchevel où ils possèdent un chalet.
- Non, qu'ils évitent les lieux dont ils sont propriétaires, si des amis pouvaient leur prêter une maison ou s'ils veulent louer quelque chose ce serait mieux. Nous rembourserons tous leurs frais mais ils doivent laisser le moins de traces numériques possibles. Qu'ils évitent internet. Aline, donne-moi le numéro de tes parents, je vais les appeler directement, ils sont ma famille après-tout et ne doivent pas paniquer. Pendant ce temps, faites les sacs, il faut partir le plus vite possible.
- Le labo ?
- Demain matin, vous enverrez un message pour dire que vous demandez un congé sans solde pour raisons familiales. Nous devons être certains que vous êtes en sécurité pour pouvoir réfléchir tranquillement.
- Embarquons nous les robots ? Ils pourraient nous aider.
- Oui, nous pourrions avoir besoin d'eux. L'avantage est que cette génération ne peut pas être pilotée à distance. Imagine s'ils se retournaient contre nous !

D'ici et d'ailleurs

En un temps record, ils se dispersèrent, redescendirent les sacs qui n'avaient pas encore été défaits et commencèrent à faire embarquer les robots puis ils fermèrent volets et fenêtres pendant qu'Antor expliquait à ses beaux-parents qu'il avait reçu une alerte de sécurité et que tous devaient disparaitre quelques jours sans laisser de trace.

- Je rembourserai l'intégralité des frais que vous engagerez mais si quelqu'un vous posait la question, je ne suis qu'un ami d'Aline, rencontré sur la côte, invité par votre fille avec des amis pour visiter la capitale. Vous ignorez où je me trouve et n'avez eu aucune nouvelle de votre fille comme de moi depuis le week-end passé. Ces brigands veulent notre or, c'est leur seule motivation et nous devons régler le problème afin d'éviter qu'il se renouvelle.

- Comment saurons-nous que nous pouvons rentrer à Sèvres ?

- J'espère pouvoir très vite vous recontacter par télépathie, là où vous serez pour vous avertir, c'est un mode de contact qui ne laisse pas de trace. Sans nouvelles, au plus tard, le 23 décembre, envoyez un message vocal à Aline à onze heures pour lui demander si les vacances de Noël sont toujours d'actualité. Vous serez rappelé mais en attendant, n'utilisez pas votre carte bancaire, prenez assez de monnaie près de chez vous avant de partir, pour tout payer. Je suis vraiment désolé, partez tout de suite

mais ne paniquez pas, il ne s'agit que de prudence, le souci c'est que la menace de vient pas de là où elle avait été anticipée.
Son cœur se serra en entendant la voix grave et sérieuse du père d'Aline lui dire :
- Antor, nous vous estimons et nous avons confiance en vous. Faites ce que vous avez à faire, nous vous confions notre fille. Courage mon fils.
Antor raccrocha les larmes aux yeux :
« Mon fils… pour la première fois de ma vie, je suis le fils de quelqu'un qui m'aime malgré les ennuis que mon imprévoyance a provoqués. Je veux retrouver et conserver ce bonheur ! »

Il se précipita dans la navette qui l'attendait pour décoller après avoir soigneusement fermé la porte d'entrée, tout en se disant que si le chef et ses sbires venaient jusqu'ici, la porte ne résisterait pas quinze secondes.
« Peut-être qu'en constatant qu'il n'y a pas de mouvement et que tout est fermé, renonceront-ils au saccage ? Après tout, ce n'est pas encore chez nous et ils n'ont pas intérêt à être repérés. »
« Vraiment tu y crois ? lui dit Mic, S'ils ne nous trouvaient pas, il est probable qu'ils deviendraient enragés. Où allons-nous ?»
- Savez-vous où nous pourrions trouver des grottes marines ?

D'ici et d'ailleurs

- Je connais celles de Crozon, c'est en Bretagne dans le Finistère. En cette saison, les visiteurs sont rares. Sauf celles de Morgat difficilement accessible à pied, on ne peut y aller qu'en bateau.

« Le problème d'une grotte, c'est que tu peux être bloqué au fond et là le carton est facilité. »

« Oui mais la navette serait moins repérable enfouie sous des rochers. Tu sais que la végétation même dense n'est pas un obstacle. »

- Aline, les grottes de Morgat ont-elles plusieurs entrées, connais-tu la presqu'île ? demanda Liv tout en consultant une carte sur un écran.
- J'y ai travaillé avec mon école mais je ne comprends pas ce que tu veux dire. Il y a toute une série de grottes dans ce coin mais celle appelée Sainte Marine, au sud du port, représente à peu près un Y. L'une des branches du Y est un cul de sac, l'autre est une sortie sur la grotte voisine, appelée grotte des Normands. Il me semble que si tu veux éviter d'être bloqué à l'intérieur, là il peut y avoir une échappatoire.
- Tu saurais nous y conduire ?
- J'y suis allée plusieurs fois mais jamais de nuit.
- Je peux te prêter des sortes de lunettes qui te permettraient de mieux voir, proposa Liv
- Essayons, prend la direction nord-ouest.
- Nous sommes près de Bordeaux et nous longeons la côte atlantique vers le nord.
- Oh déjà ? Tu vas vite…

- J'ai mis les gaz, comme vous dites, nous n'avons pas de temps à perdre. Vous êtes à vos postes en alerte les gars ?

Aline remarqua alors que Antor et Mic de chaque côté de la navette, s'étaient équipés d'un casque intégral noir et examinaient des écrans sortis de la paroi, éclairés devant eux. Elle posa sa main sur le dos d'Antor pour une caresse et lui déposa un baiser dans le cou.

- Ne me distrait pas ma chérie. Va plutôt aider Liv.
- Oui Aline, aide nos hommes à nous tirer de ce fabuleux merdier... Quelle vie de dingue dans vos étoiles les gars ! remarqua Maëlle dont la remarque retomba dans le silence tendu.

Aline retourna s'installer près de Liv, plutôt silencieux et concentré.

- Nous survolons Saint Nazaire, nous serons bientôt sur la presqu'île.
- Morgat se trouve sur la côte sud. Regarde, là, ralentis, dit-elle en montrant un écran.
- Je suis au niveau de vitesse le plus bas. Je fais un premier passage regarde l'écran et dis-moi. Il ne faudrait pas que nous soyons repérés par les radars des militaires du coin...
- Je ne sais pas, oups...essaye encore une fois...que se passera-t-il si je me trompe ?

- Hum… évite… je vais essayer de me faire ralentir par l'eau.
- Je… je suppose que c'est cette grotte. J'espère ne pas me planter.

Liv fit un dernier passage et se posa sur l'eau, la vitesse chuta brutalement et portés par l'élan, ils se retrouvèrent dans le noir avant de se sentir doucement bousculés par les flots.

- Que faisons-nous là, on coule ? murmura-t-elle inquiétée par le ballotage.
- Non, nous sommes posés sur l'eau et nous avons pénétré à l'intérieur d'une grotte. Antor, on fait un tour pour repérer les lieux ? Aline n'est pas sûre d'être au bon endroit.
- Je vais sortir le petit module, ce sera plus simple pour explorer les alentours, surtout si la navette est trop importante pour passer dans un boyau serré. Restez là et surveillez l'entrée mais je pense que pour le moment, c'est bon, nous n'avions rien repéré de menaçant.

Répondit-il en quittant son poste et il se rendit dans la soute par un endroit où il n'y avait pas de passage. Aline connaissait cette capacité mais pas Myriam et Maëlle qui, de stupéfaction ouvrirent grands les yeux et la bouche.

- Ben dis donc… pourquoi s'enquiquiner à ouvrir et fermer les portes ? Tu peux faire la même chose Liv ?

- Hum… oui, mais je n'aime pas lorsque ce n'est pas nécessaire.
- Et Mic ?
- Il peut le faire aussi mais je n'ai rien dit !
- Faux frère, je t'ai entendu ! rétorqua Mic avec un petit rire. Comment ça se présente Antor ?

La voix d'Antor retentit dans l'habitacle.
- Nous sommes dans le Y, le cul de sac est bien là, je vais voir plus loin, c'est bon il y a une sortie bien dégagée dans la grotte voisine. Positionne la navette de sorte à pouvoir partir vers une des deux sorties en cas d'urgence. Je reviens, bravo Aline, pour ce soir nous sommes tranquilles. Nous allons pouvoir nous reposer un peu.

Antor revint vite et une réunion s'organisa.
- Nous avons le synthétiseur si nous avons faim. C'est du dépannage mais demain matin, nous pourrons aller faire quelques courses, meilleures au goût que les tablettes. Notre palais s'est affiné depuis que nous connaissons nos femmes. Remarqua Mic.
- Antor, nous avons fui devant la menace afin de ne pas être surpris mais nous ne pourrons pas nous terrer comme des rats bien longtemps. Dit Liv soucieux.
- Non, je sais mais pour ce soir, nous somme en relative sécurité. Je sortirai demain avec le petit module afin d'éventuellement les attirer ailleurs et j'essaierai d'en savoir plus… Je ne comprends pas pourquoi ils

veulent l'or après avoir accepté et facilité notre départ. Je pense contacter directement l'Ancien avec l'aide d'un robot traducteur parce que mon expression verbale a été affectée par la transformation.
- Tu penses à un coup de force du chef ?
- Je ne suis sûr de rien. L'Ancien avait accepté notre départ, cet or est à nous, il a fait les comptes lui-même avant de nous le remettre et tout à coup, le chef vient le réclamer par la force. Je ne peux pas m'empêcher de trouver que c'est bizarre.
- Alors n'attends pas demain pour contacter l'Ancien et demande lui de l'aide car si le chef vient avec des engins, seuls contre tous, nous ne pourrons rien faire même si nous nous battons bien. Et puis, autant identifier tous nos adversaires.
- Je vais chercher le robot pour traduire, dit Liv.
- Je vais sortir avec l'engin de liaison afin d'avoir une meilleure communication. Restez à l'abri mais surveillez les entrées.

Ils regardèrent Antor s'envoler avec le robot dans un silence pesant. Mic et Liv saisirent les mains de leurs compagnes. Aline se dit qu'ils semblaient trouver du courage ou de l'apaisement à leur contact.
- Antor… Ce gars est le meilleur qu'on ait jamais croisé. Le plus honnête et le plus loyal des amis. Dit Mic aux trois femmes réunies.

Il ne conçoit pas la trahison pour l'intérêt ou l'enrichissement personnel. Cette qualité est son principal défaut parce qu'il croit les autres faits à son image... Ce qui n'était pas le cas de notre ancien chef mais lui...

J'appartenais à un service non guerrier mais j'avais demandé à faire équipe avec Antor et Liv lorsqu'ils sortaient, tous les trois, nous formions un équipage. J'avais des doutes sur la probité du chef, des rumeurs couraient mais Antor pensait à de la médisance. Il était incapable de croire que le chef avait sciemment sacrifié plusieurs équipages dans des missions douteuses, simplement pour récupérer leur or. Il était incapable d'accepter de voir l'inconcevable. C'était tellement loin de ce qu'il est, de sa conduite, de ce que vous appelez des valeurs... En conséquence, j'avais douté de mon appréciation...

Le chef a tout fait pour nous envoyer en mission casse-gueule alors que nous étions en cours de transformation. Devant nos protestations, c'est l'Ancien qui a décidé qu'affaiblis, nous n'étions pas opérationnels et nous en a dispensés. Je pense qu'il nous a sauvé la vie. Je suis certain que nous serions morts dans cette sortie et le chef aurait pu alors récupérer notre or. Je me demande si l'Ancien n'a pas pris conscience à ce moment-là, d'un élément qui rendait la rumeur crédible. Nous étions le plus ancien équipage resté en vie et les derniers à être richement

dotés car notre groupe existe depuis douze ans. Il y avait pratiquement quatre ans que le chef épuisait ses équipages et les envoyait à la mort, jusqu'à ne plus disposer à présent, que de quelques jeunes pilotes à peine formés, des enfants et des robots. Je suppose que le chef est devenu fou en se sentant dépossédé de notre fortune ou il a un grand dessein mais j'ignore lequel.
Mic se tut, découragé laissant les femmes, songeuses et terrifiées par ce que le récit laissait entrevoir.

Quelques minutes passèrent, trop inquiets, personne ne pouvait dormir aussi attendirent-ils le retour d'Antor dans un lourd silence.
Lorsque Antor les rejoignit enfin, à sa mine ils comprirent tous que les nouvelles étaient mauvaises.
Antor s'occupa du robot traducteur puis abattu, se laissa tomber lourdement sur le banc auprès d'Aline, puis il prit son visage dans ses mains.
- C'est ma faute ! Tu avais raison Mic, le chef est devenu fou. Il avait décidé que notre or devait lui revenir et notre départ pour la Terre représentait un gros manque à gagner qu'il n'a pas accepté. Il vient avec quelques équipages et des robots pour nous supprimer et le récupérer.
Pour notre sauvegarde, l'Ancien m'a donné l'ordre de rester là où nous sommes, il a confirmé que nous n'étions plus détectables. Il a laissé son adjoint Yamar

aux commandes et il était déjà parti avec ses gardes à la poursuite du chef dans l'idée de le détruire lui-même. Je devrai le rappeler dans quarante-huit heures pour en savoir plus. L'Ancien sait ce qu'il fait mais le chef est un guerrier plus entrainé. J'ignore comment l'interception se passera et où. L'Ancien espère rester en dehors de l'atmosphère afin de ne pas alerter les observatoires terriens. Si je m'écoutais, je désobéirais aux ordres pour aller l'aider mais il m'a ordonné de croire en lui et de nous occuper de nos femmes.
Je ne sais pas quel Dieu invoquer car pour l'avoir beaucoup sillonné, je doute qu'il y ait un grand maitre de l'univers, il doit être bien caché s'il existe, mais ce serait le moment de lui demander un peu de soutien. Que ces jours vont être longs ! Je suis fatigué… avoua-t-il en se redressant les yeux fermés.
-       Nous ne servirons à rien à attendre éveillés. Je suggère que nous essayons de dormir un peu, le jour sera vite là, murmura une femme, peut-être Myriam.

Une sorte de tapis épais fut étalé sur le sol de la cabine et les trois couples s'allongèrent en silence, côte à côte, l'esprit occupé par une prochaine bataille au milieu des étoiles.

Peu après le lever du jour, vers huit heures en cette saison, Antor fut réveillé par l'Ancien au moyen d'une vibration particulière dans l'oreille l'informant de l'arrivée d'un message. Il se précipita pour réveiller Liv qui détenait les codes de la messagerie de la navette et alla chercher le robot pour la traduction.

« Antor, ils ont été ralliés par les voyous déjà bien connus, attirés par l'odeur de l'or et la lutte sera dure. Je vais avoir besoin de ton équipage en soutien. Viens vite. »

« Nous faisons aussi vite que possible, envoyez votre localisation à Liv. »

Leur agitation avait réveillé les femmes qui apprirent qu'ils devaient partir très vite aussi commencèrent-ils à s'organiser.

- Afin d'être plus léger et gagner en maniabilité, nous devons laisser ici l'or et les robots. Aidez-nous vite à tout transférer dans la bulle sous-marine.
- Si vous voulez, nous pouvons vous déposer près de Crozon sur la falaise. Aline, prends tous les euros que je possède et des pièces d'or pour le cas où cela vous serait nécessaire. Nous n'aurons besoin de rien là-haut. Retrouvons nous, sur la falaise dans vingt-quatre heures.

Il reprit, plus grave après avoir réfléchi un instant :

- Si dans quarante-huit heures vous n'aviez pas été appelées par télépathie, regagnez La Seyne après avoir récupéré l'or pour payer la maison ou pour vivre votre vie. Soyez fortes ! Votre amour nous accompagnera jusqu'au bout.

Après avoir déménagé ce qui devait l'être et confié la clef pour pénétrer dans la bulle immergée à Aline, les trois jeunes femmes furent déposées sur le chemin de randonnée, au-dessus des grottes, à l'endroit où en principe ils se retrouveront après la bataille.
C'est le cœur serré et les larmes aux yeux, sur un dernier baiser et une étreinte aux accents désespérés, qu'ils se séparèrent à contrecœur.
- Les gars, allons leur montrer que la transformation ne nous a pas affaiblis et revenons vite, nos femmes et nos projets nous attendent.

Elles regardèrent l'éclair doré brouillé par les larmes, disparaitre dans les légers nuages du matin frais de décembre. Après s'être reprises, en portant leurs sacs, elles se dirigèrent à pied vers la ville, espérant trouver un café et un hôtel pas trop loin sur le port.

27

Silencieuses, les trois amies passèrent la matinée, assises au fond d'une salle de café presque vide, à se morfondre et s'inquiéter car en l'absence d'informations, l'imagination prenait le relai. Leur esprit inventait une bataille acharnée, des blessés, des équipages pulvérisés... la désolation, l'absence, le chagrin.

Elles attendaient, le cœur battant de plus en plus fort au fil des heures qui passaient, espérant un mot, une phrase, envoyés par l'un des trois amis, n'osant essayer de provoquer un contact pour ne pas les distraire de leur dangereuse tâche.

Avant la fin de la demi-journée, elles étaient dans un état d'angoisse tel, qu'elles décidèrent d'aller marcher un moment et respirer l'air du large afin de contenir l'explosion de leur angoisse devenue trop visible.

Si la promenade les détendit un peu, leur inquiétude crût encore avec l'heure qui avançait. Incapables de déjeuner ou même de prononcer un mot, malgré le vent qui soufflait fort, elles retournèrent sur la falaise au-dessus des grottes pour le cas où l'une d'elle recevrait un signe quelconque.

Sur le chemin surplombant la mer agitée, les trois jeunes femmes se trouvaient dans un état de perturbation extrême qui ne se manifestait pas de la même façon. Maëlle avait perdu son éclat, les mains dans les poches de son blouson, elle se raidissait de plus en plus jusqu'à faire penser qu'elle se briserait si elle venait à chuter. Myriam indifférente à ses cheveux volant dans tous les sens sous les rafales du vent, se tenait assise sur le bord du chemin, recroquevillée face à la mer. Le visage dans les genoux, elle se balançait inlassablement et par ce qui pourrait ressembler à une étrange catatonie physique pour Aline, debout immobile dont l'esprit semblait être parti très loin…

Elles étaient sombres et devenues muettes, elles guettaient le ciel et la mer, attendant le retour de leurs guerriers telles autrefois les femmes des marins qui devaient se tenir au même endroit et patientaient sans fin et sans se décourager, espérant le retour des pères, des époux ou des fils dont certains étaient déjà perdus sans qu'elles le sachent.

Malgré ou à cause du désespoir ressenti, Aline se souvint de quelques vers des Pauvres gens de Victor Hugo, étudiés au lycée et les murmura sans vraiment s'en rendre compte :

Ô pauvres femmes de pêcheurs ! C'est affreux de se dire
– Mes âmes, père, amant, frère, fils, tout ce que j'ai de cher
C'est là, dans ce chaos ! Mon cœur, mon sang, ma chair !
– Ciel ! être en proie aux flots, c'est être en proie aux bêtes.
Oh ! songer que l'eau joue avec toutes ces têtes,
Depuis le mousse enfant jusqu'au mari patron,
Et que le vent hagard, soufflant dans son clairon,
Dénoue au-dessus d'eux sa longue et folle tresse,
Et que peut-être ils sont à cette heure en détresse,
Et qu'on ne sait jamais au juste ce qu'ils font,
Et que, pour tenir tête à cette mer sans fond,
À tous ces gouffres d'ombre où ne luit nulle étoile,
Et n'ont qu'un bout de planche avec un bout de toile !
…

Ces vers désespérés firent réagir ses amies.

- Tais-toi Aline ! gronda Myriam. J'ai déjà un bourdon d'enfer et du mal à ne pas m'effondrer pour pleurer, alors n'en rajoute pas avec un poème qui nous rappelle combien la mer est une amante exigeante, mais l'espace lui, comment est-il ? Nous savons simplement que c'est un cimetière pour de trop nombreux satellites et autres appareils perdus.

- Je ne peux pas m'arrêter de penser et des tas de trucs plus ou moins morbides se rappellent à mon souvenir. Antor a dit vingt-quatre heures, il est bientôt dix-sept heures trente et la nuit va tomber. Ils sont partis il y a presque neuf heures et ils ne nous ont pas contactées, c'est donc qu'ils sont occupés ou déjà perdus, comment le savoir ? Ce vent glacial m'a

congelée, prenons le parti de croire que tout va bien et allons chercher un hôtel pas loin, la nuit sera vite là.
Regardez où vous mettez vos pieds les filles, le chemin est dangereux dans la pénombre avec ces cailloux qui roulent sous les chaussures.
- Tu as raison, nous devons bouger avant d'être transformées en statues de glace… j'aimerais être une mouche pour savoir ce qui se passe.
- Bof, il est probable qu'on n'aurait pas aimé participer… Allons-y, il faut nous forcer à avaler un petit truc chaud avant d'aller dormir, la nuit dernière a été courte et quoi qu'il se passe, malgré nos envies, nous ne pouvons rien faire pour eux. C'est compliqué à accepter mais le plus difficile, c'est l'absence de nouvelles !

Elles retournèrent au port après s'être plusieurs fois tournées vers la falaise qui sombrait dans l'obscurité…
« Pas d'informations, cette attente est horrible ! Comment faisaient les femmes de marins pour supporter ce calvaire ? » pensa Aline.

Elles dînèrent d'un croque-monsieur au café où elles avaient passé une partie de la journée puis se rendirent au petit hôtel tout près. Afin de limiter les frais et peut être pour ne pas rester seules, les deux cousines louèrent une chambre à deux lits que le gérant désigna

comme des « lits de veuves ». Ce qui attira quelques remarques murmurées par Maëlle :
- Pourvu que ce ne soit pas prémonitoire !
Elles posèrent la question sur la signification de l'expression au gérant et apprirent que c'était le nom donné aux lits en 120 centimètres de large, autrefois attribués aux célibataires ou aux veuves.

Aline se retrouva seule avec ses pensées moroses. Elle prit une douche chaude et s'enfila entre les draps après avoir ajouté une couverture sur le lit. Depuis le départ des trois hommes, elle se sentait toujours aussi glacée à l'intérieur et frissonnait sans cesse ne parvenant pas à se réchauffer, cependant elle s'interdisait de désespérer.
« J'ai le sentiment que si Anton était mort, je l'aurais senti. Demain nous en saurons plus, il faut croiser les doigts et espérer ! » se disait-elle tout en se moquant de la réelle efficacité de ce geste pour provoquer la chance.

Malgré son chagrin et son inquiétude, peut-être plus épuisée qu'elle l'avait cru ou saoulée par l'air marin venu du large, elle s'endormit presque immédiatement d'un profond sommeil sans rêve.

Au lever du jour, elle dormait toujours et n'entendit pas Antor se déshabiller, épuisé et se glisser dans le lit devenu trop étroit avec délice et un soupir de contentement. Pourtant, elle se tourna vers lui et son bras se posa en travers de sa taille en un geste possessif, provoquant un sourire satisfait de l'homme.

Lorsqu'elle se réveilla après huit heures, elle fut surprise par l'étreinte ferme qui l'entravait, elle ouvrit les yeux et fut submergée de bonheur, Antor était revenu ! Elle ne l'avait pas entendu se coucher et elle supposa qu'il était fatigué. Bien qu'impatiente d'avoir un compte rendu des événements, elle le laissa se reposer et décida qu'elle pouvait s'accorder une grasse matinée. Elle referma les yeux avec un sourire aux lèvres, l'esprit bien plus léger que la veille. Peu importait ce qui s'était passé, son homme était revenu vers elle.
Elle mesura alors l'ampleur de ses sentiments pour Antor. Il était parvenu à se rendre indispensable à son bonheur, si intelligent, bon, solide et humble, son fantasme fait chair.
« J'ai une chance folle ! » se dit elle en fermant les yeux, à présent détendue dans la chaleur corporelle de son fiancé.
Elle somnola jusqu'à ce que la grande main d'Antor lui caresse le dos doucement.
- Tu dors mon chéri ? chuchota-t-elle
- Humm … non… je suis bien et je savoure mon bonheur d'être ici avec toi.
- Liv et Mic ?

- Ils vont bien… Ce fut très dur pour nos assaillants mais tout s'est réglé à notre avantage. Nous ne sommes plus bannis… ce sera mieux pour tous et nous ne méritions pas cette sévérité.
- Il faudra prévenir mes parents ils doivent s'inquiéter… Nous avons trouvé le temps abominablement long hier.
- Nous avons eu une grosse avarie, c'est ce qui nous a un peu retardé, nous avons dû changer d'appareil pour une navette plus récente. Nous n'avons pas perdu au change et les liaisons seront facilités, un traducteur a été incorporé aux logiciels existants.
- Il n'y a plus de menace, c'est sûr ?
- Non et oui. Le chef a été abattu par l'Ancien, il était corrompu jusqu'à la moëlle. L'Ancien et son adjoint ont repris l'administration en main, dorénavant, il ne sera plus question d'embrigader des enfants au berceau, seuls les adolescents volontaires pourront devenir soldats et être formés après avoir été éduqués par leurs familles. Il n'y a pas de problème de démographie et le système devrait fonctionner.

Debout, mon cœur, nous avons du travail avant de rentrer à la maison.
- Où est la navette ?
- Posée sur la falaise, c'était le plus sûr, elle n'est pas visible mais nous ne pouvons pas la laisser là trop longtemps.

Un moment après, ils retrouvèrent les deux autres couples au café du port, attablés devant un copieux petit déjeuner. Les hommes manifestaient leur joie d'avoir échappé au pire et d'être rentrés indemnes, les femmes souriantes, celle d'avoir retrouvé leur compagnon en bonne forme même si les couples avaient dû partager pendant quelques heures un lit insuffisant pour deux adultes.

Aucun d'eux ne s'étendit sur leurs prouesses de la veille. Ils dirent simplement que la bataille avait été très dure, le chef était décidé à vaincre ou à mourir. Leur camp dirigé par l'Ancien avait eu la chance d'avoir face à eux des jeunes novices, peu habitués aux champs de bataille, facilement déconcentrés et mal organisés. Ils étaient plus nombreux et soutenus par les brigands du coin mais pas commandés. Ils s'étaient donc vite débandés devant la résistance impitoyable de l'Ancien et la présence inattendue de leur équipage paré d'une aura d'invincibilité. Leur notoriété avait démotivé ces jeunes non aguerris dès les premiers tirs de semonce, avant même de commencer tout échange sérieux. Le chef avait mal supporté cette déroute car il était persuadé d'avoir ses jeunes sous sa coupe. Il avait injurié et provoqué l'Ancien qui en réponse n'avait alors pas hésité à le rayer de la carte, mettant ainsi un terme au conflit.

- A quoi avez-vous servi alors ?

- Nous étions appelés, nous ne pouvions pas refuser d'aller soutenir l'Ancien. Nous n'avons agi qu'en soutien, c'est ce qu'il avait demandé. Ce rôle relativement passif ne nous a pourtant pas évité de recevoir un mauvais coup qui nous empêchait de rentrer. Nous avons été remorqués jusqu'à la base et l'Ancien a alors décidé de ne pas nous payer pour le service rendu mais de nous offrir une navette de la dernière génération en dédommagement. C'est honnête et c'est mieux pour nous. Nous avons aussi profité de ce temps, pour nouer des relations avec le laboratoire de recherche qui a accepté de nous rendre des services si nous en avons besoin.
- Si vous avez terminé de déjeuner, nous pourrions aller chercher nos affaires dans la grotte et rentrer, suggéra Liv. J'ai hâte de retrouver le calme et la sérénité de notre coin de France.
- Allez régler notre note pendant que j'appellerai les parents d'Aline.

La conversation dût être agréable car Antor avait le sourire lorsque les femmes sortirent à leur tour du café. Ensemble, les hommes chargés des sacs des femmes, ils se dirigèrent sous la bruine vers le chemin sur la falaise.

Ils entrèrent dans la grotte déserte, firent rapidement remonter le module submersible et transportèrent sa cargaison d'or et de robots dans la navette avant de tout ranger à sa place en soute. En à peine une heure, ils purent reprendre le chemin vers cet endroit qu'ils considéraient être leur nouvelle demeure.

Conséquence de leur équipée, ils se sentaient tous fatigués en arrivant peu après à la propriété. Ils eurent la surprise de trouver Germain, leur associé, en train d'ouvrir les volets.
- Bonjour les jeunes, dit-il en souriant, le père d'Aline m'a appelé pour me signaler que vous étiez sur le chemin du retour et que vos tracas s'étaient bien réglés. Nous avons pensé que le chauffage à bonne température et les volets ouverts vous feraient plaisir. Vous accorder quelques minutes de mon temps était bien le moins que je pouvais faire pour vous.
- Merci Germain, nous sommes sensibles à l'intention. Nous nous étions en fait inquiétés pour pas grand-chose, c'est le problème avec la distance d'avoir à envisager tous les possibles. Si vous voulez, nous pouvons vous donner les lingots qui vous reviennent tout de suite, ce sera une chose de faite et nous évitera d'autres manipulations.

Peu après, Mic et un robot revinrent de la navette en portant cinq lingots d'un kilo et un sac de pièces.
- Le kilo d'or pur est au cours de quatre-vingt-cinq mille euros aujourd'hui. Nous joignons l'équivalent de

vingt-cinq mille euros en pièces en complément, afin que les comptes soient bons, si vous êtes d'accord, déclara Mic.
- Je suis d'accord et j'ai une grande confiance en vous. C'est un plaisir de faire des affaires avec vous. Je vais vous donner quitus pour la vente et le notaire fera enregistrer la cession des parts.
Je voulais vous dire que la guérison miraculeuse de certains enfants fait grand bruit à l'hôpital et tous recherchent d'où venaient les erreurs des diagnostics. Les mauvaises langues n'hésitent pas à mettre en doute la compétence des médecins, ils n'avaient vraiment pas besoin de ce mauvais buzz. Martine, mon épouse, s'amuse de voir tout ce monde s'agiter mais elle est tellement contente pour les petits. C'est un beau Noël que vous leur avez offert.
Antor en profita pour intervenir :
- A propos, à Noël, les parents d'Aline viendront pour célébrer nos fiançailles. Accepteriez-vous de vous joindre à nous ? Nous préparerons une fête familiale simple et chaleureuse.
- Bien volontiers ! Je serai heureux de rencontrer le père d'Aline avec lequel je me suis bien entendu au téléphone.
- Nous avons aussi l'intention de baptiser la propriété le « mas des mousquetaires », qu'en pensez-vous ?

- Ah, l'idée est bonne ! Qui serait le quatrième larron ?
- Vous seriez d'Artagnan !
- Je suis flatté mais je vous préviens, je ne veux plus me casser la tête avec de quelconques responsabilités. Je veux être libre pour partir me promener avec Martine lorsque l'envie nous prendra et je n'apprécierais aucune filouterie.
- Nous l'entendons bien ainsi. La SCI ne concerne que les bâtiments et nos travaux de recherche sont parfaitement honnêtes, nous vous en parlerons si vous êtes intéressé. Nous rencontrerons le maître d'œuvre pour la rénovation des maisons dans le courant de la semaine prochaine, je ne sais plus si je vous l'avais dit.
- Parfait, n'hésitez pas à me solliciter si vous avez besoin de quelque chose. A bientôt les jeunes.

Ils le regardèrent s'éloigner, Liv était songeur.
- C'est ennuyeux qu'il se promène partout alors qu'il n'est plus chez lui.
- Il l'est tout de même à moitié. Bof, il ne trouverait rien d'intéressant s'il s'amusait à fouiller l'actuel bureau, ce que je n'imagine pas qu'il ferait. Nos dossiers et tous les matériels sensibles seront dans l'atelier qui sera à l'épreuve de n'importe quoi. Pour la sécurité, j'ai discuté avec le responsable là-haut. Contre de l'or, il est prêt à nous aider à intégrer des systèmes de protection novateurs à installer en cours de rénovation ce qui

signifie que celles du pavillon de recherches et de l'atelier ne pourront pas être confiées à une équipe terrienne.

- Ah, ce n'est pas mal mais comment cacheras-tu la nature des ouvriers aux curieux qui passeront pour des visites de bon voisinage ?

- Il m'a dit qu'ils se débrouilleraient, il était très tenté par le chantier et j'ai eu l'impression qu'il voulait comprendre ce qui nous retient ici. Lui qui est célibataire et n'a jamais quitté sa planète espère peut-être faire des expériences nouvelles. Les sentiments que nous éprouvons pour nos femmes l'interpellent.

- Nous risquons de donner envie à plus d'un et l'Ancien pourrait faire face à une vague migratoire.

- Ce n'est plus notre problème ! Nous sommes devenus natifs de Russie et nous demeurons ici où nous sommes copropriétaires d'une chouette propriété. Après nous le déluge, comme dirait Maëlle, l'Ancien fera face à ses soucis.

Aline et Myriam vinrent les informer que le laboratoire demandait qu'elles soient à leur poste le lendemain.

- Peut-être faudrait-il appeler le concepteur du petit submersible afin de régler le problème et lui expliquer d'où venaient les défaillances, suggéra Myriam.

- Maëlle a prévu de s'en charger. Ella a déjà étudié le dossier et devrait prendre rendez-vous avec

des préconisations de modifications et un projet de partenariat. Les événements se sont emballés et ce qui était prévu a dû être repoussé, vous n'avez pas oublié n'est-ce pas ?
- Non, tout va bien si vous n'avez pas mis les défaillances du sous-marin dans une grande poche avec un mouchoir par-dessus.

28

La vie reprit, Aline et Myriam étaient déposées au centre le matin et récupérées quelques minutes après avoir appelé Liv, ce qui n'était pas contraignant. Les hommes s'installaient dans une petite routine qui prévoyait du sport le matin et la conception du bâtiment professionnel. Ils savaient ce qu'ils voulaient obtenir mais ils bloquaient sur la réalisation des plans et la manière d'intégrer la sécurité, aussi l'arrivée de Jon fut-elle avancée car son aide s'avérait indispensable. La sécurisation de l'ensemble de la propriété était également à étudier de manière plus fine parce que des curieux et des enfants avaient été surpris dans le parc à observer l'activité des lieux. Ils espéraient simplement voir ce qui se passait et la façon dont les nouveaux propriétaires allaient rénover l'ensemble. Ils donnèrent des explications aux adultes, tout en raccompagnant les intrus au portail.

Une équipe de maçons fut donc réservée pour clôturer le parc d'une manière infranchissable au moyen d'un haut grillage dissuasif dès que possible, c'est-à-dire pas avant le début d'année. Le délai fit un peu grimacer Antor qui découvrait le droit du travail en vigueur ici.

Les courses pour la semaine avaient été récupérées au drive la veille et ce samedi matin, les femmes se trouvaient dans la cuisine, affairées à la préparation du déjeuner et riaient entre elles en s'interpellant. L'ambiance était gaie et détendue. Ils avaient tous un peu paressé au lit et les trois hommes, reposés faisaient des plans pour les recherches qui leur paraissaient intéressantes à mener en premier.

Pendant que Myriam et Maëlle s'occupaient du repas, Aline mettait la table dans la salle à manger, lorsqu'un pas lourd et ferme qu'elle n'identifia pas, résonna dans l'entrée. Les fourchettes à la main et le sourire aux lèvres elle s'avança dans le couloir et stoppa net, les yeux écarquillés et la bouche ouverte. Devant elle une silhouette immense en une matière gris bleu qui paraissait gélatineuse, était arrêtée, surprise par son arrivée et disparut aussitôt. Des sons aigus lui parvinrent, il fit un geste vers sa manche et elle comprit :
-       Je suis Jon, jolie femelle n'aie pas peur.
La main sur son cœur battant la chamade, elle se précipita vers le bureau sans plus s'occuper de lui.

D'ici et d'ailleurs

- Les gars, il y a là quelqu'un, Jon … enfin … je suppose qu'il vous cherche. Dit-elle en haletant. Il… il m'a fichu une trouille d'enfer. Dites-moi s'il faut rajouter un couvert. Ajouta-t-elle encore visiblement émue.
Les trois hommes alertés se levèrent pour trouver Jon qui l'avait suivie, attendre en silence devant le bureau. Jon avait été déposé par une navette avec ses bagages sans que personne n'ait été auparavant prévenu.

Rassurés, ils le firent entrer et s'assirent pendant que Mic allait chercher des jus de fruits et de la bière.
- Pourquoi t'es-tu montré à ma femme ? Nous n'étions pas prévenus de ton arrivée et tu l'as effrayée.
- Désolé, j'ignorais que vous n'étiez pas seuls et vous deviez être prévenus. L'Ancien avait donné mon poste à mon adjoint et il m'a rendu disponible plus vite. J'étais pressé de venir et je ne pensais plus qu'à mon départ. Elle est jolie ta femme.
- Oui elle est très belle mais elle est ma femme… rétorqua Antor en insistant sur le possessif.
- Et tu vas rencontrer les nôtres. Tu as compris que tu devras te rendre invisible la plupart du temps.
- C'est ainsi que vous viviez, sans vous montrer ?
- Jusqu'à ce que nous choisissions la transformation, oui. Tout le monde sur Terre, ignore que nous ne sommes pas ce que nous paraissons aujourd'hui et puis, nous n'avons pas vraiment été invités à nous installer sur Terre, notre arrivée a été un

D'ici et d'ailleurs

concours de circonstances. Avec nos femmes nous sommes bien ici mais nous préférons rester discrets.

Ils échangèrent un moment puis Liv proposa à Jon de le suivre, afin de lui montrer la maison et de découvrir sa chambre.

Aline pendant ce temps avait prévenu ses amies de l'arrivée de Jon.
- Il n'était pas invisible et je peux vous dire qu'il m'a effrayé. Il est dans le bureau avec nos chéris.
- A quoi ressemble-t-il ? Ils sont vraiment moches ?
- Il est gris bleu et rappellerait un peu E.T, une sorte de grand et volumineux chewing-gum semi mou en combinaison de vol. J'ai eu l'impression qu'il a été surpris autant que moi, peut-être ne s'attendait-il pas à me trouver ici. J'ignore tout de ce qu'il savait de nous, sa venue n'a pas été vraiment un sujet de discussion entre nous, et nous n'avons rien préparé pour son accueil.
- D'après ce que j'ai compris, seul l'Ancien savait que nos chéris ne sont plus seuls. A sa demande, ils ne se sont pas étendus sur le sujet avec les habitants de là-haut, l'ancien devait redouter d'autres demandes de transformation si au travers des récits de l'équipage d'Antor, la Terre apparaissait trop attrayante, ajouta Myriam.

- Nous devons ajouter un couvert, vous allez le rencontrer mais j'ignore s'il se montrera et je m'inquiète de la réaction des équipes locales s'ils sont amenés à le croiser. Il doit s'occuper des locaux professionnels et je ne sais pas avec qui il fera ce chantier, murmura Aline. Je vais finir de m'occuper de la table, est-ce que c'est prêt ? Je peux aller les prévenir mais préparez-vous à le rencontrer, j'ai eu un choc et penser qu'Antor ressemblait sans doute à ça…, brrr !

Le déjeuner paru étrange aux trois couples, ils étaient installés face à une combinaison de vol à priori vide qui pourtant paraissait remplie, alors qu'une voix robotisée semblant venir de nulle part, posait des questions et participait à la conversation sans jamais s'adresser à elles qui restaient silencieuses. Il y avait de quoi être perturbé, même les trois hommes ne semblaient pas aussi à l'aise qu'en temps plus ordinaire.

- Jon, que faisais-tu chez toi exactement ? demanda Aline un peu pour relancer la conversation qui avait tendance à mollir et parce qu'elles étaient là et n'avaient pas l'intention de ne pas compter.
- J'étais le chef de la sécurité et avec une équipe d'ingénieurs, nous concevions les systèmes de protection.
- Ah, tu es donc ingénieur toi aussi ?

- J'ai cette formation et vous avez-vous fait quelques études ?

Les femmes se présentèrent. Il parut surpris que les trois femmes travaillent et que leurs attributions ne se limitent pas uniquement à l'entretien des lieux et à l'éducation des enfants.
- Hé, les gars, il va falloir mettre Jon au parfum, qu'il ne s'attende pas à avoir des soubrettes à ses ordres.
- Si les femelles d'ici sont aussi belles que vous, je suis sûr de pouvoir en satisfaire plusieurs à la fois. Assura-t-il, le ton canaille.
- Jon, avant quoi que ce soit, nous allons devoir t'expliquer des choses sur les relations entre les mâles et les femelles qu'on appelle ici les hommes et les femmes. Ce que tu viens de dire n'est pas acceptable, cela fait partie peut-être de tes activités intimes mais seuls les protagonistes n'ont à le savoir. Ce n'est pas sur ces performances là que tu seras apprécié. Déclara Antor sur un ton sérieux.

Jon dut comprendre qu'il avait commis une erreur et perdit son air détendu.
- Pardonnez-moi, j'ai réagi comme d'habitude, vous avez des modes de vie différents et je reconnais ne rien en connaitre. Je compte sur vous les gars pour m'éclairer.

D'ici et d'ailleurs

- Ne te tracasse pas, Antor aussi a commis quelques maladresses au début mais il était attentif et a vite compris nos différences.

La conversation reprit autour du café puis sur un regard entendu, ils emmenèrent Jon visiter les locaux à rénover et à équiper.

Malgré les mises en garde des trois amis, il sembla plus intéressé par Aline que par le futur chantier. Jon posa des questions à Antor sur leur lien exact, se renseigna sur le statut des fiancés et fit remarquer que ce lien-là n'était pas permanent et que selon les coutumes terriennes, les fiancés pouvaient facilement s'en désengager s'ils changeaient d'avis.

Les trois amis échangèrent un regard inquiet pressentant des ennuis à venir.
« Il ne manquerait plus qu'il parte à la pêche dans notre vivier parce qu'il n'y aurait pas d'effort à faire pour trouver quelqu'un. » dit Mic par télépathie à Antor.
« Je n'ai aucun doute sur les sentiments de nos femmes, il ne faudrait pas qu'il les contraigne, il est fort et peut-être violent, souvenez-vous de sa réputation de celui à qui on ne peut pas dire non. »
« Tu serais prêt à les laisser retourner dans un appartement en ville ? »
« Non, j'ai trop besoin d'Aline, répondit Antor et nous ne pourrions plus les protéger de manière efficace. Pff... Nous avons besoin de ses compétences et ne pouvons

D'ici et d'ailleurs

le renvoyer et bien qu'il ne nous l'ait pas exprimé de manière claire, peut-être n'a-t-il pas envie de retourner là-haut. Il était bien pressé de nous rejoindre et le fait que nous n'étions pas prêts à le recevoir ne l'a pas dérangé. Nous devrons l'occuper avec la sécurité du site avant celle de la maison principale et des bureaux. Je suis ennuyé, j'ai tout de même l'impression qu'il a jeté son dévolu sur Aline. » Mic acquiesça d'un hochement de la tête.

Après le déjeuner, les trois hommes entrainèrent Jon et lui firent « visiter » les contours de la propriété à protéger discrètement mais de manière efficace avant de lui montrer les deux bâtiments destinés aux bureaux et aux ateliers.

Jon en fit le tour demanda s'ils avaient réfléchi aux plans et proposa de s'en charger, puis après un temps de réflexion, il lança une suggestion.
- Si je travaillais pour vous gratuitement pour ce chantier, accepteriez-vous de m'intégrer à votre groupe ?
Surpris de le voir dévoiler ses batteries aussi vite, ils le regardèrent muets.
- T'intégrer comme quoi, un consultant payé à la mission ? C'est ce que nous faisons, l'Ancien m'a confié que tu es un excellent professionnel, c'est pourquoi nous t'avons contacté.

- Non, comme un membre permanent. Vous avez de l'or et de belles femmes, j'ai de l'or et nous pouvons partager.
- Partager quoi, nos femmes ? Si tu leur dis ça elles vont t'arracher la tête. Elles sont très exclusives.
- Hé, il n'y a rien à leur demander, il faut prendre et une fois les choses faites, elles sont liées et ne peuvent plus rien dire.

Ils passèrent plus d'une heure à expliquer que cette façon de faire n'était pas tolérée, qu'il fallait tout un travail d'approche subtile et d'apprivoisement pour gagner le cœur des terriennes.

Jon écoutait mais visiblement n'avait pas envie de changer son modèle. Il est un mâle vigoureux et la démonstration de son intérêt équivaut à soumettre la femelle sans qu'elle puisse refuser. Toute autre approche ne serait pour lui que des marques de faiblesse.

Il en profita pour expliquer que selon lui, les terriens devaient s'habituer à les voir et admettre leur suprématie intellectuelle et technique. Au nom de l'accueil, ce serait à eux de s'adapter à ce qu'ils sont. Il n'y aurait ainsi, plus de raison de se cacher et encore moins à souffrir pour être transformés ou adapter leurs comportements aux us et coutumes de la terre en général et de la France en particulier.

Effarés, inquiets, les trois amis comprirent qu'ils avaient accepté trop vite la venue sur Terre de Jon qui leur apparaissait maintenant comme un danger.
« Aline dirait que nous avons fait entrer le loup dans la bergerie. »
« Je vais appeler l'Ancien pour en parler avec lui. »
- J'ai un truc à faire, je vous laisse les gars, essayez d'affiner le projet avec Jon pendant ce temps, dit Antor avant de s'éloigner à grands pas déterminés.
« Je ne laisserai personne toucher à Aline contre sa volonté ! »
« Mais si elle était d'accord. » susurra une petite voix à son oreille.

Antor trouva Aline dans le salon, un livre à la main. Elle leva la tête et le regarda s'approcher un sourire aux lèvres.
- Que se passe-t-il tu as l'air bien sérieux ? Comment se passe votre traitement ? Vous n'en dites rien.
- Le traitement est dur et provoque des migraines mais nous le supportons bien même si nous ne sommes pas à cent pour cent de nos capacités. Nous ne manquons pas de motivation pour aller au bout. C'est davantage Jon qui nous préoccupe.

Il expliqua les positions de Jon et dit combien il était inquiet de le voir déterminé à la conquérir.

- Il est inquiétant parce qu'il ne respectera pas vos règles. Il serait capable de s'imposer pour te soumettre, il nous l'a avoué. Et il ne veut pas se rendre invisible ni se transformer, ce serait aux peuples de la Terre de s'adapter à ce qu'il est.
- Ah, il agirait en conquérant ou en prédateur et pratiquerait le viol pour nous effrayer et s'imposer. Pourquoi ne suis-je pas surprise ? Tu sais que ces comportements sont punis par nos lois, n'est-ce pas ?
- Il s'en moque, il peut disparaitre et agir sans que personne ne le voit. Nous avons besoin de ses compétences techniques mais pas de l'intégrer à notre groupe comme il le demande ni de lui confier nos femmes pour une « rééducation »
- Je ne vois pas de solution. Appelle ton ami l'Ancien et fais lui part de tes tracas. Peut-être pourrait-il venir le chercher ? Nous avons des spécialistes de la sécurité ici et sans doute suffiraient-ils ?
- Tu as raison, je vais commencer par dire à l'Ancien que le comportement de Jon n'est pas satisfaisant et qu'il ne veut rien entendre. J'espère trouver une solution.

Parce qu'il était fatigué par son traitement, elle ne lui confia pas sa peur, car Jon devenait insistant, la pressait de se soumettre à lui car sinon il saurait la faire plier par la force et elle ne pourrait lui résister.
Et cet individu se prétend respectueux !

Elle ne sait déjà plus comment éviter de le croiser.

Antor se rendit dans son bureau afin d'utiliser le robot traducteur. L'échange dura un bon moment avant qu'Aline ne voit Antor revenir la mine tout aussi sombre.
- L'Ancien m'a avoué qu'en acceptant la demande de Jon, je lui avais enlevé une épine du pied. Notre ami aurait l'habitude de piquer aux autres ce qu'ils ont et il aurait fait l'objet de plusieurs plaintes. Nous l'envoyer était un bon moyen de régler le problème. Il n'avait pas imaginé simplement le déplacer.
- Ton Ancien n'a rien réglé, il nous a envoyé une patate brulante et à nous de nous en débrouiller. Ici, pour un management de ce genre, tu te fais renvoyer !

Antor regarde Aline fulminer, perturbée d'une façon évidente.
- Aline est-ce que tu n'es pas sûre de tes sentiments pour moi ? Qu'est-ce qui te tracasse autant ?
- J'ai peur ! Je redoute les disputes entre nous à cause de ce type. Je tremble à l'idée qu'il s'attaque à nous et nous fasse subir je ne sais quoi pour nous soumettre puisque l'usage de la contrainte ne l'effraie pas. L'idée que vous soyez découverts et que votre vie change parce que l'enfer s'est ouvert sous vos pieds me rend folle parce que je ne peux rien maitriser. Je ne

peux rien faire pour vous aider. Nous étions bien et voilà que tout est remis en question à cause d'un...

- Ma chérie, viens là, dit-il en la pressant contre sa poitrine. Nous allons tout arranger, ne crains rien et nous ne voulons pas perdre ce que nous avons trouvé ici. Pour la première fois de notre vie, nous sommes heureux et nous faisons des projets dont la mort ne fait pas partie. Aucun de nous trois ne veut perdre ce qu'il a aujourd'hui grâce à toi et à tes amies.

29

Dans la grande maison, l'ambiance s'était dégradée en un après-midi, Jon avait semblé prendre l'ascendant sur les trois amis pendant la journée du dimanche et tentait de les contraindre d'accepter un changement de chambre afin de se rapprocher de celle d'Aline.
La situation effrayait les trois femmes qui ne savaient pas comment se dépêtrer de cette situation qui paraissait épineuse, sans mettre en péril leur engagement auprès d'Antor, Mic et Vic qui leur paraissaient ce soir, soumis au nouveau venu.

Le lundi matin un nouveau pas était franchi. Avant de déménager ses affaires, Jon imposa ses heures de travail à l'équipe afin de se libérer à dix-huit heures pour aller chercher Aline et Myriam au laboratoire. Il demanda ensuite à Antor les codes pour accéder à leurs comptes bancaires, ce qu'ils eurent bien du mal à ne pas lui remettre en faisant de la résistance passive...

« Nous y voilà ! Il est malade d'envie et ne s'en cache plus, il veut ce que nous possédons, nos femmes, notre or, nos projets, notre bonheur. Il a perdu la tête comme Aliam ! » transmit Mic à Antor qui en hochant la tête confirma l'analyse de Mic.

« Je ne sais pas mais il n'y a rien à en tirer, il ne peut plus être raisonné. Je vais armer le robot qui a supprimé Aliam et il ira lui aussi, nourrir les poissons dès qu'il voudra aller chercher nos femmes au centre. Pourrais-tu l'occuper un moment sans t'énerver ? Je vais devoir prévenir Liv que nous ferons ce soir, une balade touristique sur la mer. »

Antor convint avec Liv de survoler la méditerranée à l'aller afin de faire admirer le paysage côtier à Jon, puis il se rendit avec le robot dans la navette et lui expliqua ce qui était attendu de lui. Le robot hocha de la tête puis il lui demanda.

- Antor, tu devrais me laisser organiser une patrouille et me charger de la surveillance des femmes avec un garde. Vous n'utilisez pas mon logiciel de « Deep learning » or je devrais pouvoir vous aider davantage si vous me sollicitez. Je suis capable de vous faciliter la tâche pour la sécurité du site et des familles. Je suis toujours branché sur nos bases de données et j'ai accès à tous les contenus. J'ai donc en mémoire, bien plus d'informations que vous tous réunis et c'est dommage de ne pas en profiter.

- Je l'ignorais et effectivement, tu pourrais bien nous changer la vie et nous aider à surmonter nos problèmes ! L'anxiété provoquée par l'arrivée et les propos de Jon nous a pourri le week-end or à cause de notre traitement, nous aurions eu un grand besoin de souffler.
- Arme-moi et garde bien ma clef de commandement dans ta poche. Je resterai dans un coin pour ne pas susciter la méfiance de Jon mais viens avec nous pour aller chercher Aline. Nous ferons ce qui est nécessaire avant de la récupérer afin de lui éviter tout traumatisme. Ces femmes ne sont pas des guerrières, elles sont belles et intelligentes mais bien trop douces, elles ne sont pas faites pour se battre et pour supporter la vue ou l'odeur du sang ni celle de la mort.
- D'accord avec toi, nous devons les préserver et ce qui est ignoré ne fait pas souffrir, tu as raison. Puisque tu vas devenir notre bras droit à tous, nous allons te trouver un nom. Déclara Antor curieusement rasséréné.

« Me faire aider par un robot intelligent qui réfléchit ne m'est pas habituel mais je dois admettre que ses propositions sont bonnes. »

- Antor, afin que les réactions de Liv soient habituelles, ne lui dit rien de mon rôle et de ce que nous avons décidé. Liv est un excellent pilote mais c'est un inquiet et il cache mal ses émotions.

- Comment justifier notre balade au-dessus des flots s'il nous le demandait ?
- Simple, comme tu me l'as annoncé, vous allez montrer à Jon la vue de la côte. Il suffira d'allumer un ordinateur pour qu'il se concentre sur ce beau paysage et nous oublie.
- Tu n'auras droit qu'à un coup.
- Ce ne sera pas un souci.
- Bon, je te laisse branché, tu as peut être des mises à jour à effectuer. Je garde ta clef.

Antor s'éloigna avec le sentiment d'avoir un allié de poids. Il ne s'agit que d'un robot mais d'une machine intelligente, apte à prendre la meilleure des décisions car elle ne ressentira aucune émotion parasite contrairement à lui qui maintenant se retrouve avec des ressentis troubles qui bloquent parfois sa réflexion ou l'obligent à modifier son prisme d'analyse. Certes lui, Antor a pris la décision d'éliminer Jon qui s'est révélé menaçant pour leur groupe mais il ne pourra pas directement s'imputer sa disparition, le robot est capable de décider et de choisir le meilleur moment, alors que lui risquerait de se révéler bien plus hésitant et pourrait tenter d'éviter le geste fatal. Il se demande si sa transformation ne lui aurait pas fait perdre son recul et la froideur qui lui permettait de se prononcer rapidement sur la façon de traiter les problèmes qui surgissaient et de passer à l'acte sans sentiment de culpabilité.

« Peu importe la réponse à cette question et si ma capacité à la prise de décision est émoussée par mon nouvel aspect émotionnel, le robot fera le boulot et c'est le plus important ! Il avait déjà analysé la situation et avait pris la décision qui lui avait semblé la meilleure pour tous et pour chacun de nous. Serait-il « *Albert, le cinquième mousquetaire* » de notre groupe dont parlait Maëlle hier ?»

Rasséréné, il regagna la maison. Mic et Jon étaient silencieux, l'un penché sur un livre trouvé dans la bibliothèque traitant de la deuxième guerre mondiale pendant que l'autre était penché sur le plan de masse de la propriété et réfléchissait à la sécurisation de la clôture.

A dix-sept heures trente, Liv vint les chercher pour aller récupérer Myriam et Aline au laboratoire.
Jon se leva immédiatement, pressé de se rendre compte de l'environnement de travail d'Aline.

Hermétique, Antor les suivit, il se sentait stressé de manière inhabituelle. Jon protesta jugeant sa présence inutile mais Antor répliqua qu'Aline s'inquièterait trop de ne pas le voir, ce qui eut pour effet de calmer Jon.
« Il veut lui plaire et tous les moyens sont bons, même ma présence le sert… »

Ils s'installèrent côte à côte en silence face à un écran sorti de la paroi pour que Jon puisse profiter de la vue sur le littoral, le jour tombait mais le spectacle demeurait. Liv fit un premier passage, puis s'éloigna vers le large, perdant de l'altitude pour opérer un demi-tour avant de se poser pour récupérer les jeunes femmes. Antor s'écarta et le robot fit ce qui était attendu de lui. Un tir précis fit exploser le crâne de Jon qui immédiatement fut jeté à la mer par Antor et le robot Albert, lequel se précipita ensuite pour nettoyer les dernières traces de l'existence de Jon, pendant que Liv qui avait compris, opérait une dernière boucle au-dessus des flots.

-       Antor, avec l'aide du garde, vous seriez-vous laissé aller à commettre ce que je crois que vous avez fait sans m'en parler ? Vous avez eu mille fois raison ; j'ai réfléchi toute la journée à la manière dont je pourrais m'y prendre pour le supprimer sans planter la navette. Enfin, c'est fait mais Antor, nous devons arrêter de balancer des trucs dans la mer, c'est le meilleur moyen d'attirer des mangeurs de chair fraiche dans la région et ce ne sera pas bon pour les baigneurs ! Ouf, toutefois, je respire mieux les gars, je pense que ce soir je pourrai dormir sans m'inquiéter pour nos femmes. Ah, les voilà, elles sont là au coin à nous attendre !

Les deux femmes pénétrèrent dans la navette que leurs regards parcoururent sans mot dire avant de revenir sur Antor.

- Jon ? dit Aline en remuant les lèvres sans émettre un son.
- Il nourrit les poissons, répondit-il avec un sourire. Si Myriam se contenta d'un grand sourire, Aline se sentit tout à coup bien plus légère, l'inquiétude qui ne la quittait plus, envolée.
- Oh chouette, je vais pouvoir dormir ce soir ! Je n'en pouvais plus de cet obsédé pot de colle ! Quelqu'un a essayé de rentrer dans ma chambre la nuit dernière et j'imagine que ce n'était pas toi, tu t'y serais pris de manière à éviter le bruit. Heureusement, le verrou a tenu bon malgré son insistance et quelle chance qu'il n'ait pas possédé toutes tes compétences.
- Peut-être est-ce pour cela qu'il faisait la tête ce matin ? Il n'avait pas réussi à t'atteindre. Nous avons gagné au change car notre fidèle robot est bien plus doué que lui. Je pensais l'appeler Albert comme le petit Albert du livre pour enfants *« Albert le cinquième mousquetaire »* que j'ai trouvé dans la bibliothèque du bureau. Le nôtre ferait penser à un jouet mais il est très doué, branché sur les bases de données de là-haut et il en sait bien plus que nous. Il faudra que nous en discutions ce soir.

« Je n'ai pas remercié Albert comme il le faudrait, vous devriez lui dire un mot. » termina-t-il en chuchotant le dos tourné à Albert, droit comme un I, debout dans son coin.

Aline répondit d'un sourire et se tourna vers le garde.

- Albert ? Nous sommes très touchées par votre aide à un moment délicat. Merci beaucoup pour votre soutien.
- C'est moi qui suis honoré Aline, je n'ai fait que ce pour quoi j'ai été conçu.
- Cela n'empêche pas que nous vous sommes reconnaissantes pour l'aide que vous nous avez apporté.

Ils étaient déjà arrivés, les femmes se précipitèrent dans la maison en chahutant sous les yeux amusés des trois amis.
- Libérées… délivrées… braillaient-elles en chantant faux.
- Oh déjà ! Si nous sommes vraiment libérées, il faut sabrer le champagne, l'ambiance a été infecte toute la journée, dit Maëlle. Je suis restée planquée dans ma piaule parce que j'avais peur d'en sortir et de croiser l'autre pervers.
- C'est terminé, oubliez jusqu'à son nom. Nous avions commis une erreur en voulant travailler avec lui, nous ne connaissions que très peu l'individu, surtout au travers de ses indéniables compétences professionnelles qui étaient appréciées et vantées.
- Pensez-vous que nous devons en aviser l'Ancien ?
- Je suppose que ce serait mieux, ainsi il pourrait récupérer son or. Répondit Mic.

- Alors j'y vais, ce sera mieux et je veux vite tourner la page de manière à ne plus y penser et me consacrer à nos projets.

L'Ancien prit cette annonce de manière très détachée. Il s'inquiéta surtout du moral des trois femmes et décida que puisqu'elles avaient souffert à cause de la mauvaise tenue de l'un de ses cadres, il leur attribuait l'or dont Jon était propriétaire.
- Heu, c'est très gentil mais nous ignorons où il se trouve et il n'est pas dit qu'elles accepteront.
- Il est chez vous dans sa chambre. Les cartons dans lesquels sont emballés ses lingots sont munis de fils-capteurs qui nous permettaient de les tracer. Je vous suggère de reconditionner son or comme le vôtre, cela évitera d'éventuels projets élaborés par des envieux pour vous en déposséder.
- Merci l'Ancien pour tout ce que vous avez fait pour nous trois.
- J'aime bien la franchise et l'honnêteté de votre trio et vous êtes les fils que je n'ai pas eu. Je me retrouve un peu en toi, Antor… Vous allez me manquer. Pensez à m'appeler de temps en temps et si vous avez besoin d'aide, surtout n'hésitez pas.

Ils se quittèrent sur ces mots, Antor se sentait bizarrement ému par cette conversation et ce qu'elle laissait peut-être entendre d'affection réprimée.

La soirée se déroula dans la joie de la tranquillité retrouvée. Ils firent le point sur leurs projets et Antor décida d'annoncer le don qu'avait fait l'Ancien aux trois femmes en dédommagement des inquiétudes que Jon avait provoquées par ses attitudes et ses propos scabreux.

Son explication sidéra le groupe. Les hommes ne parvenaient pas à croire à la réalité de ce don qui correspondait si peu à l'intransigeance de l'Ancien aussi se rendirent-ils dans la chambre de Jon pour la fouiller. Ils trouvèrent une quinzaine de cartons empilés dans la penderie et chaque carton pesait dix kilos.

- Nos femmes n'ont plus besoin de travailler, elles sont riches mais pour la sécurité de tous, il faudra mettre tous ces cartons ailleurs…
- Oui, d'autant plus qu'il m'a dit que tous les cartons sont tracés. Il m'a recommandé de brûler les emballages et de placer les contenus ailleurs afin de décourager d'éventuels envieux en mal d'aventure.

Ils entendirent les trois femmes arriver sans se cacher.
- Alors ! Elle est vraie cette blague ou c'est une grosse farce !
- Mesdames, vous êtes riches et vous avez à présent le choix de travailler ou non car vous détenez chacune un peu plus de quatre millions d'euros. Il faudra dès demain ranger vos fortunes là où elles seront en sécurité et ce soir, vous nous aiderez à brûler

les cartons car ils sont détectables par quelqu'un qui aurait un accès au bon appareil...

Au lieu d'exprimer de la joie, en silence elles se laissèrent tomber, couchées sur le lit, jambes pendantes.

- Qu'allons-nous faire de tout cela ? Pourquoi cet énorme cadeau ?
- Il a dit que c'était en compensation de l'inquiétude que vous avez ressentie et parce que vous vous occupez bien de nous, mieux qu'il a su le faire.
- Cette réflexion est étrange, il n'était pas votre père... murmura Maëlle.

Maëlle était couchée sur le ventre la tête posée sur ses mains et Liv taquin, se mit à chatouiller ses pieds nus. Afin de lui échapper, elle gigota et avança, se pencha en avant et se mit à crier :

- Arrête... arrête ! Il y a autant de cartons ici sous le lit.

Antor vérifia à quatre pattes et effectivement une quinzaine de cartons étaient étalés sous le lit.

- Votre richesse a doublé, mesdames.
- Ce n'est pas acceptable parce que c'est beaucoup trop, remarqua Myriam. Je ne suis pas certaine de pouvoir assumer un cadeau pareil. Je vais peut-être en donner ou créer des bourses d'études, il faut que je réfléchisse.

- Je vais y penser moi aussi, je n'ai jamais manqué de rien mais là, je dépasse les possessions de mes parents sans avoir rien fait pour gagner le premier lingot. Au lieu d'être heureuse, je me sens presque déprimée.
- Mesdames, laissons tout cela ici. La nuit porte conseil et je ne pense pas qu'il y ait de risque immédiat, aussi réfléchirons-nous demain à la manière de protéger vos fortunes inattendues.
Oubliant volontairement de brûler les cartons, c'est en silence que chacun regagna sa chambre.

Antor ne dit rien mais il était tracassé, il trouvait que pour un non combattant, Jon était fort riche et il se demandait s'il n'y avait pas une fraude ou un vol dont l'ancien ne se serait pas aperçu.

Il laissa Aline se coucher et ressorti avec le robot traducteur pour joindre l'Ancien qui répondit immédiatement, persuadé d'avoir fait ses adieux à l'équipage. Sauf une urgence, il ne s'attendait pas à être rappelé.
Antor expliqua son étonnement devant le montant de ce qu'il avait trouvé dans la chambre de Jon. L'Ancien ne comprenait pas davantage. Par sa comptabilité, il avait connaissance des quinze cartons tracés mais pas des autres, aussi se demandait-il d'où ces cartons de lingots pouvaient provenir.

Il réfléchit en silence puis dit tout haut qu'il s'agissait peut être d'une partie de la fortune des équipages morts au combat que Jon aurait pu soutirer au chef en le faisant chanter s'il avait eu connaissance de son plan d'enrichissement personnel.
L'Ancien fut très surpris d'entendre Antor préciser que les femmes n'en voulaient pas car le cadeau leur apparaissait bien trop important et n'était pas justifié.
- Je ne comprends pas cette façon de penser, qui refuserait de l'or ? avoua-t-il.

Antor expliqua ce que le père d'Aline leur avait dit, qu'un cadeau ne devait pas être trop important pour être accepté et faire simplement plaisir. Le sens de l'offre se transforme de plaisir à attendus, lorsque la valeur augmente. Le cadeau perd sa gratuité et de remerciement se modifie en un contrat bilatéral induit.
- Bien, j'ignorais cela. Je serais heureux de rencontrer ces femmes. Elles sont d'une essence rare... Je vais essayer de faire le voyage, je te préviendrai.
Puis il interrompit le lien.

C'est très embarrassé qu'Antor rejoignît sa chambre.
L'Ancien arrivait. Il se doutait qu'il ne se rendrait pas invisible et qu'il viendrait seul, mais combien de temps resterait-il et pour quoi faire ? Lui qui pensait avoir rompu les liens, il n'aura jamais autant fréquenté l'Ancien ni été aussi proche.

La semaine prochaine sera celle de Noël. Sa belle-famille devrait venir. Il y avait eu tant d'événements à gérer que le temps avait filé et qu'il ne s'était pas occupé de leur voyage bien qu'il ne soit pas contraignant de faire un aller-retour à Sèvres. Il préfèrerait toutefois, que l'Ancien ne vienne pas alors que la maison serait pleine, Mic, Liv comme lui manqueraient alors de disponibilité pour le recevoir et que dire de sa nature à la famille, l'histoire de la Sibérie ne tiendrait plus.
Demain, sous prétexte d'organisation, il appellera l'Ancien pour lui demander d'éviter cette semaine de fêtes.

Il se coucha sur le canapé du bureau, la tête pleine de tâches à remplir, sa migraine provoquée par le traitement de transformation commencé il y a une dizaine de jours, sembla amplifier dans le noir et le silence. Il essaya de se concentrer sur son amour pour Aline et le manque d'elle se substitua au reste au point que n'y tenant plus, il traversa les portes pour s'allonger auprès de la jeune femme sans la réveiller.

Aline sommeillait en espérant son retour. Elle le sentit se coucher mais ne bougea pas pour autant. Il passa la main dans ses cheveux avec sa douceur habituelle puis lentement, avec délicatesse, il l'attira contre lui. Elle put enfin sentir les battements de son cœur, lents et réguliers, rassurants et protecteurs. La poitrine d'Antor montait et descendait, lui rappelant le flux et le reflux des vagues. C'était bon, elle se sentait bien étendue contre lui, savourant sa silencieuse et bienfaisante compagnie. Elle aimait sentir son grand corps enroulé contre elle, peau contre peau, sous les draps. Malgré tout ce qui pouvait les séparer, Antor était celui qu'elle attendait depuis toujours.

Environné et apaisé par l'odeur familière de la jeune femme pour laquelle il était prêt à faire toutes les folies, il se laissa enfin emporter par le sommeil emmenant son aimée avec lui.

30

Ils se réveillèrent à sept heures, reposés et commencèrent à installer la table pour le petit déjeuner. Liv et les deux amies partiraient bientôt pour le laboratoire, un peu en trainant les pieds et c'est Maëlle, Mic et lui qui s'occuperont du rangement de la cuisine avant de s'attaquer aux travaux du jour.

Pendant le petit déjeuner, il fut décidé que l'or des femmes serait pour le moment stocké dans des coffres nominatifs au sein d'une banque et qu'elles donneraient une procuration à leurs compagnons respectifs dès que possible. En attendant, ils l'entreposeraient dans la cave à vin, derrière les casiers dont certains sont chargés de vieux crus empoussiérés probablement imbuvables, après avoir pris soin en tout premier, de brûler les emballages.

En passant l'éponge sur la table, Antor se souvint des railleries de Jon qui se moquait de la façon dont ils avaient été domestiqués, réduits à des serviteurs par de faibles femmes.

« Dans notre monde, nous étions devenus des morts en puissance qui pouvaient tout exiger pendant le temps de notre survie. Le fait de remettre nos fins de vie à une plus lointaine échéance nous donne le temps de participer à tout ce qui fait les joies et les désagréments du quotidien. Laver la vaisselle n'est pas forcément agréable, ni intelligent, mais participe au mieux-être de tous, alors qu'importe être de corvée un matin de temps en temps, si le résultat rend l'ensemble de nos amis heureux.
« *Chez nous l'on partage les bons et les mauvais moments... L'essentiel c'est de participer, pas de faire des exploits...* » disait Aline et elle avait raison ! »

Il aimait cette philosophie et lava, rangea et balaya sans se sentir atteint ou diminué dans ce qui faisait de lui un mâle, chez lui dominant, ici responsable de leur petit groupe et amoureux d'Aline.

Dès que Mic, Liv et Maëlle furent prêts, ils se rendirent dans la chambre occupée par Jon. Ils brûlèrent dans un gros tonneau trouvé dans une dépendance ce qui de ses affaires ne pouvait plus être utilisé ainsi que les emballages des lingots qui étaient au fur et à mesure rangés dans la cave à l'abri des regards, en parts distinctes mais égales.
Afin d'éviter des manipulations inutiles, Liv proposa à Maëlle de louer dès aujourd'hui un coffre dans une

banque, comme Aline l'avait suggéré la veille et d'y transporter sa part. Ils iraient en voiture et à deux porteraient l'or dans des sacs. Pour transporter une centaine de kilos d'or à deux, plusieurs voyages seront nécessaires même si Liv est capable de porter des charges lourdes.

Ils firent ce qui avait été convenu et partirent en fin de matinée après avoir réservé un coffre par téléphone et pris rendez-vous. Le coffre retenu là où elle avait fait transférer son compte courant et les autorisations d'accès déposées par Maëlle pour Liv, ils commencèrent une noria de plusieurs voyages mais finalement, bien organisés ils terminèrent assez vite.

Ils regardèrent la grosse grille de la salle des coffres puis la porte blindée se refermer derrière eux avec une certaine satisfaction et éprouvèrent la joie d'avoir bien occupé leur matinée.

Ils déjeunèrent d'un croque-monsieur dans un café ensoleillé avant de rentrer à la maison.

Ils retrouvèrent Antor un peu ennuyé. Il venait d'apprendre que l'Ancien arriverait dans deux jours et s'attendait à rencontrer les trois femmes, ce qui signifiait qu'Aline et Myriam devraient encore prendre des congés. Cette nouvelle absence risquait de contrarier les responsables du laboratoire.

-       Elles n'ont plus besoin de travailler pour un employeur. Aline nous avait dit réfléchir à la biodégradabilité des plastiques qui polluent les mers et tuent les animaux marins. Ce serait le moment de se pencher sur ce projet. A nous tous, peut-être aurions-nous une idée génialissime ! Remarqua Mic.

-   Notre laboratoire ne sera pas prêt avant plusieurs mois, elles n'aimeront pas rester inoccupées répondit Antor.

-   Peut-être faudrait-il commencer par construire le labo de chimie ? A mon avis, il faudrait le séparer du notre, nous n'avons pas besoin des mêmes instruments et des mêmes agencements.

-   Oui, tu as eu une bonne idée, la création du labo de chimie pourrait être confié à une équipe de maçons du pays et nous pourrons sécuriser les résultats de leurs travaux dans nos bureaux, ici pour commencer et ensuite dans le coffre-fort des dépendances. Nous allons faire construire une pièce qui résistera à tout, y compris aux attaques nucléaires, autant qu'elle serve ! Nous en parlerons ce soir et elles peuvent s'offrir quelques semaines d'hiver dédiées à la réflexion et aux vacances. Après Noël, lorsque la famille sera repartie, j'aimerais que nous allions quelque part à la neige, aucun de nous ne sait de quoi il s'agit en vrai mais il parait que le froid est vivifiant.

-   Nous pouvons nous offrir une promenade, j'ai hâte d'y être et le manque de stress se fait sentir, ajouta Liv, j'ai besoin de bouger.

-   As-tu pris rendez-vous avec les pompiers ?

- J'ai appelé mais pour avoir le responsable, il faut attendre janvier, une histoire de bilan de fin d'année à rédiger…

Les trois hommes continuèrent à discuter puis ils allèrent à pied inspecter les dépendances afin de déterminer laquelle serait la plus propice à l'installation rapide du laboratoire des deux femmes avant de leur en parler.
Puis arriva l'heure d'aller les chercher.

C'est toujours avec beaucoup de trouble et d'émotion qu'Antor regarda Aline s'approcher toute souriante à l'idée de le retrouver.
« Elle est tellement tout et elle m'aime ! J'ai du mal à m'y habituer » pensa-t-il.
Elle l'enlaça et posa son visage contre son cœur avant de déposer un baiser léger sur sa poitrine puis sur ses lèvres, baiser qu'il lui rendit avec plus de passion.
- Nous avons terminé d'exploiter les résultats obtenus lors de la dernière campagne. C'étaient des vérifications à mettre à jour, rien de plus barbant mais il fallait bien que quelqu'un s'en charge !
- Justement, nous avions quelque chose à vous proposer, mesdames. Grâce à l'or de Jon, que penseriez-vous d'aménager votre laboratoire et de vous consacrer à ce continent de plastique dont nous avons déjà parlé ? L'Ancien a annoncé son arrivée

après-demain et exige de vous rencontrer ; plutôt que de prendre encore des congés pourquoi ne pas démissionner et travailler dès janvier sur ce qui vous intéresse vraiment ? Maëlle a rendez-vous avec le concepteur du sous-marin et bossera sur les modifications proposées. Il est évident que nous vous soutiendrons et nous pourrions même utiliser nos compétences pour vous aider.
-		Pourquoi pas, répondit Myriam. Le laboratoire a des idées mais manque de moyens et entre les deux campagnes annuelles, c'est un peu mort, même s'il y a toujours des trucs à faire. Je trouve que développer des recherches personnelles est une bonne idée et nous n'avons plus de soucis financiers grâce à l'affreux pot de colle et à votre Ancien. En plus, démissionner maintenant nous permettrait d'être tranquilles pour les fêtes et disponibles pour vos invités. Je vote pour et je vais m'en occuper tout de suite.
Aline était plus prudente, elle se demandait si sa carrière pouvait se développer de la même façon que si elle avait une expérience au sein du centre océanographique.
« Ce serait différent mais sans doute plus riche que ce que tu aurais fait avec ton laboratoire actuel. En tant que nouvelle diplômée tu n'es pas sur les projets les plus intéressants, il y a des chercheurs plus anciens qui passent avant toi. Indépendante, tu ferais ce que tu veux et nous pourrons t'aider. Remarqua Antor en

aparté. L'avantage c'est que nous serons tout prêts l'un de l'autre et nous pourrons en toute liberté coordonner nos temps de pause. Pour le moment, l'Ancien a annoncé sa venue et souhaite vous rencontrer et vous ne pouvez pas refuser. »
« C'est vrai que travailler en équipe, avec Myriam et vous pourrait être un sacré défi. »
La sonnerie de son téléphone retentit.
« Excuse-moi, c'est mon père… » dit-elle en s'écartant.

Elle revint un moment après.
-   Papa confirme qu'ils seront prêts à embarquer à l'heure convenue mais il annonce aussi qu'une de mes cousines, Mylène, a beaucoup insisté pour se joindre à eux après qu'elle a entendu mes parents vanter tes mérites. Papa est ennuyé à cause de la navette parce qu'elle n'est pas des plus discrètes. Pour ma part, je ne l'apprécie pas, elle est terriblement prétentieuse, persuadée d'être la plus belle, la plus intelligente, celle dont on ne peut se passer… Elle n'est pas la cousine que j'aime le plus et je redoute les ennuis.
-   Quels ennuis ?
-   Tu verras, elle essaiera de s'infiltrer, de s'imposer et de faire en sorte que vous la jugiez incontournable ou indispensable… Elle ne craindra pas de s'attaquer à l'un de vous si elle espère trouver du bénéfice au rapprochement malgré notre présence.

- Ma chérie, répondit-il amusé, douterais tu de la solidité de nos sentiments pour vous ?
- Non mais tu ne l'as pas vue à l'œuvre ! C'est une… une mante religieuse, elle est très intéressée et papa a dû laisser entendre que vous avez des moyens financiers pour qu'elle s'incruste. Donc j'ai des craintes pour vous et pour nous. Elle n'a vraiment peur de rien quand son intérêt est en jeu, même en famille sa réputation la précède.
- Eh bien nous voilà prévenus ! dit-il un peu agacé et meurtri qu'Aline doute autant d'eux.

« Pourquoi ne nous accorde-t-elle pas davantage de confiance ? Comment peut-elle imaginer que nous soyons prêts à manquer à notre parole ? »

- Ma chérie, nous serons sur nos gardes et vous serez là, prêtes à nous sauver des griffes de Mylène !
- Tu prends cela à la rigolade, attends de la voir à l'œuvre et avec elle, sache qu'un *secret c'est une information partagée avec une personne à la fois*. Ta navette sera connue de tous en une semaine.
- Tu es sûre de toi ? dit-il, inquiété tout à coup.
- Absolument certaine.
- Je vais appeler ton père.

Il revint peu après.

- C'est arrangé, fais-moi un sourire ma chérie ! Elle prendra le train car nous n'avons pas assez de place pour transporter plus de quatre personnes en plus de l'équipage. Donc comme convenu, nous irons

chercher ta famille à Sèvres et Mylène viendra par ses propres moyens. Ici, la navette sera en mode invisible. Ton père n'était pas ravi qu'elle se soit invitée. Il aurait tenté de la dissuader et il a confirmé qu'elle était dangereuse pour notre anonymat.
- Pas que pour ça mais tu verras, peut-être faut-il que vous soyez confrontés à ce genre de personnage pour vous aguerrir ? Quand l'Ancien doit-il venir ?
- Après-demain, il faudra prévenir le laboratoire de votre absence.
- J'ai réfléchi, je ne suis pas sûre d'être indispensable et nos projets à nous me paraissent plus intéressants que ceux du labo. Je démissionnerai demain et comme je suis en période d'essai, je n'aurai pas de préavis à effectuer, ce qui ne sera pas le cas de Myriam. Elle pourra se mettre en sans solde pour la fin de l'année et négocier pour la suite.
Dis-moi, que nous veut ton Ancien ?
- Je ne sais vraiment pas. Il vous a fait don de l'or de Jon, ce qui était déjà surprenant et a semblé séduit par ce que j'ai dit de vous. Il veut vous rencontrer et vous connaître ; vous êtes très différentes des femelles de là-haut, qui ne sont pas instruites. Elles sont restées soumises, ne se préoccupent que de leur charme pour garder le partenaire avec lequel elles sont liées et de leurs enfants. Elles reproduisent depuis des siècles le même modèle social, fournissant un guerrier

à l'état qui, jusqu'à il y a quelques jours, le prenait en charge dès sa naissance, l'éduquait à être un soldat sacrifié pour le bien de tous. L'ancien semble déjà avoir modifié cela, le reste est plus difficile à faire.

- Une révolution sociétale ne se fait pas en un jour car souvent, ici il y a des résistances, voire des affrontements entre ceux qui veulent conserver les traditions et ceux qui aspirent à plus de modernité et d'égalité entre les sexes. Est-ce que ton ancien se montrera ?

- Je ne sais pas, mais il n'est pas du genre à se cacher même s'il n'est pas provocateur comme Jon. Il a à peu près la même silhouette longue et fine mais sa couleur est devenue dorée en vieillissant et maintenant qu'il a perdu de la matière, sa peau s'est ridée. Est-ce que vous pourrez être aimable avec lui ?

- Nous l'avons été avec Jon, pourquoi voudrais-tu que nous ne le soyons pas avec ton Ancien ? Il nous a en plus offert un énorme cadeau, sans raison. Ce que je crains c'est qu'il dévoile des attentes ou demande des contreparties lourdes et contraignantes que nous ne pourrons pas refuser à cause de cet or.

- Il veut comprendre qui vous êtes et pourquoi nous sommes amoureux de vous, j'ignore s'il a d'autres desseins, il ne m'en a pas fait part.

- Antor, tu ne te plains plus des maux de tête.

- Non, la transformation est terminée, je suis ainsi que Mic et Liv, devenu un homme à part entière avec toutes ses fragilités.
- Alors nous sommes compatibles maintenant ?
- Totalement, bien qu'il faille patienter quelques semaines pour que tout se stabilise. Es-tu pressée de le vérifier ?
- Non pas vraiment, je veux profiter de toi encore un peu et nous ne sommes pas encore fiancés. Nous devrons être plus prudents afin d'éviter les surprises non programmées. Je vais m'en préoccuper ne t'inquiète pas.

La soirée se déroula sans accroc mais tous étaient pris par le fait de savoir que l'Ancien venait sur Terre pour les voir et rencontrer les trois amies, sans doute même pas dans l'ordre énoncé.

La journée du lendemain passa rapidement, lorsqu'ils se séparèrent le soir, la nervosité de chacun était à son comble. Les amis ne comprenaient pas le but de cette visite et les femmes ignoraient à quoi s'attendre.

31

Le jour J, les femmes préparaient le déjeuner lorsqu'elles entendirent Antor les appeler.
Elles avancèrent sur le perron et rejoignirent leurs compagnons pour apercevoir un éclair doré vite disparu puis un trou noir se matérialiser devant eux. Deux gardes robots sautèrent sur le sol, regardèrent tout autour d'eux puis firent un signe, l'un tendant sa main pour aider l'Ancien qui apparut en tenue de vol.
Il descendit de la navette en s'aidant comme marchepied, de la cuisse du garde-robot caparaçonné de cuir qui avait mis un genou à terre. Les trois hommes inclinèrent la tête et le buste pour saluer leur ancien grand chef.

Les femmes échangèrent un regard, la vue de l'Ancien n'était pas différente de celle à laquelle Jon les avait habituées, seule la couleur jaune clair et les rides profondes du visage différaient.
« Un vieux chewing-gum à la vanille » pensa Aline et elle sentit Antor étouffer un gloussement mais ses yeux pétillaient d'amusement.

- Ça ne va pas mon chéri ? murmura-t-elle.
- Non, non, ce n'est rien, répondit-il, avec un sourire.
« Tu n'as pas intérêt à le manger ou le sucer, je ne pourrais pas accepter ça ! »
« Beurk ! »

La voix du robot traducteur les sortit de leur aparté mental. Il salua les femmes avant de remercier les hommes ainsi qu'il l'avait appris.
Antor fit les présentations et les invita à entrer après avoir confirmé que bien qu'en sécurité, il valait mieux que la navette reste invisible.

Ils pénétrèrent dans la maison et se dirigèrent vers le salon.
Aline proposa du café ou du thé, Antor expliqua qu'il s'agissait d'infusions à base de plantes. L'ancien accepta et comme les trois hommes pris un biscuit qu'il goûta après l'avoir longuement observé.

Aline expliqua à l'Ancien que les femmes devaient finir de préparer le repas et qu'elles laissaient les messieurs lui montrer sa chambre.
Antor fit un signe de la tête et elles s'éclipsèrent.
- Les femmes ont-elles peur de moi ?

\- Non, comme vous l'a dit Aline, elles finissent de préparer le repas et de mettre le couvert puis elles nous appelleront lorsque tout sera prêt.

\- Bien, je ne souhaite pas qu'elles se sentent gênées dans leurs habitudes. Vous n'avez pas de robots pour le service ?

\- Non, nous ne sommes pas encore complètement installés, nous voulons aller à leur rythme et nous faisons encore des découvertes tous les jours. Ici, les femmes travaillent à l'extérieur et s'occupent de l'entretien des locaux et des courses, de leur conjoint et des enfants. Leurs journées sont très longues. Aline et ses amies sont aussi très actives.

\- Ont-elles toutes fait des études ?

\- Oui, des études longues pour la Terre. Aline est une jeune diplômée et Myriam ne travaille que depuis deux ou trois ans. Elles sont ingénieures spécialisées dans l'étude et la préservation des milieux marins et Maëlle est ingénieure en aéronautique. Myriam et Maëlle sont apparentées.

\- Elles sont très belles toutes les trois. Je comprends votre attirance.

\- Elles sont intelligentes mais surtout, elles ont du cœur et s'intéressent aux gens plus qu'à leur fortune ou ce qu'ils représentent. Elles ont été éduquées de cette façon, dans la plus grande honnêteté.

\- Etes-vous liés tous les trois ?

- Oui, nous sommes liés à la façon de chez nous. J'ai rencontré la famille d'Aline et elle viendra à la fin de la semaine pour formaliser notre engagement. Je lui remettrai une bague et l'été prochain, nous nous marierons. Le mariage est un engagement indissoluble en principe mais il y a des exceptions acceptées.
- Donc Antor, tu as décidé ce mariage.
- Non, nous l'avons décidé ensemble car ici l'homme et la femme sont totalement égaux.
- Bien, bien… Cette égalité comment se manifeste-t-elle ?
- Elle existe en tout y compris dans la loi, même si encore récente, elle peine parfois à se mettre en place. Il y a des femmes soldats, médecins, pilotes et tout ce qui peut être imaginé. En fait, elles choisissent leurs études et si elles réussissent elles peuvent se révéler aussi bonnes que les hommes.
- Elles ne sont pas aussi fortes…
- Physiquement non, mais les outils modernes ne demandent pas de la force mais du sang froid afin de juger juste et de n'agir qu'à bon escient.

La discussion roula jusqu'à ce qu'Aline vienne les chercher.

Pendant le repas, la discussion roula sur leurs projets d'aménagement de la propriété puis sur ceux concernant leur développement professionnel.

L'ancien comprit mieux que ces femmes qui portaient des pantalons de toile bleue semblables à ceux de leurs hommes, sans perdre leur féminité, étaient fortes, capables d'assumer deux vies parallèles. Elles réfléchissaient avant d'agir, participaient autant que des mâles aux travaux difficiles ou aux décisions, tout en rendant les hommes auxquels elles étaient liées heureux. Il n'avait jamais vu cet équipage aussi serein, souriant et comblé. Il avait un modèle sous les yeux et il devait y réfléchir pour l'adapter au mieux à sa planète.

« Il faudra commencer par éduquer les jeunes. »

- Mesdames, accepteriez-vous de me conseiller ? Je m'aperçois que chez nous les femelles manquent d'indépendance et sont perdues lorsque le mâle auquel elles sont liées disparait et leur salut se trouve dans la quête d'un autre mâle qui à son tour les protègera.
- Il faut du temps pour faire progresser une société, monsieur, remarqua Maëlle.
- Oui mais il y a des siècles que plus rien de change chez nous et nos meilleurs mâles sont tentés par la vie ailleurs. Dites-moi comment vous feriez pour aller plus vite ?
- En éduquant les plus jeunes, en essayant d'envoyer des adolescents vivre ici quelques mois, le problème c'est que physiquement ils ne sont pas très ressemblants aux humains. Il faudrait envisager des transformations réversibles au bout de deux ou trois

ans, le temps de comprendre notre environnement et de n'en garder que le meilleur avec des incitations au retour parce qu'ils pourraient être tentés par une immigration définitive.

Ils passèrent au salon et pendant que les hommes débarrassaient la table, les femmes échangeaient avec l'Ancien, oublieuses de leurs différences.

L'Ancien était fasciné par les trois amies qui, bien que ne se ressemblant pas, s'écoutaient, se contredisaient, réfléchissaient ensemble à voix haute, pour essayer de construire un embryon de projet.

- Avez-vous grandi ensemble ?
- Non, je ne connais Myriam et Maëlle que depuis trois mois, pourquoi ? demanda Aline.
- Parce que vous agissez ensemble pour trouver le meilleur plan.
- Nous avons suivi des formations qui mettent l'accent sur le travail en équipes. Nous sommes habituées à réfléchir avec nos semblables.
- Comme les garçons…
- Nos écoles sont mixtes dès les petites classes et lorsqu'on travaille ensemble, personne ne s'occupe de savoir si le coéquipier est un homme ou une femme, sauf exception. L'essentiel c'est qu'il soit compétent.
- C'est fascinant. Accepteriez-vous que je vous sollicite pour faire avancer mon projet ?

- Vous nous avez offert un somptueux cadeau, si vous avez des soucis, n'hésitez pas à nous appeler.
- Viendriez-vous nous voir sur place ?
- Accompagnées par nos conjoints, pourquoi pas ? Nous sommes indépendantes bien que liées mais il nous faudrait leur accord pour partir si loin d'eux.
- Je verrai cela avec Antor. Je suis vraiment enchanté par ce voyage et vous m'éblouissez mesdames.

Les hommes les rejoignirent enfin et la conversation roula sur les travaux prévus, le laboratoire des femmes et celui des hommes, leurs projets professionnels. L'Ancien était curieux de tout et les écoutait échanger, rire et se taquiner.

- Et toi Liv ? tu es un bon pilote, comment vas-tu t'occuper ?
- J'ai posé ma candidature pour devenir pilote chez les pompiers. Ils ont besoin d'appareils maniables et rustiques avec des moteurs puissants. Ce sont de gros réservoirs d'eau volants qui servent à éteindre les feux de forêts l'été.
- Voilà quelque chose qui te ressemble, tu as besoin d'un peu d'adrénaline pour vivre.
- C'est vrai mais j'éprouve le besoin de retrouver Maëlle aussi ne serai-je plus prêt à tout risquer. Je ne suis plus désespéré car j'ai des projets de vie à présent et je ne suis plus seul.

- ... Voilà, ce qui manque à nos jeunes, l'espoir ! dit l'Ancien surpris d'avoir enfin mis le doigt sur le vrai déficit de la population qu'il administre.
Comment donner de l'espoir aux jeunes générations ? Comment font vos dirigeants ?
- Je l'ignore mais il me semble qu'il y a des critères indispensables : la paix, la sécurité, la disparition de la corruption, le dynamisme de l'Etat, être sûr que la vie des plus jeunes sera meilleure que celle de leur parents, l'ouverture sur les autres... l'égalité, la fraternité...
- Autant de chantiers pour nous... il y a longtemps que nous ne leur avons pas fait de propositions enthousiasmantes. Nous n'avons hélas que reproduit ce qui semblait fonctionner. Nous devons donner à nos jeunes l'envie d'avoir tout cela mais avant il faudra convaincre les anciens de la nécessité du changement.
- C'est ce que je disais, il faut du temps pour planter les graines et les regarder grandir avant que les fleurs éclosent et portent des fruits. Dans notre pays, nos anciens ont aboli la royauté il y a plus de deux cents ans et tous les problèmes ne sont pas encore réglés mais nous avons de l'espoir et c'est ce qui fait tenir le monde, parvenir à s'approcher des jours meilleurs.

Les trois amis se regardaient sans dire un mot, assistant avec un certain étonnement aux échanges sans langue de bois entre l'Ancien et les trois femmes.

- Je vais me retirer dans ma chambre mais vous m'avez enrichi et je suis vraiment très heureux que cet équipage vous ait trouvées. Je suis tranquillisé car je n'aurais pas aimé du tout qu'ils aient rencontré des voleuses cachées sous une belle apparence.
- Ils ne se seraient pas liés à des femmes de cet acabit, protesta Maëlle.
- Le chant des sirènes perfides peut faire des ravages... J'étais inquiet mais ne le suis plus. Je suis certain que nous allons collaborer, en fait vous n'êtes pas si loin et le voyage est facile.

Puis il partit vers le grand escalier.

Ils écoutèrent le bruit de ses pas décroitre et disparaitre après un léger claquement de porte.
- Que.... Commença Maëlle, vite interrompue par Antor qui mit un doigt sur sa bouche avant de dire.
- Bien mesdames, nous avons tout rangé et il est l'heure d'aller nous coucher. Un petit déjeuner à sept heures trente vous irait-il ? Nous devrons prévoir la venue de la famille d'Aline et la récupération de Mylène la cousine contre laquelle j'ai été mis en garde.
- Qu'a-t-elle cette cousine ?
- Elle adorerait prendre ce qui n'est pas à elle et elle raffolerait de l'odeur de l'or. Faites attention à vos chéris mesdames. Dit Antor sur un ton un peu sarcastique.

La mine des deux cousines se ferma pendant que les hommes protestaient.

- Je ne veux pas insister, ajouta Aline, mais faites attention à vous, elle jouit d'une affreuse réputation bien méritée...
- Pourquoi a-t-elle été invitée à vos fiançailles ?
- Elle l'a appris alors qu'elle était en visite chez mes parents et s'est imposée, surtout à partir du moment où mon frère a dit qu'une navette prototype viendrait les chercher. Antor a précisé à mon père que la navette ne pouvait pas tous les transporter mais elle a dit qu'elle viendrait en train. Il n'y a pas eu moyen de l'amener à renoncer. C'est pourquoi je redoute qu'elle jette ses crampons sur l'un de vous. Elle suppose déjà que vous êtes riches mais lorsqu'elle verra que vous êtes beaux... elle ne pourra pas de pas réagir.
- Avons-nous droit de demander à Albert de la jeter à la mer ? demanda Maëlle à demi sérieuse.
- Ne rigole pas avec ça, mais j'augure une mauvaise fin d'année.
- Alors que vos fiançailles devraient être un jour de bonheur pour tous... c'est chiant ! déclara Maëlle.
- J'aimerais tant me tromper.

Il se séparèrent sur ces paroles désabusées.

32

Le lendemain, l'Ancien s'envola vers dix heures, satisfait par un séjour qui disait-il, lui avait ouvert des perspectives. Lesquelles ? se demandaient-ils tous.

Antor et Mic aidèrent à leur tour leur compagne à mettre leurs sacs d'or à l'abri d'éventuelles convoitises. Leurs banques étant ouvertes elles purent, elles aussi donner des procurations à Antor et à Mic.
Ensemble ils allèrent faire des courses pour satisfaire l'appétit de onze personnes plus Germain et Martine auxquels ils sont associés, pendant une semaine. Ils ne furent pas trop de quatre pour penser à tout, un sapin et ses décorations compris et pour le moment, aucun cadeau de Noël n'avait été prévu.

Ils rentrèrent fatigués par toutes ces manutentions et se posèrent avant le diner pour prendre un apéritif. La visite de l'Ancien vint évidemment sur le tapis et ils se demandèrent ce qu'il pouvait bien avoir en tête en demandant leur aide.

D'ici et d'ailleurs

- Je m'étonnais qu'il vous abandonne l'or de Jon et je redoutais une contrepartie mais je n'avais pas imaginé qu'il demanderait votre aide pour les jeunes. Je présume qu'il vise l'éducation des femmes et des enfants.
- Lorsqu'il a dit que nous pouvions aller là-bas, j'ai répondu « pas sans nos compagnons », il a paru surpris mais il a admis que nous ne voulions pas être séparés. Donc si nous sommes invitées, ce sera accompagnées. Vous pourrez en profiter pour cultiver vos amitiés.
- Tu connais nos amis, ils se résument à notre trio, augmenté des femmes de nos amis et c'est suffisant, il n'y a ainsi aucune perfidie à redouter.

Ils dînèrent puis chaque couple se retira dans son coin pour passer la soirée en tête à tête.

Le lendemain, leurs invités devaient arriver. Levés tôt, ils firent les lits mais laissèrent Mylène s'occuper du sien. Il était nécessaire qu'elle comprenne très vite qu'elle ne serait pas servie, n'étant pas invitée ni vraiment attendue.

Liv partit avec Antor à dix heures. A onze heures, ils étaient tous arrivés, puis Antor se dévoua pour aller chercher Mylène à la gare, avec le père d'Aline qui conduisait le véhicule de Maëlle.

- Je suis navré mais cette nièce s'est imposée dès qu'elle a imaginé pouvoir voyager à l'œil dans une

navette prototype. Notre fils est enthousiaste et il a été un peu bavard.
- Ah, je comprends mieux ! Que sait Mylène ?
- Hum… « *Vous seriez blindés de tunes, géniaux et possèderiez une incroyable navette.* » voilà le message qu'il a fait passer en riant et elle l'a pris au premier degré. Nous lui avons fait la leçon, il a compris et devrait vous demander de l'excuser mais nous n'avons pas réussi à nous débarrasser d'elle. Faites attention, elle est envieuse et risque d'essayer de mettre le grappin sur l'un de vous, peut-être sans qu'il le réalise avant qu'il soit trop tard. Un conseil, ce soir ne dormez pas seuls !
- Nous sommes très attachés à nos compagnes et je n'imagine pas qu'elle réussisse.
- Ne traitez pas cela à la légère Antor, elle n'hésitera devant rien et elle est très belle.
- Nous arrivons, garez-vous là, où avez-vous rendez-vous ?
- Devant la gare. Je vais aller… la voilà. Oh que de valises ! Elle n'en aurait pas davantage si elle déménageait ! La garce, je suis persuadé qu'elle va essayer de prolonger son séjour, à tous les coups.
- Non, après le jour de l'An nous partirons tous en vacances et elle n'est pas invitée. Il ne sera pas question qu'elle tienne la, quel est le mot c'est comme la bougie...

- La chandelle ! Attention, évitez de lui en parler, elle fera en sorte que vous ne puissiez faire autrement que l'emmener avec vous.
- Nous voulons la paix dans nos ménages et ils ne seront pas à trois.
- N'oubliez pas ce que je vous ai dit, elle arrive, laissez là trainer ses valises.
- Mon oncle, vous pourriez m'aider, dit-elle essoufflée.
- Pourquoi t'es-tu chargée ainsi, pour deux jours tu avais à peine besoin d'un sac.

Elle s'était arrêtée à quelques pas de la voiture et des lumières dans les yeux, regardait Antor déployer sa haute stature.

- Bonjour, c'est gentil d'être venu me chercher. Permettez-moi de vous dire que vous êtes magnifique.
- Je suis Antor, le fiancé d'Aline.
- Mylène, parvint-elle à murmurer en minaudant.

Ils repartirent et arrivèrent bientôt à la propriété.
- J'adore votre maison, elle a beaucoup de classe.
- Mes amis et moi ne sommes pas chez nous, ce sont nos femmes qui ont acheté la propriété. Il y a des dépendances que nous allons transformer pour en faire des locaux professionnels.
- C'est vrai, Aldric disait que vous étiez géniaux.
- Il est jeune et facilement impressionné. Nos femmes, elles, sont géniales, pleines d'idées et très douées. Elles sont pétries de qualités.

- Mais vous…
- Mylène, nous sommes arrivés et Antor a autre chose à faire. Sors tes valises, ta chambre est au deuxième étage, je vais t'accompagner. Ils sont tous occupés alors suis moi, donne-moi ton sac à dos.
- Personne ne peut porter mes bagages ?
- Non, tu n'étais pas invitée, sois satisfaite d'être reçue et hébergée, tu n'as que moi mais tu sais que je sors à peine de mon fauteuil roulant, alors tu portes tes valises. Pourquoi as-tu pris d'aussi gros bagages pour deux jours, c'est insensé !

C'est le sourire aux lèvres qu'il monta l'escalier et l'entendit maugréer et souffler en tirant sa première valise derrière lui.
« Non mais… nous allons la marquer à la culotte et la ramener au train le plus vite possible, il ne manquerait plus qu'elle mette le bazar dans la reprise ! » pensait-il.

Un long moment après, Mylène redescendit et rencontra les trois amis et Aldric qui discutaient dans le salon de son premier trimestre en école d'ingénieurs. Le jeune se lamentait que dans sa promotion, les filles étaient peu nombreuses.
Le jeune cousin de Mylène fut à peine poli avec elle lorsqu'elle arriva, mais elle tomba en arrêt devant la stature des trois hommes.

- Vous êtes incroyables, dans quelle potion magique êtes-vous tombés ? dit-elle la main sur ses lèvres et les yeux brillants.
- Arrête de baver et ne te monte pas le bourrichon ! cracha Aldric. Ils sont tous les trois maqués et leurs femmes sont des amies. Elles sont ici chez elles parce qu'en plus tu n'ignores pas que tu es chez elles, tu ne pourras pas les chasser de leur maison.
- Tant qu'ils ne sont pas mariés, la chasse est ouverte, répondit-elle l'air de rien, et puis une maison ça se rachète.
- Vous avez compris les mecs, quand Mylène parait, les bijoux de famille doivent disparaitre.

Si elle pâlit sous l'outrage, les trois hommes qui avaient compris le sens de la réflexion d'Aldric à défaut des détails, éclatèrent de rire puis avancèrent la main en avant pour se présenter.

- Alors c'est vous Mylène…
- Cette maison est somptueuse, comment ont-elles pu acheter une propriété pareille ? Je ne savais pas qu'Aline avait des moyens, elle travaillait dans un bar pendant ses études.
- Elle ne voulait pas dépendre de ses parents, c'est tout à son honneur.
- Enfin elle a dû être beaucoup sollicitée par tous ces hommes alors que j'ai été davantage préservée.

Antor agacé, serra les dents et s'écarta.

- Oh, vous avez fait des études ? demanda Mic
- Non, je me suis gardée pour le cas où je rencontrerais un homme bien qui corresponde à mes attentes.
- Oh, vous attendez un nabab qui vous regarderait vous peindre les ongles… très peu pour moi. J'aime les têtes bien faites et bien pleines et les filles qui ne se regardent pas le nombril !
- Et moi Maëlle et sa tête pleine de chiffres me va bien, elle me suit volontiers dans mes délires.
- Alors je n'ai plus que vous Antor.
- Non, moi je suis comblé par Aline et elle me suffit.
- Vous ne me connaissez pas, je suis très douée en certaines choses, dit-elle en s'accrochant à son bras. Allons voir les prétendues propriétaires de ce château.
- Elles ne sont pas prétendues…, la décision de vous accueillir leur revient. Ne leur faites pas regretter d'avoir voulu vous faire plaisir pour Noël.

Ils se rendirent bras dessus bras dessous dans la grande cuisine où la mère d'Aline et les trois jeunes femmes plus Christine la sœur d'Aline s'affairaient en riant joyeusement.
- Tiens Mylène, salut, si tu libérais mon fiancé, tu pourrais te joindre à nous et il pourrait vaquer à ses propres occupations.

- Je reste avec Antor, je ne peux pas vous aider car ma manucure date d'hier soir.
- Mademoiselle, tu fais honte à tes parents ! Antor a autre chose à faire qu'écouter tes balivernes lues dans on ne sait quel journal féminin idiot. Quelques minutes à éplucher quelques patates ne gâteront pas tes ongles. Tu n'es pas née avec une cuillère en or dans la bouche dans une maison pleine de serviteurs, alors bouge tes fesses siliconées et participe au travail, autrement je demanderai à ton oncle de te ramener à la gare. Non mais... Antor allez faire ce que vous avez à faire, mon mari avait quelques questions à vous poser.

Antor comprit que les femmes faisaient front commun contre l'intrigante. Il se battit un peu pour se dégager d'une emprise que Mylène ne voulait pas lâcher et quitta la pièce sans un mot de plus.

Aline courut derrière lui et le prit dans ses bras.
- Vous n'êtes pas très aimable avec cette fille.
- Tu ne sais pas, elle a tenté de séduire le mari d'une amie de maman qui a quelques moyens, il a l'âge de papa. L'idée de l'or et de l'argent lui fait perdre toute réserve. Maman ne parvient pas à lui pardonner d'avoir presque réussi à briser leur ménage. Et elle a essayé à nouveau il y a quelques semaines avec un couple de voisins moins âgés, dont les enfants sont à peine

adolescents. Alors je n'ai qu'une crainte, c'est qu'elle s'attaque à l'un de vous.
- Mon cœur, je lui ai dit que nous sommes fiancés.
- N'imagine pas que ce détail l'arrêtera si elle est capable de chercher à séduire des hommes mariés depuis longtemps. Je crois que je ne serai détendue que lorsqu'elle sera repartie. Va rejoindre papa, il est allé vers les bâtiments au fond du parc.

Ils se séparèrent sur un baiser. Antor ne comprenait pas la crainte manifestée par Aline bien qu'il admette qu'il avait eu peur lui aussi, lorsque Jon « pot de colle » cherchait à l'évincer pour prendre sa place auprès d'Aline et ce sentiment de jalousie qui tord le cœur n'est pas agréable !

Elle retrouva les femmes qui déjà étaient saoulées par les lamentations de Mylène. Aline admira toutefois la plastique de sa cousine qui avait dû dépenser beaucoup d'argent en chirurgie esthétique parce qu'elle ne ressemblait plus vraiment à la jeune femme qu'elle avait connue.

« C'est son problème et ses choix, tant qu'elle ne se mêle pas de prendre ce qu'il y a chez moi. »

Mylène, sur un ton mielleux tenta de savoir qui avait acheté le manoir pour les amies, de quelle façon elles s'étaient endettées, puis elle revint sur les trois hommes, cherchant à savoir depuis quand ils se connaissaient d'où ils venaient, si elles avaient une

idée du montant de leur fortune... les questions indiscrètes et sans intérêt pleuvaient, stressant les femmes et faisant fulminer sa tante qui se taisait dans son coin. Elles évitaient de répondre la plupart du temps ce qui renforçait l'insistance de la cousine.
« Avons-nous raison de ne pas lui répondre ? Elle va nous faire craquer ! » se demandait Aline.

Enfin, il fut l'heure de passer à table, Aline appela Antor pour leur demander de revenir.
Le déjeuner se passa tranquillement, Mylène se tut observant les convives et cherchant à créer des contacts visuels avec les hommes, sans succès, ce qui visiblement la faisait enrager. Tous l'évitaient, elle s'en rendait compte et ces esquives exacerbaient son désir d'aboutir et de montrer à ces filles son propre pouvoir.

Après le café, sous ses yeux stupéfaits, les cinq hommes débarrassèrent la table et s'occupèrent de ranger la cuisine pendant que les femmes discutaient de Noël.
Elles virent tout à coup arriver presqu'en courant, un garde robot habillé de cuir noir qui annonça.
- Madame Aline, nous avons une intrusion à signaler. Où se trouve maitre Antor ?
- Dans la cuisine, Albert. Avez-vous pris l'intrus ?
- Ils étaient trois, ils sont sous bonne garde, faudra-t-il les supprimer ?

- Supprimer les gêneurs ? Nous allons y réfléchir, viens avec moi, mais j'aurai peut-être un petit travail à te suggérer, il s'agirait d'une femme cette fois... dit-elle sur le ton d'une confidence mais parfaitement audible. Antor chéri, Albert te cherche, les gardes ont surpris trois intrus, que doivent-ils en faire ? dit-elle d'une voix plus forte avant de regagner le salon.

Sa mère la regarda fixement, Maëlle et Myriam pinçaient les lèvres pour ne pas rire pendant que sa jeune sœur écarquillait les yeux en regardant Aline les rejoindre.
- Qu'était cette chose ?
- C'est notre garde en chef, une sorte de garde du corps aussi, un robot intelligent devenu notre maitre des basses œuvres. Nous en avons assez d'être enquiquinés par des gens sans scrupules, aussi n'hésitons nous plus à les faire jeter au large après un bon coup sur la tête. Ni vu, ni connu, il n'y a pas plus de sang que de cadavre à gérer. Le chef des robots fait ce que nous lui demandons et nous ne nous laissons plus marcher sur les pieds. C'est très satisfaisant.
- C'est toi qui le commandes ? balbutia Mylène.
- Antor ou moi ou les garçons, qu'imaginais-tu ? Tu n'es pas la première à vouloir nous piquer nos fiancés pour l'argent que vous imaginez qu'ils possèdent. Je te déconseille donc de persister dans cette démarche, la méditerranée est froide en cette

saison et peu de bateaux croisent au large, personne ne te verrait plonger et ne pourrait aller te chercher.

- Tu me menaces et vous laissez faire ? répondit Mylène outragée.
- Détrompe-toi, je ne perds pas mon temps à menacer, j'énonce un fait cru et dur mais vrai. Profite de Noël et rentre chez toi, tu n'ignores plus ce qui pourrait t'arriver si tu insistais un peu trop.
- Tu n'oserais pas…
- Tu veux parier ? Laissons les hommes s'occuper des intrus et j'irai te présenter aux gardes, au passage ils t'identifieront ce qui évitera toute erreur d'identification.

Les femmes étaient silencieuses lorsque les hommes revinrent.

- Antor, vous êtes-vous débarrassés des intrus ? Iront ils nourrir les poissons ? demanda la mère d'Aline.
- Non pas ceux-là, ils n'avaient qu'une dizaine d'années et n'étaient pas assez gras pour les requins que nous entretenons. Pourquoi ? Répondit-il en pinçant les lèvres.
- Parce que j'ai expliqué à Mylène que nous n'acceptions plus les emmerdeurs et que les gardes les jetaient à la mer après leur avoir donné un coup sur la tête.
- Ah tu as raconté ça ! Oui c'est vrai, les gens pénibles qui nous empêchent de vivre ou se mêlent de ce qui ne les regardent pas… ne font pas de vieux os.

Nos femmes se sont révélées aussi protectrices à notre égard que nous le sommes envers elles. Le problème est qu'elles ne réfléchissent pas autant que nous, elles réagissent sous l'effet de la colère et les gardes leurs sont tout dévoués. Dommage que certains ne comprennent pas qu'il ne faut pas trop les chatouiller, parce qu'elles sont expéditives et leurs bras armés sont programmés pour exécuter les ordres sans discuter. Nous adorons nos amazones, elles sont de vraies guerrières au point que les autres femmes sont devenues insipides, incolores, inodores et sans aucune saveur ! Elles ne suscitent même plus chez nous un peu d'intérêt.

- Je, je crois que je ne peux pas être votre complice. Je vais faire ma valise si quelqu'un pouvait me ramener à la gare…

- Attends demain matin, prends le temps de chercher une réservation commode. Tu sais, personne ne te met à la porte mais une femme avisée en vaut deux, n'est-ce pas ?

- Je vais aller dans ma chambre faire ma valise, dit-elle en détalant aussi vite qu'un lapin effrayé.

Ils la regardèrent partir en courant, puis la maman d'Aline se mit à glousser, provoquant le rire libérateur retenu par tous pendant toute cette ridicule séquence.

- Seigneur que ne faut-il pas faire pour se faire entendre ! Pauvres de nous ! Murmura Aline.

- Ce n'était pas gentil. Reprocha Antor.

- Elle est folle, si tu l'avais entendue… Albert est arrivé au bon moment.
- Je regrette de ne pas avoir filmé ce sketch, ça valait le coup de vous entendre renchérir sur tous les cadavres des gêneurs éliminés et avec un sérieux… J'en suis épatée. Tu as fait du théâtre à l'école Aline ? demanda Christine sa sœur.
- Non, j'étais juste motivée et chauffée à blanc. Oublions ! Qui étaient les intrus ?
- Des gamins qui avaient l'habitude de jouer dans le parc déserté, ils ont compris qu'ils avaient perdu un terrain de jeu. Cependant, se faire attraper par des robots les a secoués. Ils croyaient qu'il s'agissait d'extraterrestres, rien que cela, il ne manquait que la soucoupe volante à leur récit et peut être quelques petits bonhommes verts. « *E.T. téléphone… maison !* » ajouta-t-il d'une voix plus aigüe, en tendant l'index. C'était d'un ridicule ! Ils risquent de nous faire de la publicité et nous allons voir des parents débarquer… Il faudra certainement gérer la curiosité.
- Ce film n'était pas ridicule ! Tous les enfants ont adoré E.T et qui peut nous assurer qu'ils ne sont pas déjà parmi nous ? Quant à la curiosité, il y en a toujours envers les nouveaux venus, il n'y a rien de nouveau sous le soleil. Déclara Aline.
- Mon cœur, tu es en forme ce soir et je t'adore ! assura-t-il en partant toutefois rejoindre les hommes.

La conversation ponctuée de rires, reprit entre les femmes.

« Elles n'ont pas oublié mais elles sont passées à autre chose. Tant mieux ! »

Antor raconta aux hommes réunis, la scène surréaliste jouée par Aline à Mylène, ce qui les fit rire aux éclats.

- Elle tient à toi et utilise tous les moyens pour te garder, tu dois te sentir flatté. Dit le père d'Aline.
- Pourquoi ne m'accorde-t-elle pas confiance ?
- Il ne s'agit pas d'un manque de confiance. Aimerais-tu que quelqu'un que tu connais pour ses frasques essaye de détourner l'attention et l'affection de ta fiancée ?

Antor repensa à Jon et murmura :

- Je crois que je serais capable de le tuer…
- Tu as la réponse. Lorsque l'on se sent menacés, la réaction pour se protéger ainsi que l'autre et la relation entretenue, peut être violente.

Antor hocha la tête, Mylène avait fait vivre à Aline ce que Jon lui avait fait éprouver, de la colère, de la peur et quasiment de la haine.

« Devenir un humain est perturbant. Je ne me reconnais pas, j'aurais été impassible il y a quelques mois. »

33

Le réveillon de Noël arriva vite. Les femmes n'avaient pas réussi à dissuader Mylène de repartir, elles avaient essayé sans trop insister et le père d'Aline la raccompagna à la gare et au retour leur annonça que terrorisée par les discours entendus, il ne s'attendait pas à la revoir bientôt. Ce qui soulagea sa famille bien que ce ne soit pas charitable en cette veillée de Noël.

Germain, leur associé et Martine son épouse, vinrent grossir les rangs des invités et s'entendirent comme larrons en foire avec les parents d'Aline. Ils partagèrent leurs expériences avec le bâton magique et exprimèrent leur admiration pour les trois couples. L'ambiance fût joyeuse pendant tout le diner.

Aline vêtue d'une jolie robe en dentelle noire était radieuse de voir que chacun semblait heureux.
Au moment du dessert, Antor se leva et s'adressa à ses futurs beaux-parents.
- Je voudrais profiter de cette occasion pour vous remercier tous pour l'accueil que vous nous avez

réservé. Nous avons quitté un pays difficile sans espoir mais nous n'imaginions pas que notre avenir affectif n'était pas dans notre région d'origine. Nous avons eu l'immense chance de trouver Aline et elle nous a permis de rencontrer Myriam et Maëlle. Elles ont entre autres choses, appris à rire à Mic et Liv. Je voudrais vous remercier tous, pour l'accueil que vous nous avez réservé. Vous avez su dépasser vos craintes légitimes pour nous ouvrir les bras.

Pour ma part, je suis très amoureux de votre fille Aline et je n'imagine plus une vie dont elle ne ferait pas partie et je sais qu'elle aussi éprouve pour moi quelques sentiments forts. Afin de continuer à vivre en couple dans les règles et selon vos habitudes, je voudrais lui demander si elle pourrait envisager de m'épouser l'été prochain et de faire de moi l'homme le plus chanceux de ce monde et d'ailleurs. Aline veux-tu être ma bien aimée pour l'éternité ?

- Oui, Antor je te l'ai déjà dit, et ne fais pas comme si tu en doutais !

- D'accord, alors ma chérie porte cet anneau, s'il te plait. Il a été fait dans un métal très précieux, indestructible dont la mine se trouve près de chez moi. Il est plus rare que l'or ou le platine et la pierre qui est un diamant de Sibérie est d'après le bijoutier, de la plus belle eau. J'espère qu'elle te plait.

- Il faudrait être difficile, elle est magnifique. Merci Antor, je t'aime, n'en doute jamais. Murmura-telle à son oreille en l'embrassant.
Antor était souriant, confiant, détendu. Son amour pour Aline était devenu officiel, il ne la perdra plus.

Les femmes se levèrent pour venir les embrasser et admirer la magnifique bague.
- Ben dis donc, le caillou est d'un brillant incroyable, lui dit sa maman à mi-voix. Il ne s'est pas fichu de toi ! Ce garçon est merveilleux, je suis heureuse que vous vous soyez trouvés. Cette bande d'amis est tout à fait exceptionnelle.
- Tu es fan maman ?
- Oui, je vous aime tous, vous constituez un bon bouillon d'êtres magnifiques, aimants et cultivés. Que souhaiter de plus pour ses enfants ? Plus d'attendrissements, le gâteau ramollit et il faut le découper. Champagne les garçons et joyeux Noël à tous !

Antor fut appelé par Albert le robot qui l'avertit qu'il devait rappeler l'Ancien.

Le visage assombri, craignant des difficultés, Antor se dirigea vers le bureau où l'attendait le robot de communication avec le traducteur.

La conversation fut brève mais intense. L'Ancien voulait souhaiter de belles fiançailles à Aline et Antor et beaucoup de bonheur. Il se sentait seul et regrettait de ne pas avoir plus de contact avec les trois couples de « Mousquetaires », il avait aimé l'analogie qui lui avait été expliquée et qu'un robot en soit le cinquième l'amusait beaucoup... Un peu apitoyé, Antor répondit qu'il pouvait venir les voir quand il en sentirait le besoin. L'Ancien lui fit confirmer que les femmes seraient elles aussi heureuses de le revoir puis il interrompit la conversation, plus détendu.

« Qu'ai-je fait là ? L'Ancien aurait-il l'envie de contacts plus fréquents ? J'espère qu'il saura rester discret. »

De retour au salon pour prendre un café, il fit part de cette étrange communication à Mic et à Liv. Ils furent eux aussi surpris que l'Ancien cherche à multiplier les contacts alors qu'ils ne le voyaient jamais lorsqu'ils étaient là-haut. Ils le savaient attentif à tous les jeunes, présent aux commémorations lorsque les équipages disparaissaient au cours des affrontements mais aucun lien plus fort ne s'était jamais noué entre eux.
« J'espère qu'il n'est pas amoureux de l'une de nos femmes » pensa Liv.
« Non, s'il était terrien, je dirais qu'il se sent seul. Ajouta Antor. Cependant il a de nombreux projets et sans doute a-t-il besoin de l'avis de nos femmes en plus du nôtre. Nous le saurons vite. »
« A-t-il compris que nous ne serons pas ici la semaine prochaine ? »

« Je lui ai rappelé et il a compris. S'il venait, ce serait après. »

Aline les voyait en train d'interagir l'air de rien, la mine grave et se demandait si un souci avait surgit.
« Pour nous ici, tout va bien, serait-ce l'Ancien qui ferait des siennes avec ses idées de changement ? »

Les vacances de la famille d'Aline se terminèrent assez vite. La maison n'avait plus de secret pour eux, ils s'y sentaient bien et y étaient à l'aise mais les jeunes devaient repartir, ils avaient du travail avant que les cours reprennent.
Ils embrassèrent ceux qui restaient et leur souhaitèrent une bonne semaine à la neige.
- A Courchevel dans un chalet, c'est le rêve, bande de veinards, amusez-vous bien ! dit Aldric.
- Nous viendrons vous voir assez vite, peut-être pour fêter l'Epiphanie et tirer les rois si vous êtes disponibles. Aline nous a expliqué le sens de ces fêtes et elles sont belles, renouvelées année après année. Nous aimons l'idée de nous inscrire dans vos traditions. Nous vous appellerons. Amusez-vous, travaillez bien mais restez prudents si vous faites la fête, enfin gardez-vous bien de raconter tous nos secrets.
- Oui grand frère ! suivi d'un éclat de rire, fut le dernier échange qu'Aline entendit avant que la navette s'envole vers la capitale.

Le lendemain, ils s'installèrent dans le grand chalet prêté par la famille de Maëlle. La dame chargée de l'entretien, prévenue de leur heure d'arrivée avait laissé le chalet ouvert et les clefs sur le guéridon de l'entrée.

Ils étaient surpris de découvrir ce paysage de montagnes, blanc de neige. Ils avaient vu des photos mais le voir en vrai, c'était autre chose !

N'étant pas éprouvés par le trajet, ils allèrent se promener dans la station pleine de monde car les jeunes scolarisés étaient encore en vacances scolaires. Après avoir marché un moment, ils s'arrêtèrent dans un bar d'où s'échappait une musique entrainante et échangèrent sur la façon dont ils passeraient ces quelques jours de vacances loin de toute préoccupation.

Les hommes et Maëlle voulaient skier. Myriam et Aline préféraient un massage au spa.
- Prenez une heure en fin d'après-midi avec nous, autant nous faire masser après les inévitables chutes des débutants.
- Pourquoi chuterions nous ?
- La neige, ça glisse et avant de descendre les pistes, il faut trouver le bon équilibre. Vous n'irez pas sur la piste noire dès demain. Quand on tombe on peut se faire mal, c'est pourquoi un massage peut faire du bien. C'est agréable, vous n'avez jamais essayé ?

- Mais vous ne serez pas fâchées de voir des étrangères nous toucher ?
- Liv, les massages n'ont rien d'érotique, les femmes ou les hommes sont des professionnels, ils ne cherchent pas à exciter leur client mais à les détendre.
- Je crois que je préfère que des femmes s'occupent des femmes et des hommes de nous si nous avons le choix.
- Quel rabat-joie ! Il faut faire l'expérience. Il y a un grand centre avec piscines chauffée, hammam et tout ce qu'il faut pour la détente. Nous irons réserver en partant.

Un artiste en vogue pénétra dans le bar, entouré par quelques jolies filles et des photographes. Le vigile fit sortir la plupart des accompagnateurs.

L'artiste reconnut Maëlle et vint la trouver.
- Dis donc « Mabelle », dit-il en la prenant dans ses bras, cela faisait des années que tu avais disparu ! J'ignorais que tes parents avaient ouvert le chalet.
- Toi tu as mal vieilli, regarde toutes ces rides au coin des yeux. Tu fais trop la fête !
- Je suis trop tenté, regarde un peu les nénettes qui m'accompagnent, comment ne pas être alléché ?
- Tu n'es pas dégoûté de disposer de trop de gâteau ?

- Je suis gourmand que veux-tu. Tu me présentes tes amis ? Bonjour, je suis Mick, c'est gentil de faire comme si vous ne me connaissiez pas !
- Tu n'as pas changé ! Ils sont russes et ne te connaissent pas pour de vrai, ta notoriété n'est pas encore arrivée en Sibérie ! Et ils ne sont pas du genre à faire semblant, avec eux tu sais toujours où tu en est, même si ça pique. Liv est mon petit ami et je te préviens, il est très jaloux.
- Ça veut dire que je ne pourrai pas t'embrasser ?
- Comme si tu m'embrassais ! Beurk, même quand gamin tu n'avais pas encore de barbe, je n'aimais pas tes bisous.
- Je peux m'installer avec vous ? Ces crétines m'insupportent ! dit-il à voix basse. Elles sont envoyée par mon manager et je n'en peux plus. Combien de temps resterez-vous au chalet que je puisse profiter un peu de mon ingénieure préférée ?
- Une petite semaine.
- D'accord, je leur dis de dégager.

Mick se leva et dit aux femmes qui patientaient de partir, il avait retrouvé ses amis et n'avait pas besoin d'elles et sans plus de cérémonie, il leur tourna le dos et revint s'asseoir avec eux. Les femmes dépitées, restèrent plantées autour d'eux puis constatant le total désintérêt de la joyeuse bande d'amis à leur égard, elles quittèrent le bar l'une après l'autre, sans insister.

- Gagné ! Zéro pour les p'tits culs ! s'exclama Mick
- Tu es devenu un vrai goujat ! Tu n'étais pas ainsi autrefois.
- C'est la célébrité qui nous déforme. Il faut sans cesse sortir accompagné et dès que tu es connu et que tu as un peu d'argent, les filles sortent de terre où que tu sois et cherchent à te mettre le grappin dessus. Il n'y a même plus moyen de distinguer une pépite égarée au milieu de tout ce petit monde. Je suis super content de t'avoir retrouvée.

Ils se présentèrent et se mirent à discuter, clarifiant leurs parcours autant que possible. Liv pour marquer son territoire, avait posé un bras possessif sur les épaules de Maëlle mais très vite, il s'aperçut que Mick se considérait plus comme un grand frère que comme un rival. Ils s'étaient connus au berceau et se retrouvaient plusieurs fois par an jusqu'à ce qu'ils soient séparés par ses tournées et par les études de Maëlle.

Mick resta avec eux pour diner au chalet et s'endormit après avoir un peu bu, le sourire aux lèvres sur le canapé. Maëlle jeta une ouverture sur le jeune homme et monta rejoindre sa chambre, main dans la main avec Liv.

- Je suis heureuse de l'avoir revu. Cela t'ennuierait que je lui propose de rester avec nous ? Il a beaucoup d'argent, de nombreux fans mais peu de vrais amis.

- J'ai confiance en toi, tu es chez toi et il est un vieil ami très sympathique. Tu peux l'inviter si tu veux, ici ou à La Seyne.
- Merci Liv, il est comme mon frère depuis toujours.

Leur petit groupe augmenté se promena, tenta de skier, se rendit à la piscine et au salon de massage, puis ils réveillonnèrent entre eux au chalet le soir de la Saint Sylvestre. Ils étaient auto-suffisants et ils ne ressentaient pas le besoin d'aller ailleurs. Pendant ces jours, tout fut prétexte à s'amuser, se moquer, discuter sérieusement ou non, chahuter, rire et chanter. Mick s'intégra facilement et promis d'aller les voir à La Seyne et il leur fournit des invitations pour la première de son prochain spectacle à Paris en février.

- Nous viendrons, donne-moi deux cartons de plus pour le frère et la sœur d'Aline qui sont parisiens. Nous dormirons chez ses parents à Sèvres.
- Faites-vous beaux, smoking et robes longues car je vous veux tous à la soirée qui suivra. Si vous vous tapez le voyage, je vous devrai bien ça !
- Ne t'inquiète pas pour le voyage, nous possédons un engin rapide.
- Ah ! tu as ton avion, j'avais oublié que tu étais pilote, c'est le grand confort de ne pas voyager avec des avions de ligne. Pour moi c'est plus simple, il n'y a

pas à éviter les groupies et je peux dormir pendant les trajets.
- Pauvre vieux Michou ! Comment le débarrasser de toutes ces filles ?

Ils se séparèrent car Mick devait fermer le chalet de sa famille dans lequel il avait à peine mis les pieds, pour retrouver son manager et son équipe à Paris.

Il était heureux d'avoir renoué avec Maëlle et rencontré sa bande d'amis. Ces quelques jours, loin des lumières et des fausses amitiés lui avaient fait un bien fou. Pour la première fois depuis longtemps, il se sentait authentique, galvanisé, tout en étant calme et sûr de lui et des textes, encore embrouillés surgissaient dans sa tête dès qu'il fermait les yeux, accompagnés d'une musique tendre et harmonieuse. Il allait les revoir pour une bonne raison, ils l'inspiraient. Tout était simple avec cette bande d'amis, ils partageaient une amitié sincère dénuée de toute forme de méfiance. Ils étaient respectueux bien que critiques parfois et n'attendaient pas de lui plus qu'il était capable de donner.
Il était pris d'une envie folle, s'ils étaient d'accord, il pourrait envisager d'acheter une propriété non loin de chez eux, un coin à lui sur la côte, loin des fans et des médias. Il avait beaucoup travaillé pour installer sa notoriété tout en passant un diplôme de commerce mais maintenant, il pouvait ralentir un peu, ne se consacrer qu'au meilleur et trouver du temps pour lui,

pour bien écrire et administrer ses biens et pourquoi ne pas se poser avec une gentille fille qu'il lui restait à trouver. Il n'avait pas encore la trentaine et n'était pas encore esquinté par la vie dissolue qu'il faisait semblant de mener pour plaire aux médias. Il lui serait facile de changer de vie.

C'est ressourcé, serein, avec des projets et presque transformé qu'il prit la route pour la capitale.

Liv déposa leur groupe devant la porte, les abords et le parc avaient l'air d'être calmes. Ils déchargèrent leurs valises et se retrouvèrent pour mettre au point les jours prochains.

Myriam avait rendez-vous avec les ressources humaines le lendemain et espérait parvenir à négocier son préavis.

Aline avec le responsable du chantier, devrait se pencher sur les plans du laboratoire élaborés avec Myriam. L'entreprise prétendait qu'un mois de travail serait suffisant pour avoir un laboratoire opérationnel. Elles avaient dressé une liste de matériels indispensables à acheter mais le montant de la facture effrayait la jeune femme.

- Ne t'inquiète pas, vous avez les moyens et nous pouvons vous aider si vous le voulez. Lorsque le dossier sera avancé, vous pourriez même nouer un partenariat avec un autre laboratoire pour qu'il vous autorise à utiliser leur matériel, mais vous perdriez en autonomie et seriez obligées de dévoiler la nature de vos recherches.

- Nous n'en sommes pas encore là…
- J'ai eu une idée, peut-être que l'Ancien qui vous aime bien, pourrait vous fournir des appareils, obsolètes chez nous mais en bon état pour un prix intéressant ? Autrefois, nous avions des mers mais elles ont disparu, les matériels d'analyse ont dû être rangés. Nous pourrions lui poser la question si tu veux.
- Je ne veux pas que vous perdiez votre indépendance en demandant trop de faveurs à ton Ancien, même s'il est bien disposé à notre égard.
- Vous vendre du matériel d'occasion qui ne servira plus à personne n'a rien d'un privilège ; s'il se trouvait sur le marché dans votre monde, n'en profiteriez-vous pas ?
- Sans doute que oui. Je redoute les contraintes ou des attentes de sa part, trop lourdes à gérer.
- Ne fantasme pas, je suis persuadé qu'il vieillit, se sent seul et se raccroche à des personnes de l'âge qu'auraient eu les enfants qu'il n'a pas pris le temps d'enfanter. Après avoir été séparé de sa famille comme nous, il a été un bon combattant puis a été choisi pour prendre la tête de notre nation, ce qui la sauvé de la mort mais il avait vieilli et les charges étaient lourdes. Peut-être a-t-il été grisé par le pouvoir et peu à peu s'est-il isolé ? Je l'ignore, nous n'avions que très peu

affaire à lui et ne le connaissons que de loin, un peu comme votre Président.
- Nous avons le temps de réfléchir, ne nous précipitons pas.

Les hommes devaient présenter les plans finalisés à une entreprise habituées à travailler pour l'agencement de sites sensibles qui avait été recommandée par le père d'Aline.

Chaque journée future apporterait son lot de nouvelles informations et ferait progresser le chantier.

Parallèlement, le chef d'entreprise présenté par leur associé commencerait à travailler sur l'agencement des maisons afin que chaque couple gagne du confort, de l'intimité et de l'indépendance.

34

Liv n'emmenait plus que Myriam au laboratoire. Pour une question de principe, les Ressources Humaines avaient refusé de la libérer avant début avril. Elle râlait parce que partante, elle n'avait plus accès aux dossiers intéressants, elle ne faisait pas de la présence mais presque et s'ennuyait beaucoup.

Elle passait son temps au téléphone et s'impliquait autant qu'il était possible en raison de la distance, dans la création du laboratoire des Mousquetaires. Elle n'avait pas les mêmes réserves qu'Aline sur les appareils d'occasion venus de là-haut et réfléchissait à leur conversation à ce sujet et sur les confidences qu'elle avait faites à Aline. Depuis les vacances, elle était déboussolée par l'attitude de Mic à son égard. En essuyant une larme, elle réentendit leur discussion :
-   Ces appareils sont peut-être obsolètes pour eux mais ils ont cinquante ans d'avance sur ceux que nous pourrions acheter à prix d'or. Pourquoi hésiter ?

- Tu trouves que c'est intellectuellement honnête de nous appuyer sur des outils qui n'ont pas été créés ici ?
- Nous voulons débarrasser la terre de ces déchets ou non ? Puisque nous en avons la possibilité, fonçons et ne nous embrouillons pas la tête avec des trucs dont tout le monde se fiche ! Si nous trouvons la bonne combinaison pour vaincre cette pollution, nous aurons fait notre part. Point final.

Personne ne viendra nous demander de quelle aide extra-terrestre ou autre, nous avons bénéficié. Ils seront enchantés et les industriels trouveront un moyen de continuer à polluer autrement et nous serons en première ligne. C'est ça la réalité.
- Bien, donc il faudra organiser un voyage là-haut pour aller choisir les appareils.
- Oui mais attention nous avons le gala de Mick mi-février. Il faudra nous y rendre avant ou après, mais il n'est pas question de faire faux bond à ton frère que j'ai envie de voir sur scène.
- Quand l'Ancien devrait-il venir ?
- Je ne sais pas mais il ne devrait pas tarder, il se trouve bien chez nous. Il faudra que nous allions acheter des robes de divas pour faire honneur à Mick. Rappela Myriam.
- Tu veux que nos mecs perdent le sommeil ?
- Non, je veux que le mien arrête de tergiverser et de m'accorder du temps pour réfléchir.

- Oups… C'est trop d'infos !
- J'en ai vraiment marre, il dit qu'il est raide dingue et il patiente encore. Je ne sais plus si Mic est ange ou démon.
- Mic a pourtant l'air amoureux, qu'est-ce qui peut le retenir ?
- Je n'en sais rien et j'en ai assez.
- Tu lui as dit ?
- Oui, j'imagine qu'il craint de s'engager et je n'en comprends pas les raisons.
- Veux-tu que j'en parle à Antor ?
- Non, c'est entre Mic et moi, je ne comprends pas mais il a certainement une bonne raison qu'il garde pour lui. C'est peut être moi qui ai cru au Père Noël ?
- Ah non, ne commence pas à douter de toi. Rends le jaloux avec Mick. Je vais l'appeler et nous allons monter un coup.
- Il ne faudrait pas qu'il se retourne contre nous.
- Je vais y réfléchir, je n'ai pas grand-chose d'autre à faire pour le moment mais nous allons prendre le temps d'acheter des robes classes et sexy. Haut les cœurs ma copine !

Ce que Myriam ignorait, c'est que pendant qu'elle s'éloignait larmoyante et la tête basse, Aline saisissait son appareil et appelait Mick. Elle arriva directement sur le répondeur :
- Salut Mick, c'est Aline, une des amies de Maëlle, pas une groupie ordinaire. D'abord, j'espère que tout va

pour le mieux pour toi et je voulais te confirmer que tu es attendu quand tu en aura envie. Liv pourra aller te récupérer où tu veux avec sa navette. Il en aurait pour dix minutes maxi, alors n'hésites pas à te signaler si un diner ou un week-end peuvent t'éviter la déprime. J'aurais quelque chose à te demander mais je ne peux pas t'en parler par message. C'est dans tes cordes et sans risques. Et puis je te confirme que nous préparons nos tenues de divas pour être raccord avec ton costume de lumières. Rappelle-moi si tu peux, à bientôt. Bisous.

Quelques minutes après, le téléphone d'Aline sonnait.
- J'étais en train d'enregistrer et je suis en pause. Tout va bien ?
- Oui, je réfléchis aux travaux de notre labo, Maëlle bosse et Myriam se mange la rate. C'est pour elle que j'appelais. Est-ce que tu pourrais essayer de piquer un peu Mic pour qu'il se bouge ? Ils n'avancent pas depuis des mois, il lui dit être amoureux et s'en tient au discours. Elle en a assez. S'il se sentait menacé par un peu de concurrence, crois-tu qu'il réaliserait qu'elle a besoin de lui et lui d'elle ?
- Je ne veux pas vous perdre à cause de coups foireux, les copines.
- Je préviendrai tout le monde sauf Mic.
- Je n'aime pas ça mais s'il faut rendre service, je suis toujours prêt et puis ça pourrait être marrant.
- Tu viendrais nous voir avant février ?

- Ce n'est pas l'envie qui manque, surtout si Liv vient me chercher.
- On attend une visite, dès que j'en saurai davantage sur la date, je t'appellerai. Merci et à bientôt et sors nous un tube de diamants.
- Ah, ah… tu n'es pas exigeante toi !
- Non, tu le vaux bien !

Ils se séparèrent en riant. Mick était content il se sentait soutenu et encouragé comme il l'avait rarement été.

Le soir, l'Ancien prévenait Antor qu'il arriverait le surlendemain pour une journée et dormirait sur place la nuit.

Lorsqu'ils se retrouvèrent le soir en tête à tête, couchés l'un contre l'autre, Aline avertit Antor qu'elle avait appelé Mick et l'avait invité. Puis elle lui demanda s'il savait ce qu'avait leur Mic car Myriam se plaignait de ne plus avancer et de recevoir des signaux contradictoires.

- Oui je sais, il est très amoureux et il redoute de perdre Myriam.
- Pour quelle raison, elle est folle de lui mais il la repousse jour après jour et elle en a assez.
- Ne le dit pas à Myriam, mais une quinzaine de jours avant Courchevel, il a appris que la transformation avait affaiblit ses gamètes de reproduction. Mic ne pourra pas avoir d'enfant avec Myriam de manière naturelle.

- Zut ! Tu ne m'avais pas dit que ce genre de chose était possible.
- Il y a toujours des aléas et un prix à payer, il est malheureux parce qu'il adorerait avoir un enfant ou deux mais ce ne sera pas possible sauf s'ils concevaient en laboratoire. L'ovule serait fécondé et ne serait pas réimplanté chez Myriam mais mis en gestation dans une sorte d'œuf-couveuse et remis à ses parents une fois à terme.
- Ce genre de chose serait possible ? Le bébé serait bien l'enfant de Mic et de Myriam ?
- Oui mais il serait géré par les machines pendant la gestation. Myriam pourrait aller le voir et enregistrer une bande sonore pour lui parler ou chanter pour lui. Le service est assez en pointe.
- Alors il n'y a pas de réel problème ! Pourquoi n'en parle-t-il pas à Myriam ? Elle se demande s'il n'a pas rencontré quelqu'un d'autre et j'ai appelé Mick pour qu'il provoque un peu la jalousie de docteur Mic en faisant quelques avances à Myriam.
- Vous cherchez la pagaille, les femmes et vous n'arrangez rien.
- Non, nous cherchons simplement à avancer. Mic doit parler à Myriam, ce n'est pas juste pour elle surtout s'il y a une alternative.
- Tu crois qu'elle accepterait ?
- Je ne peux pas imaginer pourquoi elle refuserait. Ils sont amoureux et ils ne peuvent pas condamner leur

relation sur des peurs, sans en avoir échangé. Dis-lui et s'il est d'accord, je pourrais en parler avec Myriam mais ce serait mieux qu'il le fasse lui, qu'ils parlent de leur déception, de leur douleur. Tu me dirais si tu avais une atteinte de ton intégrité comme celle-là ?

- Chez moi, tout va bien et je te l'aurais dit. Je ne sais pas ce qui se passe dans la tête de Mic, peut-être se sent-il amoindri ? Ce n'est pas sa faute si la transformation a eu un manque et ils ont encore un recours en faisant appel à la technique.

- Veux-tu que j'appelle Mic ?

- Non ma chérie, je lui en parlerai en face à face. Embrasse-moi, je suis heureux que tu sois ici plutôt qu'au laboratoire.

Le lendemain soir, Myriam les yeux un peu rouges vint annoncer à Aline que tout était clarifié mais qu'elle ne porterait jamais leurs bébés.

- C'est tout de même une sorte de deuil mais il y a pire et au fond ce n'est pas si grave, il y a de nombreuses femmes dans cette situation, finalement moins chanceuses que moi. Mic était malheureux et n'osait pas m'en parler, quel idiot ! Je l'ai rassuré et tout va à nouveau bien entre nous.

Le samedi, jour de l'arrivée de l'ancien, Mic et Myriam étaient perchés sur un petit nuage, isolés à deux dans une bulle dans laquelle ils étaient seuls, transis d'amour. L'épreuve passée semblait les avoir rapprochés et la question de la force de leurs sentiments ne se posait plus. Si l'invitation de Mick se concrétisait, ses talents de joli cœur n'étaient plus sollicités. Ce qui le soulagea lorsqu'il en fut informé.

Peu avant le déjeuner, la navette de l'Ancien se posa devant la maison. Les femmes préparaient le déjeuner aussi fut-il accueilli par les trois hommes.
A leur surprise et pour la première fois, il donna une accolade à chacun d'eux, puis il prit le temps de regarder la maison en disant qu'elle était belle et accueillante puis il avança vers la porte. Il portait un nouvel appareil traducteur mobile, ce qui évitait la présence du robot spécialisé habituel.
- C'est très pratique, je vous en ai commandé un pour chacun, ainsi, lorsque vous viendrez vous ne serez pas arrêtés par la différence des langages. Allons retrouver vos belles dames.

Pendant que le robot serviteur déposait un sac près de l'escalier, seul et d'un pas sûr, l'Ancien avança vers la salle à manger et la cuisine d'où s'échappaient de délicieux fumets.
- Hum, elles ont fourni des efforts pour me recevoir, c'est vraiment sympathique de leur part. Je me sens bien chez vous, loin de tous mes tracas. Bonjour mesdames, vous êtes aussi rayonnantes qu'on

puisse l'être ! Cela signifie-t-il que mes garçons s'occupent bien de vous ?

Elles échangèrent un regard surpris puis Aline répondit :

- Vos garçons sont nos conjoints, nous nous occupons mutuellement de nous pour notre plus grand bonheur.

- Ah, l'égalité c'est bien ! C'est certainement mieux lorsque la femme prend des initiatives et ose demander à son compagnon ce qui lui fait plaisir. Qu'est-ce qui mijote et qui sent si bon ?

- Du bœuf bourguignon ; c'est un savoureux plat d'hiver, commode à cuisiner lorsque nous sommes nombreux et Maëlle a préparé une charlotte au chocolat pour le dessert. Je suis sûre que vous aimerez.

- Je comprends pourquoi mes garçons se sentent bien avec vous. Si je pouvais… Bien, je vais aller ranger mes affaires, m'avez-vous installé dans la même chambre que la dernière fois ?

- Je vous accompagne, dit Antor après avoir échangé un regard circonspect avec Aline.

- Il est bien décontracté l'Ancien. Il n'a pas un autre nom plus sympa que celui-là ? Je pensais que c'était une sorte de grade ou un titre honorifique. Je ne me vois pas l'utiliser. Remarqua Maëlle.

Plus tard, lorsqu'il descendit de l'étage, les hommes se trouvaient dans le salon et avaient l'intention de lui faire découvrir le rituel de l'apéritif.

Aline apporta quelques amuse-gueules et murmura :
- Ne le faites pas boire. Il n'aimerait pas apprendre qu'il a perdu la maitrise de lui ou être malade.
- Ne t'inquiète pas, ce ne sera qu'une petite dégustation.
- Et j'ai été prévenu Aline, les garçons ne me prennent pas en traitre, dit l'Ancien en entrant dans le salon ; il avait manifestement entendu l'échange.
- Très bien mais ils ne savent pas encore bien à quel point l'alcool peut changer le comportement d'un individu.
- Oh, mais nous avons vu lorsque nous sommes allés danser à notre arrivée. De jeunes filles nous ont trouvé très beaux et se collaient à nous de manière indécente. Les femmes n'étaient pas ravies.

Ils plaisantèrent à ce souvenir mais l'Ancien avait envie de comprendre le mot « danser » et demanda à sortir ce soir pour voir.
- Hum, ce serait possible si vous n'êtes pas visible. Hélas, vous sèmeriez la panique si vous vous montriez tel que vous êtes.
- Ah oui, j'avais oublié... Eh bien soit, je me rendrai invisible et puis, j'aimerais me promener dans votre petit véhicule, les navettes, je connais.

- Ma voiture est vieille, dit Maelle, mais étudiante c'est tout ce que je pouvais m'offrir et puis tant qu'elle roule, je ne lui demande rien d'autre.
- Ne veux-tu pas d'un engin plus luxueux ? Tu as les moyens maintenant.
- Grâce à vous, mais ce véhicule suffit pour faire les courses et les petits déplacements. Il n'est pas tape à l'œil, ne craint pas d'être dévalisé et je ne m'inquiète pas qu'il puisse être cabossé ou rayé par des conducteurs indélicats.
- Ah, c'est une philosophie qui chez vous ne me surprend pas. Et pour les plus longues distances ?
- Liv s'occupe de nous, si nous en avons besoin. Pour nos fiançailles, la semaine dernière, Liv et Antor sont allés chercher ma famille. Répondit Aline.
- C'est très bien, vous devez choyer vos liens familiaux, enfants, les garçons n'ont pas reçu beaucoup d'affection. Vos familles acceptent-elles mes garçons ?
- Oui, cependant, nous avons dit qu'ils étaient russes, natifs de Sibérie. La vérité n'aurait pas été facile à accepter.
- Je m'interrogeais à ce sujet… donc pour rencontrer vos familles il faudrait que je sois invisible ou transformé ?
- Invisible… serait compliqué à expliquer sans dire la vérité. Le plus facile pour vous présenter, serait d'être transformé.

- J'ai déjà mis mes équipes au travail sur la transformation à la demande, pour un temps court. L'aboutissement des travaux pourrait aller vite et pour nos jeunes ce serait plus facile à supporter et moins risqué qu'une transformation définitive.
- En parlant de travaux…

Myriam expliqua leur besoin d'appareils pour leurs études sur la transformation des plastiques et demanda si les laboratoires de là-haut auraient à vendre des appareils en bon état mis au rebut parce qu'ils sont obsolètes pour l'état de leur connaissance.

- Nos scientifiques sont très doués et ils ne gardent pas longtemps leurs appareils qui sont vite dépassés. Il faudrait qu'Aline et vous, veniez choisir ce dont vous auriez besoin dans le hangar de stockage ou demander au chef des laboratoires ce que vous recherchez. Pour quand les voulez-vous ?
- Le chantier de construction de notre laboratoire est commencé. Nous pourrions envisager de l'équiper pour mars, lorsque Myriam sera libérée de son contrat avec le Centre océanographique.
- Nous avons donc le temps de prévoir votre venue et d'organiser une rencontre avec nos scientifiques. Je vous enverrai deux appareils d'escorte, parce qu'il ne faudrait pas tenter le diable et seule, votre navette serait vulnérable même si cet équipage possédait des résultats remarquables.

- Merci Monsieur, dites auriez-vous un autre nom par lequel nous pourrions vous appeler ? L'Ancien est peut-être votre titre mais un titre ne fait pas l'homme n'est-ce pas, or nous c'est à l'homme que nous préférons nous adresser. Avoua Maëlle toutefois un peu embarrassée.
- Il y a très longtemps que je n'ai pas été appelé par mon prénom qui est Valior. Je vous autorise à l'employer, vous avez raison notre lien est plus familier, et nous n'avons pas de lien de subordination. Peut-être rencontreriez-vous des difficultés à vous soumettre... termina-t-il en éclatant de rire après sa remarque sous les regards stupéfaits des trois hommes.

« L'Ancien en train de rire après une plaisanterie. C'est du jamais vu… c'est incroyable ! » dit Antor à Aline.
- Valior quand c'est nécessaire, nous savons obéir ou nous soumettre. Nous ne sommes pas en opposition systématique.
- Je m'en doute, vous êtes intelligentes ! Vous me faites beaucoup de bien. Savez-vous qu'il y a près de trente années de la Terre que je n'ai pas échangé avec une femme comme nous le faisons ? Et avec le recul, je trouve cela regrettable ! Nous devons parvenir à changer les règles et à éduquer nos enfants ! Dit-il en cognant son poing sur l'accoudoir de son fauteuil.

Le soir après diner, ils firent un tour sur le port.
Valior était invisible mais charmé par l'ambiance malgré le froid de janvier. Ils se rendirent dans la « boite de

danse » où il fut entrainé sur la piste par une Maëlle un peu excitée. Il s'amusa et leur sembla décontracté et content.

-    Je fais chez vous, des expériences très agréables, dommage que là-haut, je ne puisse les partager avec personne. Confia-t-il en rentrant.

Les femmes réalisèrent qu'il était certes responsable d'une planète mais très seul. Ces courts séjours lui permettaient de décompresser auprès de gens qui ne le jugeaient pas et n'attendaient rien de lui qu'un peu d'amitié.

35

L'Ancien repartit après avoir serré les trois hommes dans ses bras et embrassé les femmes à la française, une bise sur la joue, après les avoir brièvement prises dans une affectueuse étreinte.

- C'était un week-end riche d'inattendus, remarqua Aline. Valior parait s'humaniser et faire des découvertes.
- Il ne montre plus le chef que nous avons connu, dur et intransigeant, pour lequel la vie ne comptait pas, seul le résultat avait du prix et était récompensé avec de l'or… J'espère que ce n'est pas un mauvais signe.
- Il faudra mettre au point la récupération de Mick vendredi prochain. Voulez-vous que je m'en occupe ou préférez-vous le faire ?
- Il était l'ami de Maëlle avant d'être le nôtre, faites comme vous le sentez mais il sera le bienvenu et il devra donner à Liv l'adresse de sa récupération. Vous connaissez les contraintes.

Ce week-end n'était pas terminé qu'ils se préoccupaient du suivant. Encore quelque chose de nouveau !

Pourtant ils travaillaient mais sans pression. Maëlle trouvait l'ambiance confortable parce qu'ils pouvaient discuter en confiance, admettre leurs limites, apprendre ce qui était nécessaire sans qu'il y ait des frictions ou des jugements. Elle ressentait l'impression de progresser et c'était très satisfaisant.

Elle rencontra enfin le concepteur du sous-marin et lui fit part de ses remarques et aborda les manières de pallier les difficultés sans toutefois donner les solutions. Le concepteur était très ennuyé d'avoir mis la vie de deux ingénieurs en péril et il s'excusa. Il était persuadé que son engin était fiable et elle crut en sa sincérité. Maëlle proposa un partenariat, puisqu'il voulait corriger les erreurs de conception et que son cabinet détenait les corrections à apporter. Après bien des palabres, ils finirent par se mettre d'accord sur une base de contrat gagnant-gagnant.

Leur cabinet n'était pas installé qu'ils avaient leur premier client. Maëlle était ce soir très satisfaite.

Les jours passèrent et Liv et Antor s'envolèrent pour aller chercher Mick à Paris. Ils avaient rendez-vous au bois de Boulogne, allée des érables près de la porte Maillot. Mick se fera déposer par un taxi mais il est

excité à l'idée de monter dans un avion non déclaré au nez et à la barbe des policiers.
- C'est mon côté libertaire qui s'exprime !
Il apprit à la dernière minute, que la sœur d'Aline, Christine, se joindrait à lui pour ce vol. Ce sera une occasion de retrouvailles pour les deux sœurs.

Liv et Antor parvinrent à retrouver Mick et Christine en grande conversation, là où ils étaient attendus et le vol fut rapide et sans souci.

Si Christine savait ce qui l'attendait, Mick fut enthousiasmé par la navette invisible et par le trajet ultra rapide.
- Si vous commercialisiez cet engin, je serais prêt à me ruiner pour vous en acheter un ! Mes déplacements en seraient drôlement facilités et que de fatigue en moins, en quelques minutes nous serions aux States !
- Si tu veux, nous pourrions t'emmener toi, à l'autre bout du monde pour un concert, mais tu dois impérativement garder le secret sur cet engin. Il s'agit d'un prototype non déclaré et nous n'avons pas l'autorisation de voler, tu l'as compris.
- Bien sûr comptez sur moi. C'est déjà sympa que vous le sortiez pour moi.

- Antor et Liv sont venus chercher toute la famille à Noël, mon frère était pire qu'une puce, il trépignait d'impatience, un vrai gamin.
- Reconnais que c'est génial ! dit Mick.
- Oui, c'est sûr, les distances sont abolies. C'est presque de la science-fiction. J'ai mis en métro, plus de temps pour venir au Bois que Liv de la Côte d'Azur.

Mick se trouvait sous le charme de Christine. Il était d'autant plus séduit qu'elle ne faisait pas grand cas de sa célébrité. Elle aimait ses chansons, le reste relevait pour elle de ses obligations d'artiste et elle se méfiait de ses facilités à séduire les filles.
- Je déteste les queutards, lui avait-elle dit, donc si tu veux que nous soyons copains, tu fais l'impasse sur les tentatives de séduction.
- Je ne passe pas ma vie à coucher avec tout ce qui bouge, avait-il répondu un peu blessé.
- Je m'en fiche, tu as certainement des choses intéressantes à raconter, certains de tes textes sont magnifiques et tu es un artiste connu, mais cet aspect frivole casse tout.
- Ne te fie pas à ce que tu vois à la télé ou dans les journaux. Je passe ma vie à tenter d'échapper à l'image fabriquée par mon manager.
- Eh bien change de manager, il y a bien des artistes qui mènent des vies tranquilles, protégées.

- C'est vrai mais la plupart ne sont pas célibataires !

Leur discussion animée fut interrompue par l'ouverture de la navette.

- Qu'est-ce que… ? Nous sommes déjà arrivés ? Je ne te croyais pas vraiment Antor. Cet appareil est génial !

Ils sautèrent de la navette, Antor leur passa leurs sacs et les fit entrer dans la maison où ils étaient attendus.

Très vite à l'aise, ils décidèrent d'aller diner à Toulon dans un restaurant donnant sur la plage après s'être posés au bord de l'eau près du cap Brun. Ils se promenèrent, plaisantèrent et s'amusèrent. La soirée était belle.

Mick assis près de Christine l'interrogeait sur ses études de droit.

- Je suis en licence, j'ai encore au moins deux ans avant de pouvoir négocier mes connaissances quelque part et quelques mois pour savoir dans quelle direction m'orienter.
- La protection intellectuelle des œuvres d'art ne t'intéresse pas ? Je pourrais t'embaucher… et j'ai des copains qui pourraient être intéressés.
- Je n'y ai pas encore vraiment réfléchi, mais merci pour l'offre. Je sais qu'à la Sorbonne il y a un mastère spécialisé en droit du marché et du patrimoine

artistiques. J'ai encore un peu de temps pour me déterminer.
- Tu viendras à ma première le mois prochain n'est-ce pas ? La bande sera là.
- Oui, merci pour l'invitation. Il faudra être sapés pour la soirée, Aline a dit robe longue mais ce ne sera pas trop ?
- Robes longues et smokings obligatoires. Il y aura des artistes qui chercheront à être vus, fais-toi belle.
- Ne plaisante pas, nous ne pourrons pas rivaliser avec les stars qui brilleront ce soir-là.
- Non, dit-il en prenant la main de la jeune femme, ce soir, vous serez mes étoiles personnelles, celles qui m'indiquent le nord et qui me rappellent que dans ce monde de faux semblants, il y a de merveilleux et très chers vieux amis, capables de m'ancrer dans la réalité. Ceux qui voient l'homme derrière l'artiste. J'aimerais que tu sois là et tu pourrais être ma partenaire puisque les autres sont en couple.
- Euh… c'est gentil mais es-tu sûr de ne pas avoir besoin d'être accompagné par quelqu'un de plus chevronné que moi ? Ce sera ma première grande soirée.
- Certain. Ton frère a-t-il une copine qui pourrait l'accompagner ? Ce serait mieux d'être tous par deux afin d'éviter les intrusions désagréables dans notre groupe.

- Il est discret sur ses conquêtes mais il y a Juliette notre voisine, si c'est nécessaire. Elle est en terminale, elle est jolie et très sympa, il pourrait lui en parler et Aline l'aime bien. J'appellerai Aldric tout à l'heure.
- C'est parfait, à nous tous, nous allons faire le spectacle, vous serez magnifiques ! dit-il en pressant la main de Christine qu'il ne lâcha plus, jouant avec ses doigts, l'air rêveur, sous les regards médusés d'Aline et de Maëlle.

Au retour, si Aline intercepta Mick pour lui demander de ne pas jouer avec Christine, ce dont, un peu rougissant il se défendit, Christine se dépêcha d'appeler Aldric. Elle lui recommanda qu'en l'absence de petite amie, il invite Juliette à la soirée qui aura lieu dans quinze jours et de lui préciser que la robe longue était obligatoire et qu'une virée obligatoire dans les boutiques s'organisait pour samedi prochain.

- Antor, est-ce que nous pourrions faire un saut à Paris samedi prochain ? Nous avons tous des courses à faire pour la soirée de Mick. Nous pourrions récupérer Christine et Aldric et peut être la cavalière de mon frère. Je règlerai leurs achats.
- Oui, nous n'avons rien de mieux à faire et ma chérie, je pourrai payer pour ton frère et ta sœur.
- Non, nous ne sommes pas encore mariés et j'ai les moyens d'assumer, tu t'en souviens ? Cependant,

tu es un amour de l'avoir suggéré, ajouta-t-elle en lui donnant un tendre baiser.

- Tu porteras ma bague, n'est-ce pas, je veux que tous s'aperçoivent que tu n'es pas libre.

Cette petite crise déclencha un rire chez Aline. Elle trouvait amusant que cet homme magnifique, d'une stature et d'un charisme qui ne passaient pas inaperçus soit si peu sûr de lui en société, dès lors qu'il se trouvait face à des inconnus.

- Je ne doute pas que vous serez photographiés, tous les trois vous êtes absolument hors du commun. C'est nous qui allons trembler.

Ils se séparèrent tous de bonne humeur.

Le lendemain, une promenade fut organisée en début d'après-midi sur la presqu'île de Gien. Le soleil brillait, la mer était bien bleue et calme mais il manquait le chant des cigales et la chaleur. Mick déclara qu'il allait chercher une maison dans un coin tranquille près des Mousquetaires.

- J'ai besoin d'un havre de paix pour travailler loin des pressions. Si vous aviez connaissance de quelque chose, prévenez moi.
- Quel genre de propriété ?
- Moins grande que chez vous, mais une maison spacieuse que je puisse installer une salle de musique et un mini studio avec cinq ou six chambres ou une

maison et des dépendances aménageables. J'aimerais avoir des enfants et ne pas avoir à déménager lorsqu'ils arriveront. S'il y a une maison d'amis ça me va. J'ai un bon budget.
- Tu veux te poser ?
- J'y aspire et si c'est près de chez vous ce serait encore mieux. Dis-moi, j'ai vu de drôles de silhouettes brunes patrouiller autour de la maison ce matin au lever du jour, j'ai dû me frotter les yeux pour m'assurer que je ne rêvais pas. De quoi s'agit-il ?
- Tu as dû apercevoir les gardes-robots, chargés de la sécurité. Tu sais que nous créons des laboratoires de recherche. La côte n'est pas vraiment sûre aussi avons-nous des appareils qui patrouillent. Ils sont programmés pour dissuader, ils ne cherchent pas la confrontation, mais pour le cas, ils sont très doués et très dissuasifs. Il y a quelques semaines, une bande de gamins s'est fait prendre dans le parc et ils ont raconté à leurs parents des étoiles dans les yeux, avoir été attrapés par des extra-terrestres mais ils n'auraient même pas eu peur ! C'était drôle mais depuis les voisins se méfient et nous ne les avons plus revus. Il a tout de même fallu faire sécuriser la clôture qui avaient des brèches.
- Ouah ! Je n'avais pas imaginé ça. Si c'est efficace, je pourrais être client.
- Si tu as des trucs à protéger, il faudra en parler avec Antor. Il a des contacts.

- Vous penserez à ma maison ?
- Je vais en parler à notre associé, il est d'ici et connait la terre entière. Tu accepterais de devoir y effectuer des travaux ?
- Oui, pour commencer je n'ai pas besoin de grand-chose, un canapé lit dans mon studio ferait l'affaire ! Je suis tellement content de vous avoir trouvés. Vous m'avez donné un nouvel élan.
- Comment sens-tu cette première ?
- Je vais chanter de nouvelles chansons écrites récemment et en même temps, un album sera lancé avec d'anciens tubes et quelques nouveaux. J'ai sous le coude de très bons textes, de quoi faire un nouveau disque pour la rentrée prochaine.
- Tu travailles beaucoup.
- Hé, j'ai les travaux d'une grande maison à financer ! Oui, je bosse parce que j'ai le temps, des idées et rien de mieux à faire. Je ne sors pas beaucoup sauf de temps en temps quand j'y suis obligé, et je suis alors transformé en un type que je ne reconnais pas, avec des nanas qui me font fuir en temps ordinaire. C'est l'envers du décor.
- Alors ta réputation…
- Est montée de toutes pièces ! Pour mon manager mieux vaut jouir d'une mauvaise réputation que de ne pas provoquer de bruit dans les médias. C'est pourquoi vous serez sans doute photographiés et

peut-être interrogés. M'associer à de brillants scientifiques va en décoiffer plus d'un.
- N'importe quoi ! Antor, il va être dix-sept heures, il faudrait ramener Christine, elle m'a dit avoir des révisions à terminer en vue d'un partiel demain.
- Et c'est aujourd'hui que tu dois rentrer Mick ?
- Oui, hélas, j'ai rendez-vous au studio tôt demain matin.

Ils déposèrent le groupe devant la maison puis attendirent que Christine et Mick reviennent avec leurs sacs pour repartir après quelques embrassades.

- Christine, afin de t'éviter le métro, y a-t-il près de chez toi un endroit dégagé où te déposer ?
- Ma rue est une petite impasse pas très passante, ça devrait faire l'affaire.
- Va donner ton adresse à Liv. Et toi Mick ? Y a-t-il une place, une ruelle, un bout de pelouse Près de chez toi ?
- Le parking d'une supérette fermé par une barrière en fin de semaine, ça irait ? Il est souvent désert.
- Sans doute, donne l'adresse à Liv qu'il vérifie la faisabilité.

Il revint enthousiasmé.
- C'est génial avec le décollage vertical vous vous enfilez n'importe où et le mode invisible, je ne savais même pas qu'il pouvait exister.

- Il n'existe pas et n'en parle pas ! Nous ne voulons pas nous faire dérober nos trouvailles ou notre matériel et encore plus intéresser des services qui pourraient nous contraindre à céder nos plans pour les utiliser de façon non pacifique. Là, nous ne sommes qu'un petit groupe à en avoir connaissance et à en profiter et pour le moment, il ne faut surtout pas que ça change !
- Es-tu capable de garder le secret ou devons-nous te priver de mémoire ?
- Quoi ? Non, non, je saurai tenir ma langue ne vous inquiétez pas. Je n'avais pas réfléchi aux possibles détournements de cet appareil et aux conséquences. Vous avez de la dynamite dans les mains les gars !

Ils déposèrent Christine à qui Mick glissa sa carte en lui disant à l'oreille après l'avoir embrassée :
- A bientôt. J'attends ton appel, on pourrait se faire un petit restau.
Elle répondit d'un hochement de tête, rougissante.

La navette repartit pour le laisser peu après sur le parking désert de la supérette située près de chez lui.

Liv et Antor repartirent et se posèrent dans la cour peu après, heureux de retrouver leurs amies.

36

La semaine passa vite. Les trois couples préférèrent changer de l'or en euros plutôt que de se retrouver à cours de liquidités car ils ignoraient combien les robes, les costumes et les accessoires allaient leur coûter.
Mick qui savait où se renseigner leur communiqua des adresses et un nom à donner en sésame.

Liv se posa le samedi matin dans la cour des parents d'Aline à Sèvres où les attendaient Christine, Juliette la voisine et Aldric très impatients. Après un café, les quatre hommes laissèrent les cinq femmes aller de leur côté pendant qu'ils se rendaient acheter leurs tenues à l'adresse conseillée. Aldric était excité d'acheter son premier smoking, ses ainés espéraient ne pas se tromper et se ridiculiser, ils avaient toujours été pilotés par Aline ou ses amies et pour la première fois se retrouvaient seuls à devoir faire des choix.

Finalement, les vendeurs furent très professionnels et conseillèrent les hommes avec beaucoup de sérieux. Ils achetèrent tout le nécessaire qui allait avec le costume, chemises, ceintures en satin, nœud papillon, boutons de manchettes, chaussettes et chaussures.

- Ca va te coûter une blinde Antor, j'aurais peut-être pu louer tout cet attirail. Murmura Aldric gêné par l'absence d'étiquettes de prix.
- Mon petit frère, ta sœur sera heureuse de t'exhiber tout beau et tous ces trucs ne feront pas de trou dans mon budget, alors fais-moi plaisir et accepte sans chercher les étiquettes. Maëlle dirait que « Nous devons casser la baraque pour être photographiés avec notre ami ».
- Il faut dire les mecs que toutes les nanas vont saliver devant vous. Vous avez une taille et des épaules qui ne passent pas inaperçues. Même Aline y a été sensible.
- Peut-être mais nous sommes déjà pris par des femmes merveilleuses, les autres nous ne les voyons plus.

Les couturières firent quelques petites retouches et lorsque ce fut terminé, ils s'aperçurent qu'une grande partie de la journée s'était écoulée. Leurs achats seront tous livrés jeudi prochain chez les parents d'Aline.

Satisfaits d'avoir su se débrouiller, ils se promenèrent dans les rues de Paris un moment avant de rentrer à Sèvres car une pluie fine et froide avait commencé à tomber. L'hiver n'était pas terminé !

Pendant ce temps, les cinq femmes avaient fait les boutiques. Les plus jeunes étaient déchaînées, fascinées par les soies, les mousselines et les dentelles prenant modèle sur certaines figures montantes du cinéma au risque de commettre des erreurs.

Les ainées parvinrent à les convaincre qu'avoir de la classe ne signifiait pas exhiber des appâts débordants ou dévoilés par des robes transparentes. Les artistes provoquent et sont parfois vulgaires pour faire parler d'eux ou se faire remarquer et le moyen utilisé n'est souvent pas du meilleur goût.

Ce postulat étant posé, les vendeuses présentèrent aux femmes des robes sublimes qui magnifiaient leur féminité et leur beauté, suggérant sans rien révéler.

Lorsqu'elles eurent réservé et payé tout ce dont elles avaient besoin, elles demandèrent la livraison à Sèvres où elles se retrouveront pour se préparer.

C'était la première fois qu'elles se livraient à ce genre d'exercice et qu'elles dépensaient autant d'argent en frivolités, mais peu importait, elles étaient heureuses et avaient passé un bon moment hors du temps ordinaire.

C'est en chahutant dans le taxi qu'elles regagnèrent Sèvres où elles étaient attendues.

Les hommes avaient décidé d'inviter tout leur groupe avec les parents dans un restaurant.

Aldric voulut participer aux frais. Mic lui dit :

- Lorsque tu auras perçu ton premier salaire, nous boirons à tes frais. Laisse faire les anciens !

Juliette voulut prévenir sa famille de ne pas l'attendre mais les parents d'Aline avaient invité leurs voisins pour l'apéritif afin qu'ils rencontrent les jeunes avec qui leur fille sortirait et ne s'inquiètent pas.

Finalement le couple de voisins fut agrégé et partit avec eux tous au restaurant. Leur fille avait vécu un incroyable après-midi grâce à ses amies et décrivait une boutique et des robes auxquelles sa mère n'avait jamais eu accès. Ils savaient que leurs voisins avaient des enfants qui réussissaient et qu'Aline et ses amis avaient des partenaires pour lesquels l'argent n'était pas vraiment un problème. Ils étaient heureux que leur fille en récolte quelques paillettes mais ils croisaient les doigts pour qu'elle ne soit pas pervertie.

Antor perçut l'inquiétude des parents, il usa de ses capacités autant qu'il put pour les apaiser. Il serait là, aussi présent que possible mais les jeunes devaient vivre leur vie et faire leurs choix tout en bénéficiant des meilleurs conseils. La soirée de la semaine prochaine n'était qu'un épiphénomène dans la vie de leur fille et il l'espérait, un moment qui laissera chez elle, une trace heureuse. Il ne fallait rien en attendre de plus, elle est bien trop jeune et elle doit penser à son bac et à ses études avant tout autre chose.

La soirée se passa bien. Tous étaient centrés sur la semaine suivante.

Revenus à la propriété, ils eurent du mal à se replonger dans leur quotidien car pour tous, un cap était à passer, celui de la première de Mick et de la soirée qui suivait. Les inquiétudes étaient multiples et diffuses, les femmes surtout, ressentaient une forme de menace mais elles s'interdisaient de brider leurs compagnons. Ils réalisaient à peine qu'ils étaient encore libres et elles souhaitaient tout en la redoutant, qu'ls prennent possession de cette liberté et qu'ils en fassent bon usage en faisant leurs propres choix hors de toute influence… quitte à ce que ce soit à leur détriment et cette ligne de conduite était pour elles douloureuse.

La semaine passa avec sa dose de gêne et de non-dits. Ils étaient tous un peu raidis par l'anxiété, attendant la soirée de vendredi comme une sorte de verdict.

Ils se posèrent dans la cour des parents d'Aline en début d'après-midi. Les femmes devaient être coiffées alors que les messieurs attendaient, somnolant ou discutant du bout des dents avachis sur le canapé du salon. Un évident malaise planait. Surpris, les parents d'Aline firent une tentative pour alléger l'ambiance mais devant l'apathie ou la résistance des trois hommes, ils renoncèrent, ne comprenant pas ce qui se passait.

Leurs enfants arrivèrent avec Juliette et ignorant tout problème agirent comme des chiens dans un jeu de quille, leur joie bousculait les uns ou les autres. Ils refusaient de se laisser contaminer par la morosité ambiante qu'ils mettaient sur le compte d'un « burn out professionnel ».
- Nous allons voir Mick, lâchez-vous et profitez !

A dix-neuf heures, ils se retrouvèrent, les hommes plus beaux que jamais et les femmes magnifiées, somptueusement vêtues mais entourées d'une sorte d'aura de défaite. Elles semblaient vaincues d'avance à on ne savait quelle bataille.

Si les trois amis étaient sensibles à l'humeur de leurs amies, la morosité n'atteignait pas les plus jeunes qui se retrouvèrent moteur de leur groupe. Ils s'emparèrent des invitations et en prirent la tête.

Une limousine rallongée envoyée par Mick vint les chercher et les conduisit à cette célèbre salle de spectacle où se produisait Mick.

Au vestiaire, Christine fut accueillie par une jeune femme chargée de lui remettre un petit paquet et un mot qu'aussitôt le poste de contrôle passé, elle s'empressa d'ouvrir.

« A la femme la plus belle de cette dernière décennie, rencontrée récemment, je voulais offrir un bouquet de

roses mais je me suis dit qu'elle allait être empêtrée par mes magnifiques fleurs dont elle hésiterait à se débarrasser. J'ai donc préféré lui offrir un paquet d'amandes grillées et caramélisées qui lui permettront d'attendre les petits fours du cocktail. Le plaisir gustatif vaudra bien celui de la fragrance des roses et elle peut les glisser dans son sac ou les offrir à ses copines. C'est beau le partage ! Bonne soirée ma jolie muse, tout à toi. M. »
-       De quoi s'agit-il ? demanda Aline méfiante.
-       Ne t'inquiète pas, c'est une blague, des amandes grillées pour passer le temps.
-       Qui, Mick ?
Christine approuva de la tête. Ce qui fit sourire son ainée.
Les hommes, le cœur chaviré, contemplaient leurs femmes plus belles que jamais. Elles s'étaient apprêtées pour eux mais pour une raison qu'ils ne comprenaient pas, elles étaient réfrigérantes, plus lointaines et fermées que lorsqu'ils s'étaient rencontrés, ils ne comprenaient pas quelle erreur ils avaient pu commettre. Ils se sentaient rejetés et n'en percevaient pas la raison.
Une hôtesse vint les chercher, ils se laissèrent conduire jusqu'au premier rang où leurs places étaient réservées. Les gens les regardaient, ils admiraient ouvertement leurs femmes et les hommes s'en

trouvaient agacés. Après un long moment d'attente, les lumières perdirent de leur intensité.

Un jeune chanteur très applaudi, fit son show pendant une courte première partie.

Pendant la pause, Christine fit circuler le paquet d'amandes mais il fut boudé, sauf par les jeunes qui disaient avoir un petit creux à l'estomac. Antor tenta de saisir la main d'Aline mais elle croisait ses doigts très fort et il ne réussit pas, ce qui augmenta son agacement !

- Que se passe-t-il Aline, si tu n'es pas bien nous pouvons rentrer ? Est-ce ce que tu souhaites ? chuchota-t-il en posant sa main sur les siennes nouées entre elles.

Elle fit un signe négatif de la tête mais ne lui céda pas ses doigts. Antor voyait bien que Mic et Liv étaient logés à la même enseigne et que pas plus que lui, ils n'avaient d'explications à cet étonnant comportement.

Enfin mettant un terme momentané au malaise, les lumières diminuèrent, puis un piano commença à jouer en solo et Mick apparut, en jean et tee-shirt délavé, des tatouages, sans doute faux sur les bras montaient le long du cou, une guitare en bandoulière. Pour le moment, il ne chantait pas se contentant d'accompagner le piano par du bruitage vocal, grandement couvert par les applaudissements. Il s'approcha du bord de la scène apparemment

décontracté et envoya à ses amis un baiser du bout des doigts. Chacune pouvait s'en sentir la destinataire mais Aline compris que Christine était particulièrement visée et son estomac tressaillit et lui fit mal.
« A vingt-deux ans, elle est trop jeune » pensa-t-elle.

Enfin, l'orchestre commença à jouer un air connu et la voix chaude de Mick retentit. Il fut ovationné puis les textes nouveaux furent dévoilés, plus beaux que les précédents. Il chanta enfin la surprise de la découverte d'un amour naissant et son espoir en des sentiments partagés. Aline ignorait à qui il s'adressait mais elle envia la femme à qui il envoyait un message aussi beau, empli de respect, d'admiration de douceur et d'amour. La salle tétanisée était bouleversée. Afin de chasser l'émotion et rester sur un air connu, il entonna enfin une chanson amusante pleine de gouaille et de dérision, reprise en chœur par la salle avant qu'elle explose en applaudissements. Le spectacle était magnifique et il était déjà terminé !
La guitare dans une main, il salua les spectateurs puis approcha de leur groupe et leur envoya un dernier baiser avant de quitter la scène.

Si Christine et Juliette enthousiastes, discutaient de ce qu'elles avaient aimé, Aline, Myriam et Maëlle s'interrogeaient sur le sens de ces déclarations en chaine. Elles étaient certaines qu'il y avait un message caché mais n'imaginaient pas être concernées. Leurs compagnons eux, étaient certains que quelque chose s'était produit qui les dépassait sans percevoir quoi.

L'amphithéâtre se vida, de nombreux invités se dirigèrent vers une salle de réception à la porte de laquelle, l'accueil était filtré. Ils montrèrent leurs invitations et se retrouvèrent dans un lieu magnifique dans lequel les conversations étaient assourdies. Quelques artistes connus buvaient en riant avec d'autres vedettes et des femmes magnifiques. Ils ne connaissaient personnes et ne se sentant pas tout à fait à leur place, ils restèrent regroupés un verre à la main, jusqu'à ce qu'un petit homme raide et un peu arrogant vienne les trouver et leur demande s'ils sont les amis que Mick lui avait demandé d'accueillir.

- Il va arriver mais il a été retenu par quelques fans dans sa loge. Les femmes habituelles de son entourage s'interrogent sur le nom de l'élue, celle qui lui a inspiré ces textes magnifiques. En avez-vous une idée ? Il ne m'a rien dit mais quelque chose lui est arrivé récemment. Il a trouvé une muse et je dois faire en sorte qu'il ne la perde pas ! Savez-vous quelque chose à ce sujet ? Pourquoi vous a-t-il invités, lui qui n'invite jamais personne ?

- Nous ne pouvons pas vous répondre à sa place, c'est à Mick que vous devez poser vos questions. Nous ne sommes que de très vieux amis en lesquels il a une confiance absolue. Le voilà d'ailleurs.

Mick arriva d'un pas pressé, vêtu d'un smoking qui lui allait à la perfection. Il embrassa les femmes, donna une accolade aux hommes et les regardant d'un air mutin leur dit :
- Alors ?
Juliette en vraie fan, clama son enthousiasme et le remercia pour l'invitation et Aldric lui donna une tape sur l'épaule en le félicitant pour ses nouveaux textes.
- Ils disent tous que tu as fait une déclaration d'amour à une fille et évidemment toutes les femmes s'interrogent, même les nôtres. Je suis capable de te casser la gueule si tu cherches à me piquer ma fiancée, déclara Antor à mi-voix ; et je me fiche qu'elle me fasse la tête ou me vire de son pieu.
- Antor j'ai trop de respect pour toi, Mic et Liv et vous êtes mes amis. Pour moi, vos femmes sont intouchables. Je crois que je suis amoureux, en tous cas, quelqu'un m'inspire c'est vrai, mais il ne s'agit pas de vos femmes, ça serait vraiment louche et « Mabelle » est comme ma sœur. Vous pouvez respirer les gars. Accepteriez-vous de poser avec moi pour une ou deux photos ? Mesdames vous êtes superbes et parfaites, la grande classe !
Mettez-vous par couples, chacun avec sa chacune, Christine, tu n'es pas accompagnée, viens près de moi... as-tu pu grignoter en attendant les canapés du buffet ? Tu es absolument magnifique, cette robe a été faite pour toi.

- Aline m'a presque obligée de la prendre, j'aurai peut-être préféré quelque chose de court, une coupe plus jeune.
- Tu as bien fait d'éviter ce que toutes les filles ont tendance à porter. Regarde les…des copiés-collés et moins il y a de tissu, mieux c'est ! La tienne est vraiment parfaite, elle te sublime et te rend unique. C'était la bonne. Tu veux bien que je t'appelle dans la semaine ?
- Tu as mon numéro, tu peux m'appeler.
- Mick, vous tenez une jolie jeune femme par les épaules, est-elle votre muse ? Faites un sourire mademoiselle, quel est votre nom ?
- Ne répond pas ! Allons faire honneur au buffet. Quand vous envolerez vous vers le sud ? Oh regardez qui vient par-là, dit-il en apercevant un producteur de cinéma connu, s'approcher d'eux.
- Salut Mick, c'était superbe j'ai adoré tes derniers textes. Qui sont tes amis ? Voudraient-ils faire des essais ? Je cherche des acteurs avec leur gabarits pour mon prochain film mais je ne trouve pas. Ils sont superbes, leur présence est incroyable et ils sont dans la bonne tranche d'âge. Tu me les présentes ?
- Antor, Mic et Liv. Je vous présente Martin, un producteur de films en quête d'acteurs et vous correspondriez à ses besoins.
- Merci mais nous sommes ingénieur, médecin, pilote et chefs d'entreprise, pas acteurs, dit Antor.

- Vous pourriez essayer, cela fait des mois que je cherche des types baraqués mais avec de la classe.

Le producteur insista lourdement sans parvenir à les fléchir.
Il donna sa carte à Maëlle en lui disant :
- Je peux faire d'eux des stars, dites-leur que c'est pour le cinéma, pas pour la télé. Ils deviendront riches et seront reconnus partout !
- Ce n'est vraiment pas ce dont ils ont envie mais je leur remettrai votre carte.

Ils réussirent à s'approcher du buffet et purent déguster quelques canapés et se servir un verre. Les jeunes trouvèrent le courage d'aller à la rencontre d'acteurs connus pendant que des femmes trop maquillées et décolletées s'approchaient lentement de Mick, Antor, Mic et Liv qui bavardaient entre eux. Elles commencèrent par écouter la conversation puis passant un bras sous celui d'un des hommes s'appuyèrent sur eux et leur fit des avances non déguisées.
Mick visiblement les connaissait, il les remit à leur place gentiment. Ce qui ne fut pas le cas d'Antor qui confia tout haut à la femme qui s'accrochait à lui que sa fiancée était bien plus belle qu'elle et qu'il perdrait au change.

D'ici et d'ailleurs

La fille blêmit et partit visiblement vexée sous les moqueries de Mick qui lui fit remarquer qu'elle l'avait bien cherché. Les deux autres anticipant que leur tour viendrait vite, abandonnèrent leur piètre tentative.
Mick se détacha du groupe et alla trouver les trois amies restées près du buffet.
- Que faites-vous ici seules ? Vos mecs se morfondent sans vous.
- Nous leur laissions du champ qu'ils puissent faire des rencontres.
- Vous êtes nases si vous n'êtes pas capables de constater qu'ils sont aveugles à tout ce qui n'est pas vous. Allez vers eux, ils ne comprennent pas pourquoi vous leur faites la tronche.

Elles constatèrent que les trois amis étaient seuls et ne semblaient pas s'amuser. Elles échangèrent un regard et se dirigèrent vers le trio attirant les regards.
- Vous vous ennuyez ?
- Et vous ? Manquiez-vous de calories pour nourrir vos sourires ? Nous aurions dû venir avec des cacahuètes dans nos poches.
- Non, nous voulions vous laisser un peu d'air, découvrir des femmes bien plus belles que nous, que vous vous rendiez compte que vous aviez le choix.
- Ah ! c'est pour cela que tu ne portes pas ta bague de fiançailles ? Eh bien voilà ma réponse ma chérie.

Antor saisit Aline par la taille et lui donna un baiser enflammé qui attira quelques sifflets et des rires...
- Maintenant, ils ont tous compris que je suis fou amoureux et à qui tu appartiens.
- Mon homme de Cro-Magnon a parlé ! répondit-elle avec le sourire en lui donnant la main.

L'ambiance entre eux changea immédiatement. Elles avaient exprimé leur peur et s'étaient aperçues qu'elles avaient fait fausse route. Laissant ses amis discuter sérieusement, Mick était parti sur la trace de Christine, Juliette et Aldric, redoutant qu'ils tombent dans un piège tendu par un quelconque amateur de chair fraiche.

Il les retrouva en train de discuter et rire avec le pianiste de son orchestre qu'ils avaient abordé. Il souffla, son tracas envolé car Julien est un gars bien et sérieux qui vient de sortir diplômé du conservatoire. Il préfère la musique classique mais il faut vivre et Mick paye correctement ses musiciens. Il posa son bras sur les épaules de Christine, Julien leva un sourcil avec un petit sourire aux lèvres et expliqua qu'il avait accepté de suivre son patron dans sa tournée et Mick assura qu'il était satisfait parce qu'il s'entend bien avec lui.
- Il connait bien la musique et il est capable de me rattraper sans que cela se voit, lorsque je déraille. Je pense que vous reverrez Julien chez moi ou ailleurs. J'envisage un spectacle à Toulon en juillet. Est-ce que

vous viendriez et à combien que je puisse réserver vos places ?
- Tu sais qu'Aline et Antor se marient en juillet. Il faudrait vérifier la date avec Antor, nous pourrions être sur place ou il viendra nous chercher, ce n'est pas un souci pour lui, il est très sympathique et pour faire plaisir à Aline, il est prêt à presque n'importe quoi.
- Je sais, viens Christine, allons lui en parler.

Ils repartirent Mick tenant la jeune femme par le bras pour ne pas la perdre dans la foule.
« Je manque de discrétion mais je ne peux pas être séparé d'elle surtout lorsqu'elle est si proche. »

Peu après, le mariage ayant lieu huit jours après le concert, la date de la soirée à Toulon était retenue pour les neuf amis présents aujourd'hui et il fut convenu que Julien et Mick logeraient chez les Mousquetaires si d'ici-là Mick n'avait pas trouvé sa thébaïde.

37

L'hiver arrivait à la fin et le printemps s'installait quand Valior proposa d'envoyer à La Seyne deux engins pour les escorter. Les femmes pourront ainsi choisir parmi le stock entreposé, les appareils dont elles auront besoin dans leur laboratoire.
- J'avais proposé mars afin que Myriam soit disponible, il n'avait pas oublié, remarqua Aline à Antor.
- Nous pourrions y aller à la fin de la semaine, qu'en pensez-vous ?
Excitées par la balade dans les étoiles, les trois femmes acceptèrent. La liste de leurs besoins était déjà établie et le laboratoire tout neuf était prêt à être équipé.
La semaine d'après, sauf imprévu, leur ami Mick viendrait signer l'acquisition d'une propriété à la Seyne, un ancien mas provençal pas très cher, avec du potentiel mais « dans son jus » des travaux sont à prévoir. Il est cependant très content et heureux de pouvoir y camper l'été prochain afin de réfléchir sur place aux travaux en commençant par son studio de musique. L'entrepreneur qui s'occupe de la rénovation

des maisons de Liv et Mick pourra dès septembre commencer à s'occuper du mas de Mick.

En fin de semaine, engoncées dans des combinaisons de vol et casquées, les trois amies regardèrent la porte de la navette se refermer sur leur groupe. Liv aux commandes, ils entamèrent un voyage de quinze heures de vol. Elles ressentirent physiquement le voyage, gagnées par une étrange léthargie. Sanglées à leur inconfortables banquettes, les femmes s'assoupirent, sous l'œil inquiet de Mic et d'Antor. Elles ne virent pas les deux engins se rapprocher d'eux pour les protéger, ni le rapide engagement qui eut lieu alors qu'ils sortaient de l'atmosphère. Les éternels voyous qui guettaient les possibilités de pillage avaient espéré les rançonner et avaient été pris à parti sans pitié par leurs gardiens.

Antor les réveilla peu de temps avant leur arrivée.

Elles ouvrirent les yeux et s'étonnèrent d'avoir dormi presque tout le temps du voyage.
- Ce voyage est éprouvant pour le corps, même nous nous sommes fatigués, reconnu Antor.
- Comment va Liv, il a piloté tout le temps ?
- Non, nous nous sommes relayés et lorsqu'il dormait, le robot pilote a pris le relai sous surveillance.

Le temps de se préparer à l'atterrissage, ils étaient arrivés.

D'ici et d'ailleurs

Ce n'est pas sans appréhension que les trois amis foulèrent le sol de leur ancienne planète. Un véhicule les attendait pour les conduire au palais de l'Ancien. Des robots se chargèrent de leurs sacs et les précédèrent pour leur montrer leurs chambres.

Aucune consigne ne leur avait été donné aussi se demandaient-ils s'ils devaient attendre qu'on vienne les chercher ou s'ils devaient se rendre au bureau de Valior.

Antor préféra cette solution qui permettrait aux femmes d'avoir une idée de leur planète d'origine, dotée d'une atmosphère identique à celle de la terre.

Ils se rendirent à pied mais ne sortirent pas à l'air libre car la ville était en grande partie enterrée même si de nombreuses baies vitrées montraient une terre desséchée, balayée par des vents qui semblaient forts.

- Vous constatez que la planète est hostile. Bien que nous ayons une atmosphère respirable, les rayons du soleil sont brulants. Nous importons des denrées que nous transformons pour approvisionner les synthétiseurs et nous vivons avec la climatisation. Toute la vie est organisée en milieu clos, c'est pourquoi la liberté que nous avons éprouvée sur Terre est indescriptible.

Ils croisèrent quelques personnes qui se dépêchèrent de les dépasser, la tête basse comme s'ils se cachaient.

- Pourquoi réagissent-ils ainsi ? Notre aspect est rebutant au point que leur faisons peur ?
- Je ne sais pas...

Ils arrivèrent sur une sorte de place, accueillis par des bruits et des vociférations. Leur escorte leur fit éviter la foule massée et les fit entrer dans une grande maison où ils furent conduits au bureau de l'Ancien.

- Une manif ou un accueil ? murmura Maëlle à Liv qui leva les épaules.

Introduits dans le bureau, ils furent embrassés par un Ancien apparemment heureux de les voir.

- Comment allez-vous Valior ? Vos administrés ne voulaient pas que nous venions vous rendre visite ?
- Non, les plus vieux protestent contre l'égalité des femmes et des hommes et leur bêtise m'épuise. Ils ne comprennent pas combien c'est mieux, comme s'ils allaient être privés ou dépossédés de quelques droits. Les jeunes garçons s'interrogent sur leur place dans la société à partir du moment où mâles et femelles auraient les mêmes droits et les mêmes devoirs.
- Si cela peut les rassurer, nous pourrions témoigner, répondre à leurs questions avant de repartir.
- Vous accepteriez ? Je n'osais pas vous le demander mais ils sont inquiets pour la plupart d'entre eux. J'ai soumis l'idée d'effectuer des stages d'imprégnation pour les plus jeunes. Les parents s'inquiètent de perdre leur autorité sur les enfants.

- Ils n'ont pas tort. Le stage pourrait modifier la façon dont l'enfant vit son environnement, les parents non informés auraient alors des références et l'enfant d'autres différentes, entre eux c'est l'incompréhension assurée.
- Sans doute ai-je voulu aller trop vite !
- Avez-vous pensé à une transformation à la demande ? En juillet nous devons nous marier, nous aurions aimé que vous soyez présent.
- Les tests ont commencé, ils sont aussi éprouvants que pour la transformation définitive mais nous ne pouvons pas encore en voir les résultats. C'est aussi pour cela que cette opposition idiote me fatigue. J'aimerais être prêt pour vous faire plaisir.
- Faites passer l'annonce pour dire aux gens que ce soir nous répondrons à toutes leurs questions sans tabous. Nous sommes six, nous devrions y arriver.
- Je n'y avais pas pensé. Essayons cela, je vais les avertir. J'ai préparé des traducteurs, Antor, équipez-vous avant d'aller avec Akram aux magasins du laboratoire.

Pendant que Valior passait son message par un interphone, Antor fixait un bracelet au poignet droit d'Aline et lui posait une petite oreillette dans l'oreille et un petit micro, collé sous le menton.
- Valior me comprenez-vous ? dit-elle en français.
Il leva la tête et répondit d'un clin d'œil avec un vague sourire, faisant sursauter Aline d'étonnement.

Le responsable des laboratoires, Akram arriva. Grand comme tous ici et plutôt mince, il salua le groupe en se cassant en deux. Les femmes habituées à l'aspect chewing-gum bleu, lui adressèrent un sourire et Aline le remercia au nom de Myriam et Maëlle.
Le robot fit son office et pendant que l'Ancien était occupé, les femmes se présentèrent. Akram voulut connaitre leurs spécialités car il ne croyait pas qu'elles puissent être des ingénieures diplômées.

Elles répondirent et expliquèrent qu'elles allaient se concentrer sur la dégradation des plastiques polluants les milieux maritimes et Maëlle précisa qu'ingénieure en aéronautique, elle allait travailler avec Antor et Mic. Là, il commença à les écouter avec plus d'intérêt.
Ils parlèrent des appareils dont elles auraient besoin, elles expliquèrent pourquoi, ce qu'elles cherchaient et il fut au moins en apparence, gagné à leur cause.
- Je ne croyais pas l'Ancien lorsqu'il disait que nos filles pouvaient apprendre comme des hommes. Je comprends que vous soyez un atout pour votre peuple et que vous exigiez l'égalité. Allons au magasin de stockage.
L'Ancien fit un geste de la main et murmura :
- Je vous rejoindrai si je peux...

Par un labyrinthe de couloirs sans fin, ils se rendirent à un endroit qui s'ouvrait par un détecteur rétinien, accompagnés par Antor.

- Connaissez-vous ce mode de protection ?
- Oui, il n'est pas répandu mais il existe chez nous pour protéger certains lieux sensibles.

Ils pénétrèrent dans un hangar gardé par des robots et se dirigèrent vers une section où les matériels étaient rangés sur de hautes étagères, remplies d'appareils de toutes sortes.
- Pour l'étude des milieux marins et des très petits organismes je préconise ces appareils. Ils sont polyvalents et pourraient vous aider à déterminer l'influence de la dégradation des plastiques sur les eaux marines mais aussi sur les terres environnantes. Ils sont puissants et leur polyvalence est intéressante.

Elles posèrent des questions techniques auxquelles Antor ne comprenait rien. Il était fier qu'elles ne se laissent pas démonter et mine de rien, qu'elles prouvent leurs compétences à Akram qui comprit vite qu'il ne fallait pas les traiter comme du menu fretin.
- Bien, ces appareils sont donc équivalents à ceux auxquels vous avez déjà accès, je vous propose donc cette gamme qui est nettement supérieure, dit-il en les emmenant plus loin.

Il donna le descriptif des possibilités, les femmes se regardaient dubitatives, ne trouvant pas de réelles différences avec les appareils qu'elles avaient déjà

utilisé à l'école ou au laboratoire. Akram leur présenta enfin un appareil de l'avant dernière génération.
- Nous ferions un petit bond, pas spectaculaire mais il y aurait un léger mieux, le travail serait plus confortable.
- Peut-être, mais je suis ennuyée d'acheter à ce prix-là, un appareil d'occasion qui ne nous permettrait pas une différence significative.
- Nous serions bien équipées…
- C'est presqu'aussi cher qu'un neuf sur terre. L'utilisation de ce genre d'appareil peut être négociée avec les laboratoires partenaires ou l'université, ce serait plus contraignant que de l'avoir à disposition chez nous, mais… Je suis déçue, déclara Myriam.
- J'ai entendu et compris vos remarques mesdames. Je n'attendais pas des femmes qui soient de vraies professionnelles, j'imaginais que vous abusiez de notre crédulité, Antor. Je vais vous montrer d'autres appareils plus sophistiqués qui devraient mieux correspondre à ce que vous cherchez.

Akram les guida vers un autre endroit de l'entrepôt et il leur montra de petits bijoux qui leur permettraient d'aboutir dans leurs recherches. Il leur présenta les caractéristiques et assura que quelqu'un de son équipe pourrait assurer l'installation, la mise en service et les éventuels dépannages.

Après deux heures de négociation, Akram céda l'appareil et un autre de la génération précédente puis il ramena les femmes et Antor au bureau de l'Ancien.

- Avez-vous fait affaire ? demanda l'Ancien.
- Ces femelles sont douées et compétentes et elles se sont montrées de redoutables négociatrices. Nous vendons deux appareils à des scientifiques de haut niveau que je suis enchanté d'avoir rencontré. Elles sauront en faire un bon usage.
- Je vous l'avais dit mais vous ne vouliez pas y croire.
- Je n'avais des femelles qu'une vision étroite bâtie sur notre civilisation et le rôle dans lequel je conçois qu'elles sont enfermées. L'autre femelle Maelle est spécialisée en aéronautique ? Serait-elle intéressée par une visite de nos laboratoires ?
- Maëlle qu'en pensez-vous ? demanda Valior
- Bien évidemment j'aimerais, mais les gars, ne m'abandonnez pas ici, même si je trouverais à m'occuper !
- Liv n'accepterait pas que vous restiez ici. Dit Valior en riant doucement, à la surprise affichée d'Akram. Pouvez-vous faire la visite tout de suite ? Il faudrait que Maëlle soit ici pour la conférence au peuple et les questions-réponses. Autrement demain matin tôt.
- Non je peux tout de suite, Maëlle suivez-moi. Vous n'achetez rien pour le moment n'est-ce pas ?

- Non, je vais travailler avec Mic et Antor mais je suis diplômée en aéronautique aussi suis-je intéressée. J'ai été abasourdie par la navette et sa capacité à devenir invisible et celle de ne pas avoir de problème de pression et de confort lorsqu'elle sort de l'atmosphère. Nous sommes à l'âge de pierre en comparaison avec vos possibilités.
- Je ne comprends pas la pierre.
- Pardon, chez nous il y a des milliers d'années, les hommes utilisaient les cailloux qu'ils taillaient pour en faire des outils. Si je compare nos compétences avec les vôtres en matière aéronautique, c'est comme si nous comparions les hommes de l'âge de pierre et nous aujourd'hui.
- Oui, je comprends, nous avons été obligés d'évoluer à cause des prédateurs et nous avons dû spécialiser notre recherche à un moment, mais nous n'avons pas d'historique, seulement la mémoire des plus âgés encore vivant.

Ils se rendirent au laboratoire et sans tabou, Akram répondit aux questions de Maëlle dont il apprécia la vive intelligence et l'insatiable curiosité. Il fut surpris par sa joie et sa spontanéité, ici, pour être pris au sérieux, toute expression de ce type devait être vite réprimée, pourtant il trouvait agréable d'échanger avec quelqu'un qui riait tout en tenant une conversation sérieuse, remarqua-t-il.

Ils retournèrent au bureau mais après avoir coupé le traducteur, Akram demanda à l'Ancien l'autorisation d'assister aux échanges.

- Vous êtes sous le charme de mes petites femmes ingénieures ?
- Je l'admets, elles sont intelligentes et belles ; sont-elles liées ?
- Antor, Mic et Vic ne les ont pas laissées aller voir ailleurs. C'est pour rester près d'elles qu'ils se sont transformés.
- Je crois que j'aurais fait la même chose. Ils ont de la chance, avoir une femme belle et capable de réfléchir, c'est un atout pour un homme, je ne l'avais pas réalisé.
- Comprenez-vous pourquoi j'aimerais envoyer des garçons et des filles auprès d'elles, qu'elles complètent leur éducation ? Et pourquoi je vous bouscule pour trouver un moyen de rendre les transformations réversibles ?
- Oui, j'étais opposé mais votre demande a pris du sens. Je vous soutiendrai.
- Allons dans la salle des conférences. Branchez votre traducteur. Dit Valior au groupe en les précédant.

38

Dans la salle de conférence, l'Ancien et Akram, le responsable des laboratoires, s'assirent entre les trois hommes à droite et les trois femmes à gauche, toujours en combinaison de vol, puis n'étant pas satisfaits, ils changèrent, les installèrent au milieu d'eux par couples. Ils étaient les invités et les responsables de la planète les encadraient.

Satisfaits, ils commencèrent la conférence en demandant à Antor d'expliquer sa prise de contact avec les terriens du pays de France en Europe.

Antor expliqua sa panne et sa rencontre avec Thibaud et Aline, son inquiétude de ne pas pouvoir repartir s'ils étaient découverts et comment ces deux terriens avaient aidé son équipage sans contrepartie. Il évoqua avec pudeur la façon dont il avait été dérangé par des sensations jusque-là inconnues, appelées émotions et le besoin qu'il ressentait de ne plus quitter Aline. Lorsqu'il avait émis le vœu auprès de l'Ancien de retourner sur Terre pour se lier avec Aline, Mic et Liv avec qui il avait grandi et formait un équipage, avaient voulu rester avec lui. Sur Terre, après avoir subi la transformation, ils ont rencontré les deux amies d'Aline et se sont liés à leur tour.

- Vous m'avez parlé d'égalité entre les mâles et les femelles. Aline ?
- En Europe et dans de nombreux pays de la Terre, les garçons et les filles naissent égaux en droits et en devoirs mais il y a encore des contrées où ce n'est pas le cas. Il s'agit de modèles de société.

Aline expliqua le concept d'égalité qui amène les hommes et les femmes à exercer les métiers de leurs choix, à se marier ou non, à vivre seuls et à avoir le choix de procréer ou pas des enfants et en cas de manquements à être sanctionnés de la même manière.

- Si tu n'avais pas voulu prendre un compagnon, aurais-tu pu être obligée par quelqu'un ?

Elle dit que non, personne ne pouvait contraindre une femme à entrer ou à interrompre une relation du fait qu'elle est majeure et en pleine possession de ses capacités physiques et mentales. Dans le cas où un homme exercerait de la force pour soumettre sa partenaire sexuellement ou mentalement, les lois en vigueur chez elle punissent sévèrement celui qui se laisse aller à ce genre de méfait même au sein des couples liés officiellement. Toute contrainte est punie, qu'il soit fait usage de la force ou de drogues, l'individu peut être puni.

- Comment sont éduquées vos femelles ?
- Dès le berceau, les filles et les garçons reçoivent la même éducation qui est de bien se comporter avec les autres, même lorsqu'on est différent, aider celui qui est en difficulté, soutenir sa famille. Le respect, la solidarité sont importants. Ensuite dès les petites classes à trois ans, les filles et les garçons apprennent les mêmes choses ensemble. Lorsqu'ils font des choix d'études, ils vont là où leurs envies et leurs possibilités les portent et c'est pareil dans le travail. Avec Antor et Mic nous avons parfois des discussions dures parce que nos approches ne sont pas les mêmes mais c'est enrichissant et nous trouvons des solutions satisfaisantes pour tous.

Akram intervint :
- J'en ai fait l'expérience aujourd'hui avec Aline et Myriam. Elles sont de redoutables négociatrices et leurs atouts féminins n'ont pas servis. Elles auraient pu être des hommes, bien qu'elles soient plus jolies à regarder.
- Voilà une remarque sexiste... Si je disais que vous avez bien négocié parce que vous êtes mignon, comment auriez-vous réagi, auriez-vous aimé ?
- Pas sûr ! Je suis un beau mâle, j'en suis sûr mais au laboratoire je préfère être compétent.
- Vous avez tout compris. L'égalité c'est ça, elle commence avec le respect de la différence.

Ils continuèrent à s'expliquer puis il y eut des questions et enfin, l'Ancien annonça qu'il aimerait que certains jeunes, mâles et femelles, aillent sur Terre pour parfaire l'éducation reçue par leur famille et que des inscriptions seraient ouvertes.

Aucun d'eux ne montra sa surprise mais ils n'en pensèrent pas moins. L'Ancien sans leur en parler, venait de leur imposer la surveillance de l'éducation de jeunes volontaires. Leur crainte venait de se vérifier, dès qu'il avait su que l'équipage voulait rester sur terre il avait commencé à tisser sa toile... Son soutien n'avait pas été gratuit !

Ils repartirent assez vite, dès que les appareils acquis eurent fait l'objet du paiement en or convenu et qu'ils avaient été bien stockés en soute.

Ils ne parlèrent de rien pendant le transport, ils avaient besoin de digérer le choc de la nouvelle et préférèrent dormir pendant le trajet. Ils avaient tous une boule au ventre et le sentiment d'avoir été floués par l'Ancien auquel ils avaient, sans doute de façon naïve, accordé leur confiance.
Antor en particulier vivait mal cette affaire. Il ne décolérait pas, il ne voulait pas que des enfants ou des adolescents viennent se glisser dans son couple. Il ne voulait pas de tiers chez eux, autres que ses proches. Il ne souhaitait pas qu'en plus de son travail, Aline se

charge de jeunes dont elle ne savait rien et qui pourraient jouer le rôle du cheval de Troie.

Mic pensait que sa réaction était exagérée mais Antor ne voulait simplement plus rien avoir à traiter avec l'Ancien. Il avait perdu toute confiance en lui.
Et il décida que lorsque les invitations seront envoyées, il n'informerait pas l'Ancien de leur mariage, le troisième samedi de juillet.

Le laboratoire d'Aline et Myriam enfin équipé était simple mais prêt à fonctionner, elles en étaient fières et impatientes de travailler. Avec Liv, elles établirent un agenda pour procéder à des prélèvements sur le site, en surface et en profondeur.
Tous se préparèrent pour cette opération et partirent début avril étudier le grand vortex du Pacifique nord, avec la navette, le module adapté aux eaux profondes et des robots programmés pour piloter et opérer des prélèvements sous contrôle des caméras.

Leur but est de travailler sur la dégradabilité chimique des particules photodégradées qui constituent « *le sable de plastique* » confondu par les animaux marins et les poissons avec leur nourriture. Impossibles à digérer et à éliminer, ces particules se retrouvent dans les estomacs des poissons qui contaminés et toxiques, sont ensuite consommés par les hommes. Ces déchets de plastique sont d'autant plus nocifs pour les humains et les animaux que comme des éponges, ils fixent les polluants organiques persistants dans des proportions très toxiques pour la vie.

Très concentrés, les hommes dirigeants les robots travaillèrent à la collecte des prélèvements nécessaires aux femmes pour avancer dans leurs recherches. Leur équipe avança vite et ils purent rentrer au laboratoire dans la semaine.

Antor ne leur dit pas que l'ancien avait plusieurs fois tenté de le joindre mais qu'il n'avait volontairement pas répondu à ses prises de contact, aussi furent-ils surpris alors qu'ils déchargeaient la navette, de voir le vaisseau de l'Ancien et deux vaisseaux d'escorte se poser près des laboratoires.

L'Ancien était en colère et le fit savoir. Antor s'excusa du bout des dents, il prétendit que pris par la mission ne pas avoir pu répondre.
- Que se passe-t-il qui soit à ce point urgent ?
- Rien, je vous ai sentis contrariés lors de votre visite, je n'avais plus de nouvelles et vous me ne répondiez pas. J'ai jugé la situation inquiétante et je suis venu me rendre compte de votre état d'esprit.
- Donnez-nous le temps d'arriver et de prendre une douche et nous pourrons en parler. Rejoignez-nous au salon vers dix-huit heures, répondit Aline, en portant une caisse de fioles et de bocaux.
- Et que ferai-je en vous attendant ? Voulez-vous de l'aide ?

- Vous patienterez, vous dormirez, que sais-je, vous pouvez même être gardé par un robot si vous craignez pour votre vie, dit-elle en lui tournant le dos pour s'éloigner suivie par leur groupe resté muet mais soudé.

L'Ancien serra les dents sous l'outrage, abasourdi par l'impertinence de cette jeune femme.
« Là-haut, elle aurait été sévèrement punie. Que s'est-il passé pour qu'ils soient autant en colère ?

Resté seul, il retourna à sa navette pour se reposer, les épaules basses, le voyage l'avait éprouvé.
« Cette mission d'Ancien est trop lourde, je vais bientôt arriver au bout de ma vie, j'ai perdu mes fils et je n'ai plus de liens avec eux. Si j'ai en partie réussi à les éloigner de la mort et à les savoir heureux, j'ai raté ce qui me tenait le plus à cœur, me rapprocher d'eux après tat d'année à vivre séparés. »

Plus tard, pendant que les trois hommes silencieux, sortaient des bouteilles de jus de fruits et de la bière, les femmes préparaient un plateau de petites choses à manger, sous le regard intéressé de l'Ancien. Il surprit des caresses discrètes, volées, des petits baisers légers échangés, des sourires et des regards tendres plus parlants que des mots. Il sut que la communication au sein des couples et dans le groupe fonctionnait bien.

Lorsqu'Ils furent tous réunis, c'est Aline qui les poings sur les hanches, entama les explications, une pointe de colère dans la voix.

- Vous vous demandez pourquoi nous sommes en colère alors que vous nous avez tous pris en traitre. Nous avons eu du mal à accepter l'or de Jon parce que comparé à ce que nous avions vécu, ce cadeau était disproportionné. Antor, Mic et Liv nous ont persuadées de l'accepter et assuraient qu'il n'y aurait pas de contrepartie à ce don. Au lieu de nous exposer vos attentes de façon honnête, vous avez annoncé en notre présence, à tous vos gens alors que nous ne pouvions vous contredire, que nous recevrions vos jeunes pour les rééduquer à notre manière.

Comment avez-vous osé ?

Quel affront pour votre peuple !

Comment pouvez-vous lui dire que ses enfants sont mal élevés alors qu'ils ne nous connaissent pas et n'ont pas d'autres références qu'une mémoire courte ?

Comment sans nous en parler, osez-vous lui dire que nous allons rééduquer leurs enfants ? Ce n'est pas acceptable !

- Nous sommes tous fâchés. Nous avions le sentiment d'avoir votre confiance et nous nous sommes aperçu que l'intérêt que vous montriez état un leurre destiné à nous soumettre. Reprit Antor.

Avez-vous seulement compris le discours d'Aline ? Les hommes et les femmes sont libres de faire leurs choix.

Or là, sans nous prévenir au préalable, vous nous obligez, à rééduquer des jeunes aimés par leurs familles, alors que c'est dès le berceau que l'éducation s'exerce. Voilà pourquoi avec notre accord, afin de ne pas être en dette envers vous, les femmes vont vous rendre l'or de Jon.

- Non, non, vous n'avez pas compris ! protesta l'Ancien en se passant la main sur le visage. Sans doute n'ai-je pas bien expliqué mon projet. Vous étiez là, j'ai voulu qu'ils vous voient et je réalise que je m'y suis mal pris. Je voudrais que des jeunes qui ont presque fini leurs études, fasse un stage, fréquentent des jeunes terriens du même âge et se rendent compte du décalage des points de vue et le rectifie. Je ne voulais rien vous imposer sauf vous demander d'avoir un œil de je ne sais pas, de superviseur, comme de grands frères ou de grandes sœurs afin qu'ils modifient leurs perceptions et s'affirment.

Regardez-vous mes garçons vous êtes devenus magnifiques sous l'influence de vos femmes et je suis fier de vous.

- Votre discours ne laissait pas entendre cela, nous sommes de jeunes couples et pour installer nos vies, nous n'avons pas besoin que des jeunes s'immiscent entre nous. Je suis à présent plus attentif aux autres mais aussi plus égoïste car je refuse de partager l'attention de ma femme lorsque nous sommes ensemble.

D'ici et d'ailleurs

- Je ne comprends pas cette attitude, peut-être parce que je n'ai jamais eu de femme. Vos mères n'étaient pour moi que des femmes de passage.

Une bombe n'aurait pas eu plus d'effet, statufiant leur groupe.
Un silence écrasant tomba sur eux et dura… longtemps. Visiblement, les trois hommes ne comprenaient pas ou n'osaient pas comprendre.
- Qu'êtes-vous en train de nous dire ? Mic, Liv et moi serions des frères et vous… vous seriez notre… notre père ? Nous avons toujours pensé avoir été rejeté par nos familles. Nous nous demandions pourquoi nous n'étions pas aimés, ce que nous avions pu faire pour mériter ce reniement.
- Antor, ne me dites pas que vous l'ignoriez ! Il y a bien longtemps que le Chef avait reçu l'ordre de vous en informer.
Pourquoi veniez-vous me voir parfois au palais sans vos camarades et plus tard mon bureau vous était ouvert ? Parce que vous êtes mes fils.
Pourquoi avez-vous été aussi durement formés ? C'était parce que mes fils devaient donner l'exemple.
Pourquoi avez-vous été mis en panne sur la Terre ? C'était parce que le Chef allait attenter à vos vies. Sur la Terre, vous étiez à l'abri et me laissiez le temps de trouver le défaut de sa cuirasse et de proprement l'éliminer. Cependant vous avez été trop bons et n'avez

pas profité du temps de repos qui vous était proposé, enfin Antor en a un peu bénéficié...

Pourquoi êtes-vous toujours restés ensemble ? Parce que je voulais que vos liens, noués dans la souffrance et la crainte de vous perdre, soient forts et indestructibles.

Je ne pouvais pas vivre avec vous parce que sans épouse et sans vos mères, je n'avais pas d'autre solution que de vous confier au Chef mais j'ai fait ce que j'ai pu pour vous protéger et je suis maintenant très heureux de vous voir bien installés avec des femmes magnifiques que vous avez choisies. Vous avez gagné vos fortunes en trompant la mort et vous bénéficierez de la mienne ; l'or de Jon, quoi que vous en pensiez, vos femmes l'ont mérité, nous ne reviendrons pas là-dessus...

J'atteins un âge qui ne me permettra plus de vivre là-haut ; plutôt que d'être détruit, ce qui m'attends bientôt, je voulais vous demander, maintenant que mon successeur prend ses marques, si vous accepteriez de me voir vivre encore un peu près de vous, pas avec vous, je peux être indépendant. J'aimerais connaitre mes petits-enfants et vous rencontrer de temps en temps avant d'aller nourrir les poissons. Je suis en cours de transformation définitive afin de pouvoir assister à votre mariage un jour de juillet comme vous me l'aviez annoncé mais pas encore confirmé. La transformation à la demande ne sera pas prête à temps et j'ai dû choisir, une fois encore.

Mon idée était celle-là, faire progresser l'égalité dans notre civilisation sous votre supervision et vivre encore quelque temps près de vous. Vous êtes décisionnaires, les enfants.

Mon successeur adhère à ce projet, gérer une population plus motivée qui sait où elle va sera plus facile.

Quant à moi, je suis un guerrier et je ne veux pas de votre pitié. « *Je récolterai ce que j'ai semé.* » comme vous dites et je pense n'avoir fait que ce que je devais faire dans l'intérêt de tous…

Lorsque je partirai, je veux que votre conscience soit en paix car quoi que vous décidiez, je serai un homme heureux d'avoir engendré trois fils dont je suis fier qui ont fait des choix dont je suis honoré.

Ils se regardèrent tous dans un profond silence, stupéfiés.

Aline, la voix enrouée, proposa de passer à table. Ils se levèrent mais les esprits battaient la campagne.

Le diner fut avalé sans qu'un mot soit prononcé, personne n'aurait su dire de quoi il était composé, puis ils regagnèrent leurs chambres le cœur lourd, sans discuter davantage.

L'Ancien lui, partit s'installer au soleil dans le jardin. Il ne faisait pas très chaud mais il avait été toute sa vie, privé d'extérieurs verdoyants aussi voulait-il profiter de la possibilité qui lui était offerte d'en jouir un moment.

Il s'assit dans un fauteuil et tourné vers le soleil, ferma les yeux avec plaisir pour mieux entendre les petites bêtes de l'herbe et les chants mélodieux des oiseaux qui commençaient à chercher à s'accoupler.

39

Une partie de l'après-midi passa à réfléchir chacun pour soi, vers dix-sept heures, Aline dit à Antor doucement :
- Qu'as-tu décidé ?
- J'ignore ce que penseront Mic et Liv mais je pense que le Chef nous trahissait tous depuis longtemps. L'Ancien s'est trompé mais il a fait ce qu'il pouvait. Honnêtement, dans la même situation, sans doute aurais-je fait la même chose… Il veut finir sa vie tranquillement plutôt qu'explosé dans une bulle parce qu'il a atteint l'âge maximum. C'est acceptable. Il est trop indépendant pour être gênant mais je m'alignerai à la volonté de la majorité et votre avis comptera au même titre que le nôtre.
- Je pense comme toi, il s'est occupé de vous à sa façon et a dû souffrir le martyr à chaque fois que vous partiez en expédition. Si l'enfer est sur Terre, il a souvent dû le fréquenter là-haut. Allons voir les autres.
- D'abord viens ici, j'ai besoin de sentir ton cœur battre contre le mien et ton odeur m'environner.

D'ici et d'ailleurs

Ils allèrent frapper aux portes des chambres et vérifièrent les approches des couples de Liv et Mic. Ils avaient tous des avis convergents à propos de la venue sur Terre de Valior.

- Il doit avoir l'âge de Martine et de son mari. Ils pourraient bien s'entendre et se sentir moins seul. Nous les présenterons lorsqu'il sera transformé.

Ils se retrouvèrent au salon, Antor alluma une flambée dans la cheminée plus pour l'ambiance que pour la chaleur, les fenêtres étant ouvertes. Valior pénétra à son tour dans la pièce.

- J'adore la verdure d'ici et l'odeur dégagée par les arbres.
- Les grands arbres au fond du parc sont des pins. Ils fabriquent une résine très odorante et leur graines contenues dans des pommes en bois s'appellent des pignons et sont délicieux. Ils sont utilisés pour la pâtisserie. Précisa Maëlle.
- Valior, nous avons réfléchi et nous avons tous voté pour que vous reveniez transformé sur Terre. Nous avons des amis à peu près de votre âge, qui vous accueilleront et vous feront rencontrer des gens de votre génération. Nous pourrons vous aider à trouver une maison sympathique avec un jardin pas trop loin d'ici et vous pourrez venir quand vous voudrez. Autre chose plutôt que de vous appeler par votre prénom, accepteriez-vous que nous nous adressions à vous

avec le mot de « Père » plutôt que d'Ancien titre que vous allez perdre ?
- Pas de problème les enfants, vous me rendez heureux !
- Quand reviendrez-vous de manière définitive ?
- A la fin de mon traitement dans deux semaines. J'ai déjà fait charger à peu près le tiers de mon or. Il faudra encore au moins deux voyages pour tout transporter sans trop alourdir la navette. Il faudra me dire où le ranger.
- Demain matin, nous appellerons la banque pour vous ouvrir un compte et louer un coffre. Nous vous expliquerons le fonctionnement. Nous pouvons déjà appeler Martine pour savoir si elle connait quelqu'un qui vendrait une maison dans le coin, libre rapidement.

Aline revint peu après, des amis parisiens espéraient vendre leur maison de vacances à laquelle aucun de leurs enfants n'était attaché. Elle est située dans le même quartier que le Mas des Mousquetaires et pourrait la leur faire visiter.

- Acceptez-vous de le faire en mode invisible ? Leurs cœurs ne résisteraient pas à votre vue !
- Je suis encore très beau, Antor me ressemblait beaucoup et le service médical m'a dit que je serai comme lui avec plus de maturité mais je comprends que je suis venu de Sibérie moi aussi pour rejoindre mes fils, n'est-ce pas ?

- Oui, il faudra vous trouver des papiers d'identité et une histoire comme pour vos fils. Nous pouvons recontacter notre connaissance à Bucarest.

La vie s'organisa, ils s'aperçurent que Valior n'avait plus de charge là-haut et que son remplaçant l'appelait souvent pour le consulter. La passation de pouvoir se faisait sans heurt.

Antor, Liv et lui profitèrent du traitement pour récupérer les affaires auxquelles leur père tenait et le tiers de l'or qu'il possédait. Il sera nécessaire de louer au moins deux autres coffres, sa fortune étant colossale.

Les femmes servirent encore de prête-noms pour l'acquisition de la maison de Valior. Il s'agissait d'un mas provençal de plein pied, avec vue sur la mer, ils s'arrangèrent pour qu'il puisse payer en or au comptant et il commanda un rafraichissement de la maison afin de s'y installer avant le mariage, lorsqu'il serait transformé définitivement. A cause de son âge, les médecins avaient refusé de lui administrer les mêmes doses qu'à ses fils, aussi le traitement adapté fut-il plus long à agir mais moins éprouvant.

En juin, Valior descendit pour la dernière fois de la navette de l'Ancien. Les robots comme les accompagnateurs se plièrent en deux pour saluer une dernière fois leur ancien dirigeant avant d'embarquer. Valior resta face à la navette qui s'envolait, lorsqu'elle fut devenue invisible, resté seul avec ses fils et leurs femmes, il se tourna vers sa famille et s'en approcha lentement avec un petit sourire. Il changeait de vie avec un certain bonheur et celle-ci il l'avait choisie !

Aline eut un coup au cœur et les larmes aux yeux. Elle avait l'impression de voir Antor plus âgé. Le père et le fils étaient presque copies conformes. Pourtant elle retrouva les yeux de Mic et le sourire de Liv et quelque chose dans la structure du visage du père rappelait ses fils. Il les avait marqué de manière indélébile.

Ils s'embrassèrent cordialement et rangèrent les derniers cartons d'or laissés dans la cour par l'équipage pressé de repartir puis sans se bousculer, ils allèrent à pied, visiter le mas en travaux.

C'est une belle maison de cinq pièces avec un garage et un beau jardin, trop grande pour un homme seul mais typique et pleine de charme. Les restaurations à la chaux étaient bien faites et les femmes qui suivaient le chantier de près, se déclaraient satisfaites.

Valior se sentait bien dans cette maison dont il appréciait surtout le jardin, la lumière et les odeurs et depuis quelques temps, les stridulations des cigales. Il se documentait, fasciné par l'histoire et la vie de son pays d'adoption et s'intéressait à la Sibérie son pseudo pays natal. Rien ne laissait supposer que ses charges et sa planète lui manquaient. Il suivait de près les projets des femmes et ceux de ses fils mais n'interférait pas dans leurs recherches, ne donnant son avis que s'il était sollicité.

Présenté à Martine et à Germain son époux, ils sympathisèrent et il fut inscrit d'autorité à leur club de randonnée. Une fois par semaine, il partirait avec eux pour une promenade d'au moins dix kilomètres afin d'entretenir son corps. Ils lui proposèrent d'aller après le mariage, avec eux et trois autres personnes, marcher pendant quinze jours sur le chemin de Compostelle. Il fit comme s'il savait de quoi il retournait, réserva sa décision mais acheta des livres pour en apprendre davantage sur le sujet. Il se dit que pourquoi pas puisqu'il avait tout son temps pour se faire plaisir et que pour la première fois, rien ne l'empêchait de faire ce qu'il voulait... Avec un projet à réaliser, il marcha plus volontiers et partit même seul pour s'entrainer à un exercice auquel il ne s'était jamais soumis.

En fin de semaine courant juin, Mick arriva tout souriant. Il était en concert à Marseille et avait loué un véhicule pour venir constater l'avancée des travaux de sa maison. A la surprise d'Aline, Christine sa sœur accompagnait Mick et à leurs manières aussi discrètes qu'elles soient, elle déduisit qu'ils s'étaient beaucoup rapprochés. Aline ignorait si elle était contente ou pas pour Christine, Mick avait au moins cinq ans de plus que sa sœur et elle n'avait pas encore terminé ses

études. En toute franchise, profitant que Christine allait ranger ses affaires dans la chambre qui lui était attribuée, elle partagea son inquiétude avec Mick. Il confirma qu'ils étaient amoureux mais ne se pressaient pas d'officialiser leur lien, à cause de la publicité qui en serait faite. Elle pourrait nuire à la jeune femme ou la blesser mais surtout parce qu'il souhaitait que Christine soit libre de faire des choix et s'engage les yeux ouverts sur les éventuelles difficultés qui pourraient les guetter.
- Je vis dans un milieu particulier où pour faire parler, remplir les salles, vendre ma musique, il faut créer du scandale, provoquer, choquer ou au contraire, protéger sa vie à l'excès et jouer sur le secret. Je veux que ta sœur me fasse confiance et surtout qu'elle ne souffre pas de tout ce cirque. Elle doit mieux me connaitre et être sûre d'être capable de supporter ce stress et toute ces mensonges. En attendant, je fais le bouffon devant les photographes, avec quelques filles payées et Christine me rejoint discrètement dès qu'elle le peut.
Nous sommes venus pour vous voir mais je voudrais aussi l'emmener au mas, qu'elle s'en fasse une idée et me dise si elle s'y projette et comment elle l'imagine. Elle a encore une année à passer à Paris avant de me rejoindre ici si elle veut, et chercher ou non du boulot. Ce serait plus facile de me retrouver pendant mes tournées si elle ne travaillait pas mais elle pourrait ne pas se sentir libre si elle ne participait pas aux frais du

ménage. Nous ne sommes pas encore d'accord sur ces sujets.

- Elle est juriste spécialisée. Demande lui de s'occuper de ton image et rétribue là pour ses services. Elle utilisera à ton profit ce qu'elle a étudié ou elle apprendra ce qu'elle doit savoir. Il me semble que son cursus traite de la propriété intellectuelle et artistique et je ne sais quoi, tu parais être pile dans sa cible mais c'est à vérifier.
- Ben oui… c'est vrai ! Pourquoi n'y avais-je pas pensé ? C'est une idée à creuser et notre proximité ne surprendrait personne. Je rêve de vivre avec elle, je me sens tellement bien, apaisé tout en étant très créatif lorsqu'elle est là et puis, elle n'a pas peur de me dire le fond de sa pensée. Pour moi, c'est dopant, elle a un sacré caractère enveloppé de douceur !
- Nos parents sont au courant ?
- Elle prétend leur avoir dit qu'elle a un copain. Elle ne précipite rien.
- Oui, mais ils assisteront au mariage et ils ne sont pas idiots. Peut-être faudrait-il les prévenir avant mais je vous laisse gérer vos affaires !
- Tu sais si c'était moi, elle porterait déjà ma bague et serait en train de choisir sa robe…
- Peut-être mais mieux vaut prendre son temps.

Ils furent dérangés par Antor qui posa sa main sur le dos d'Aline.

- Tout va bien ma chérie ?
- Oui, nous discutions de l'officialisation de la relation qu'entretiennent Mick et Christine.
- Compliqué ce moment, il ne faut pas se tromper, as-tu déjà rencontré les parents ?
- Non, Christine a dit qu'elle avait un copain mais j'ignore ce qu'ils savent de moi.
- Ils savent que tu nous as invité à ta première. Si tu veux, nous pouvons faire un aller-retour. Si tu espères que la rencontre se passe bien, il vaut mieux aller les voir seul et leur faire une déclaration d'intention. Il nous faudrait une heure et demie. Aline tu pourrais occuper ta sœur pendant ce temps ?
- C'est une idée. Partez, je ferai un truc avec Christine.
- Merci, j'appelle Liv.

Antor appela le père d'Aline et dit qu'il arrivait pour lui parler. Les parents d'Aline furent surpris mais répondirent qu'il était attendu et qu'il pourrait se poser dans la cour.

Quelques minutes après, ils étaient reçus avec des embrassades par les parents.
- Nous sommes toujours heureux de te voir Antor. Tout se passe bien ? Tu nous as inquiétés.
- Désolé, je vous ai pourtant dit que tout allait bien ! Je voulais vous prévenir de vive voix, avant le mariage, que mon père est venu s'installer à la Seyne.

Vous le rencontrerez au mariage. Il nous a appris à Liv, Mic et moi que nous étions demi-frères. Nos mères nous avaient abandonnés à notre père qui en raison de ses fonctions nous avait confiés à une institution, nous le rencontrions souvent mais nous ignorions qu'en plus d'être le chef de notre communauté, il était notre père. Cela explique notre grande proximité. Nous avons été un peu perturbés par cette annonce mais au fond, elle ne change rien. Il a démissionné de son poste, a acheté un petit mas provençal pas loin de la propriété afin de nous voir plus souvent et commence à faire sa vie.

- C'est formidable ! Je suis content pour vous les garçons.
- Mick, notre ami musicien et chanteur à succès, voulait vous rencontrer lui aussi.
- Allons boire quelque chose, vous avez bien un peu de temps à nous accorder.
- Pas trop, nous nous sommes échappés pendant que vos filles allaient faire les courses.
- C'est vrai que votre engin abolit les distances ! Nous sommes enchantés de vous rencontrer Mick, nous suivons depuis peu les informations qui sortent sur vous, comment gardez-vous la tête sur les épaules ? Vous vivez dans une tornade permanente.
- C'est un peu pour cela que je voulais vous rencontrer, pour vous dire que ces histoires sentimentales jetées en pâture aux journaux ne sont qu'un écran de fumée pour cacher ma vraie vie. Je

paye des mannequins ou des comédiennes pour qu'elles jouent le jeu alors qu'en fait, j'ai eu le bonheur de rencontrer Christine il y a quelques semaines. Nous nous sommes revus et nous avons beaucoup d'affection l'un pour l'autre. Je voulais… hum, je voulais vous prévenir que notre relation prend un tour sérieux. Je voulais surtout vous assurer que je ne suis pas du tout le type décrit par les médias. Nous nous verrons au mariage et je ne voulais pas que vous soyez surpris en nous voyant ensemble. J'aimerais beaucoup que vous m'accordiez votre confiance.

Les parents de Christine sont manifestement surpris par son discours maladroit et ne savent que dire.
- C'est courageux Mick. Nous ne connaissons pas le milieu qui est le vôtre mais connaissant Antor, je ne l'imagine pas accorder sa confiance et accepter de voir Christine s'accoquiner avec un sale type. Nous allons donc nous aligner sur sa perception en attendant de mieux vous connaitre. Je pense pouvoir affirmer que mon épouse comme moi sommes sensibles à votre démarche. Je crois que vous êtes en tournée mais il faudra venir nous voir afin de mieux faire connaissance lorsque vous serez à nouveau à Paris.
- Je peux confirmer que les histoires vendues aux journaux garantissent une certaine paix à Mick et Christine et qu'elles sont toutes fausses, au moins depuis l'hiver dernier. S'ils font le choix plus tard, de vivre ensemble, une autre stratégie sera à étudier.

- Merci pour votre confiance, mon objectif c'est le bonheur de Christine, j'ai conscience de ne pas la mériter mais je suis terriblement attaché à elle et je suis sincère.
- Notre fille est majeure Mick, elle fait ses choix et nous les impose. De savoir que vous vivez dans l'environnement d'Aline et d'Antor, de Liv et de Mic et leurs amies, que vous êtes tous proches, nous rassure grandement. Merci d'être venus jusqu'ici pour nous informer, la démarche est appréciée. Passez une bonne fin de semaine entre amis et nous espérons que votre tournée se terminera bien.
- Il y aura une soirée à Toulon à laquelle nous irons tous, la semaine prochaine, voulez-vous y assister, mon père et nos amis Germain et Martine que vous connaissez y seront. Liv pourrait venir vous chercher samedi matin, vous passeriez la nuit chez nous et vous seriez raccompagnés le dimanche soir.
- Pourquoi pas ? J'appellerai Aline demain pour lui en parler. Merci Antor.

Les trois hommes repartirent laissant les parents serrés l'un contre l'autre derrière la vitre du bureau.
- Je respire les amis. Je voulais le faire mais je ne trouvais pas le courage d'y aller seul. Vous m'avez bien soutenu, merci.
- Nous nous sommes engagés Mick, mais trompe Christine et je serai le premier à te casser la gueule et je sais me battre, déclara fermement Antor.

-   Et moi le second, Mic s'y collera aussi et nous n'avons l'air de rien mais nous nous entrainons toujours aux arts martiaux et tes restes iraient directement nourrir les poissons, c'est facile avec cet engin.
-   Les gars, j'espère que vous n'aurez pas à vous en mêler. Je suis fou amoureux de ma nana et je sais que je ne suis pas assez bien pour elle.
-   Ce n'est pas ce qu'on a dit Mick. Nous ne voulons simplement pas que tu te moques d'elle et lui fasses du mal, cependant, nous savons que les histoires d'amour peuvent être fragiles et que pour maintenir le lien il faut être deux à le vouloir.

Ils arrivèrent assez vite chez les Mousquetaires, à temps pour aider les femmes à débarrasser le coffre de la voiture de Maëlle empli de sacs de courses.

-   Bon minutage les gars, pouvez-vous nous aider ? Demanda Aline qui quêta dans le regard d'Antor l'assurance que leur rendez-vous s'était bien passé. Il lui répondit d'un clin d'œil réconfortant en saisissant le sac qu'elle lui tendait, pendant que Liv écrasait les lèvres de Maëlle d'un baiser passionné.

Aline se sentit immédiatement plus sereine et rit à la réflexion d'Antor :

-   Les jeunes, un peu de tenue ! Tes parents pourraient venir à la soirée de Mick pour confirmer la semaine prochaine. Ils t'appelleront demain.

D'ici et d'ailleurs

40

La semaine passa vite. Valior avait bien intégré le discours à raconter à ses nouveaux amis comme aux parents d'Aline mais il s'inquiétait de l'œil que ces derniers porteraient sur les liens qu'il entretenait avec ses fils. La Sibérie est loin et les mœurs différentes, cela devrait l'aider.

Lorsque Liv se posa avec les parents et Aldric le jeune frère d'Aline, il se tenait dans le salon, les mains dans les poches, inquiet que quoi que ce soit tourne mal.

Aline avait perçu son malaise, elle voulut rapidement crever l'abcès et conduisit sa famille au salon :
- Père, permettez-moi de vous présenter ma famille. Ma mère, mon père et mon frère Aldric. Je vous présente le père d'Antor, Mic et Liv. Il a acheté un petit mas provençal sur les hauteurs de La Seyne et la vue sur la mer y est spectaculaire. J'espère que vous vous entendrez bien car nous irons tous ce soir, soutenir notre ami Mick.
- Où es ta sœur, Aline ?

\- Elle a rejoint directement le staff de Mick, il l'a récupérée à l'aéroport ce matin. Ils nous attendent ce soir. Venez que je vous montre votre chambre. Mic et Liv ont intégré leur petit appartement provisoire mais se restaurent ici en attendant que les travaux avancent dans le reste de leurs maisons.

Ils déjeunèrent tous ensemble puis après un temps de repos, se préparèrent pour la soirée.
Liv embarqua tout le monde dans la navette. Les femmes étaient assises sur les bancs et les deux fauteuils latéraux ainsi que les parents et leurs amis mais les hommes étaient assis sur le tapis de sol de la navette.
\- C'est la première fois que nous transportons autant de monde. Je suis désolé pour le confort.
\- Mais le trajet est rapide et nous éviterons les bouchons.
\- Mick nous a réservé un parking privé, dont l'accès est barré par une chaine. En principe, Christine devrait nous y attendre. La réception se tiendra à l'hôtel de Mick, elle sera chic mais moins habillée que celle de Paris.
Ils se posèrent là où Christine se trouvait avant de s'écarter pour faciliter la manœuvre, puis elle se jeta dans les bras de ses parents et de son frère.

- Mick a dit qu'il vous avait rencontré, merci de l'accueillir chez nous. Je tiens beaucoup à lui. Vous allez l'entendre, il a des textes fabuleux.
- Nous avons été vexé que tu ne nous en aies pas dit un mot.
- Je préférais attendre afin d'être sûre de moi.
- Ouais, tu l'as laissé aller au charbon, il a fait tout le sale boulot ! lui reprocha Aldric.
- Je n'étais pas prête et je ne lui ai rien demandé !
- Les enfants, Mick a pris ses responsabilités et il est venu nous parler. Tout va bien aussi ne vous disputez pas. Allons dans la salle.

Christine, manifestement reconnue les conduisit jusqu'aux places réservées.

Après la première partie, un duo de jeunes artistes connus dans la région, lorsque le piano commença à jouer le début d'une ballade, Mick s'approcha du bord de scène, salua les spectateurs pour les remercier d'être venus et ses invités puis il envoya un baiser vers quelqu'un... peut être pour alimenter les discussions.

Enfin, il commença à chanter de sa belle voix grave des textes très beaux récemment écrits. Les spectateurs sentaient son émotion vibrer, ses sentiments éclore et s'épanouir. C'était beau.

Comme à Paris, le final fut plus enlevé et canaille et très applaudi. Encore pris par le spectacle les parents d'Aline ne dirent qu'un mot :
- Il est vraiment très bon !

Lorsque la salle fut presque vide, ils se dirigèrent vers celle où était installé le cocktail. Peu habitués à ce genre d'événement, les parents d'Aline et Valior laissaient transparaitre leur gêne mais conduits par Antor, ses amis, les quatre jeunes femmes et Aldric, ils finirent par oublier leurs inhibitions.
- Je dois avouer que je n'avais jamais eu l'occasion d'assister à une soirée de ce genre et j'ai beaucoup aimé la tendresse et la poésie des textes chantés. Dit Valior. Chez nous, la sécurité a plus de valeur que la culture. Vous avez beaucoup de chance.

S'en suivit une discussion sur la culture et l'impact qu'elle pouvait avoir sur la formation des jeunes esprits. Tous s'en mêlèrent parce qu'il fallait d'abord définir ce qu'était la culture et ce qui méritait d'être retenu ou non. La discussion passionnée fut interrompue par l'arrivée de Mick. Il embrassa tout le monde et accepta les félicitations des plus anciens sur la qualité de ses textes et sur l'émotion qu'ils suscitaient.
D'inévitables groupies vinrent les interrompre suivies par des photographes. Il posa volontiers avec les femmes dans des positions qui firent grincer bien des dents.

- Pourquoi acceptes-tu cela, demanda le père d'Aline et de Christine.
- Il parait que je fais rêver les midinettes mais surtout, les paparazzis me fichent la paix et je n'en croise aucun lorsque je me déplace en privé pour faire mes courses, aller chez mes amis ou lorsque je rends visite à la femme de ma vie. Vous faites partie de ma vie privée et personne ne vous a harcelé. C'est le deal, ce qui est privé reste privé en revanche je paye en leur donnant du spectacle et la possibilité de prendre des photos et d'inventer des scoops.
- Christine…
- Est au courant de tout, elle comprend et accepte bien qu'elle ne soit pas ravie. Notre relation est fondée sur une confiance absolue et sur la transparence. Comment avez-vous trouvé la soirée, est-ce que les textes vous ont plu ? J'aimerais des critiques plutôt que des compliments.
- J'ai été touchée, répondit la maman d'Aline et Christine, j'aurais besoin de relire les paroles pour m'en imprégner.
- Je suis dans le même cas, dit Martine, habituée à lire plus qu'à entendre. Vous écouter chanter, c'était beau mais si l'ambiance nous imprimait, les paroles se sont envolées.
- Je vous ferai envoyer un fascicule avec les textes. Je n'ai pas beaucoup de retour critiques et ça manque. Excusez-moi et attendez-moi, je vais rentrer

avec vous si vous voulez bien. dit-il sollicité par un homme en tenue de soirée.

Un moment après, la navette repartit vers la Seyne avec deux passagers supplémentaires.

Ils étaient tous encore sous l'effet du spectacle et ils échangeaient à voix basse. Mick et Christine furent déposés dans le jardin du mas, ainsi que Valior avec un rendez-vous pris pour le déjeuner du lendemain. Germain et Martine repartirent de la propriété des Mousquetaires avec leur véhicule après avoir remercié Mick mille fois pour cette bonne soirée.

Chacun encore empreint de musique regagna sa chambre pour le reste de la nuit, l'image de Mick modifiée pour les parents de Christine. Ils avaient connu celle du jeune homme sympathique et sérieux et à présent, ils devaient gérer celle créée de toutes pièces pour la publicité et soutenir le travail du chanteur devenu une étoile de la chanson qui doit vendre du rêve à ses admirateurs.

« Quels sont les risques pour Christine ? »

Ne peuvent-ils s'empêcher de penser tout en mesurant leur impuissance pour préserver leur fille de tous les chagrins.

- Ils sont sincères et honnêtes, rien n'est écrit dans le ciel et leur histoire appartient au futur. Donne leur du temps. Viens te coucher maintenant. Déclara la

D'ici et d'ailleurs

mère de Christine et d'Aline en tendant la main à son mari planté devant la baie vitrée, à regarder les étoiles.

Le lendemain matin l'organisation du mariage fut abordée. Aline et Antor voulaient une cérémonie simple suivie d'un buffet offert à leurs amis.
Antor demanda à ses frères d'être ses témoins, Aline fit la même chose avec Myriam et Maëlle. Quelques ingénieurs du centre et Thibaut furent invités ainsi que Germain, Martine et les familles, y compris celles de Myriam et Maëlle, ce qui allaient les obliger à leur présenter Mic et Liv.

- Nous avons encore quelques semaines mais ils vont être surpris. Je n'ai pas beaucoup parlé de Liv chez moi dit Maëlle.
- Je propose d'inviter les deux familles et Valior au restau et de faire d'une pierre deux coups. Nous présentons nos chéris et leur père à nos deux familles. C'est l'avantage d'être cousines, proposa Myriam.
- Pour éviter que l'événement apparaisse comme une embuscade, nous devons les avertir par téléphone et pourquoi ne pas y aller avec Antor et Aline ? Au mariage, ils ne seront pas en terre totalement inconnue.
- D'accord, et pour nous ce sera plus sympa et il n'y aura ni « clash », ni inquisition en public. J'admets manquer de courage mais après un temps de réflexion j'ai choisi mon compagnon et je sais que je ne me trompe pas ! déclara Maëlle approuvée par Myriam.

Dans la foulée, elles appelèrent leurs parents et le motif de rencontrer les familles fut accepté sans souci. A l'âge de leurs filles, les familles s'attendaient à ce genre d'annonce.

Les trois couples se rendirent à Aix en Provence où demeuraient les deux familles un soir de la semaine. Ils réussirent à mettre la navette à l'abri sur la pelouse d'un jardin et se rendirent à pied au restaurant où ils étaient attendus.

Leur arrivée eut l'effet habituel, les trois hommes et les couples ne passaient pas inaperçus.

Les présentations faites, ils furent acceptés et Aline profita de l'occasion pour inviter les parents de Maëlle et Myriam et leurs enfants au mariage mi-juillet.

Ils acceptèrent avec joie et ils dirent qu'ils auront ainsi l'occasion de voir la maison que le jeune couple occupera.
- Le confort est encore précaire puisque nous avons donné la priorité aux deux bâtiments de laboratoires, les travaux de notre maison ne sont pas encore terminés. Nous vivons beaucoup dans la grande maison, cependant, pour notre mariage tout sera prêt et nous pourrons vous accueillir confortablement.

La conversation dévia sur les perspectives de travail des jeunes femmes et la fin du diner vit les familles rassurées et satisfaites de constater le bonheur de leurs filles et d'avoir rencontré leurs solides amis.

Sur le chemin du retour, Antor ferma les yeux et fit le bilan de ces quelques mois. Depuis juillet dernier, pas tout à fait un an était passé et sa vie comme celle de ses frères avait changé à un point inespéré. Une panne lui avait permis de rencontrer celle dont il ne peut plus être séparé et comme un effet domino, ce contact l'avait transformé. Il avait changé de paradigme et fait des choix ; il est méconnaissable physiquement et son mental est plus fort ; il n'est plus seul et a des perspectives de vie différentes et meilleures.

Il se souvint alors d'une phrase lue la semaine passée, dans un magazine qui trainait dans le bureau. Elle avait été prononcée par une femme qui avait passé sa vie au service des plus pauvres. Elle était appelée Mère Térésa. Lui, le guerrier condamné à une mort précoce, venu d'ailleurs, s'identifiait à cette affirmation maintenant qu'il était accompagné par l'Amour :

« La vie est un défi à relever, un bonheur à mériter, une aventure à tenter. »

Il porta la main d'Aline tenue dans la sienne à ses lèvres et échangea avec sa fiancée un long regard chargé de promesses.

REMERCIEMENTS

La vie, l'accueil de l'autre malgré ses différences sont des thèmes auxquels je suis attachée. Ils sont source de réflexions et d'inspiration.

Je remercie ceux qui m'accompagnent tout au long de mes heures d'écriture, ma famille, mes amis et les chroniqueuses qui se dévouent et soutiennent les auteurs par leurs articles. Je pense aussi aux fidèles lecteurs.
A tous mille baisers !

Tous mes livres sont à retrouver sur le site internet : www.argonautae.fr

D'ici et d'ailleurs

D'ici et d'ailleurs
© 2025 - Lyne Debrunis

Édition : BoD · Books on Demand,
31 avenue Saint-Rémy, 57600 Forbach, bod@bod.fr

Impression : Libri Plureos GmbH,
Friedensallee 273, 22763 Hamburg (Allemagne)

ISBN : **978-2-3225-7478-0**

Dépôt légal : mars 2025